Contents

ロルフ

ニナの兄で、リーリエ国の
〈隻眼の狼《アイン・ヴォルフ》〉と呼ばれる騎士。
とある事故で
左目を失っている。

リヒト

甘い顔立ちの若き騎士。
ニナの才能を見出し、
騎士団へ勧誘する。
ニナの恋人。

ニナ

優秀な騎士を輩出する
村に生まれながら
剣を振るえない。
戦闘には役立たない短弓であれば、
誰より器用に扱える。

Characters

ベアトリス

〈金の百合《ゴルト・リーリエ》〉と呼ばれる
リーリエ国の王女。
勇敢な女騎士。

イザーク

キントハイト国騎士団の団長。
〈黒い狩人《シュバルツ・イエーガー》〉と呼ばれる、
現在の破石王。

ユミル

キントハイト国騎士団の
副団長。
冷徹な切れ者。

オド

リーリエ国騎士団の
団員。柔和な顔をした
巨漢。ニナにもやさしい。

トフェル

リーリエ国騎士団の団員。
丸皿のような目が特徴的。
ニナをしょっちゅうからかう。

ゼンメル

リーリエ国騎士団の
老団長。知的で
思慮深く、ニナの存在
にも理解を示す。

ガウェイン

競技場を血に染め、〈赤い猛禽《ブルート・フォゲル》〉と呼ばれた異形の騎士で、ガルム国の王子。

イラスト／六七質

リーリエ国騎士団と
Lily Nationale Ritter Erzählung
シンデレラの弓音
—鳥が遺した勲章—

1

カミラが教会の大扉をあけると、窓辺に立っているニナが振りむいた。

「あ、お疲れさまです。えと、裏の倉庫は終わりました。司祭さまのお部屋はあと水拭きだけで、鐘楼《しょうろう》の掃除《そうじ》はまだです」

ぞうきんを手にしたまま姿勢をただし、ぺこりと頭をさげる。

リーリエ国の南部山岳地帯。ツヴェルフ村には村民が共同で使用する建物がいくつかあり、畑が休みとなる冬期には手分けをして大掃除することになっている。

水車小屋やパン焼きかまどに、大型農具を保管する納屋《なや》。高台の教会もその一つだ。村落に時を告げる施設は、有事の避難場所として食料をそなえた地下室もあり、国家騎士団員の郷里が襲われた、今年春頃の野盗の襲撃時にも活躍した。

備蓄品の状態や補修が必要な箇所《かしょ》について。ひとつひとつ報告するニナの姿を、二人の少女を引き連れたカミラはふくれっ面《つら》でねめつけた。

前掛けをつけた小柄な体格も華奢《きやしゃ》な手足も、カーチフでおおった黒髪も小作りな顔立ちも青海色《あおうみ》の目も〈普通〉だ。

武装した騎士が隊を組み、兜《かぶと》に戴《いただ》いた命石《めいせき》を奪い合う、火の島《イグニス・インスラ》において戦争の代わりに国家間の紛争を解決する戦闘競技会《せんとうきょうぎかい》。それぞれ十五名ずつを基本とし、相手の命石を割った数で勝敗を決する戦闘競技会は、長い戦乱による荒廃を憂《うれ》いた〈最後の皇帝〉につくられた平和的制度だ。そしてツヴェルフ村は制度の設立に尽力し、生涯《しょうがい》に千個の命石を奪ったとされる破石王《はせきおう》アルサウの子孫として、競技会で活躍できる優秀な騎士の輩出地《はいしゅつち》だと知られている。

そんな村の民として不適格な〈出来そこないの案山子《かかし》〉。大剣が使えずに地方競技会では自分で転んで命石を割られて、少しきつく言えば涙目でうなずいて謝るしかない存在。手際《てぎわ》も要領も悪くて、去年の大掃除ではおしゃべりに夢中なカミラたちの横で踏み台を使い、ちまちまと窓硝子《まどガラス》を拭いていた。

カミラの知るニナはそれが〈普通〉だった——なのに。

「ねえニナ。こっちの窓は終わったけど、次はどこをやればいいのかな。祭壇《さいだん》のマーテルの像？　あ、いいよいいよ、高いところはおれだけで。左足の怪我《けが》だって治ったばかりだし、審判部の医療係にも、年明けまで無理は禁物って言われたんでしょ？」

金髪の青年があわてて首をふった。

借り物らしいチュニックを着てもどこか品のある、貴族的にととのった顔に甘い微笑《ほほえ》みを浮かべる。

踏み台を移動させようとしたニナの手をつかんで、水仕事で冷えた指先に気づいて眉《まゆ》をよせた。教会の戸口に立つカミラたちにやっと目を向けると、ああどうも、とおざなりに挨拶《あいさつ》する。金髪の青年はニナの前に恭《うやうや》しくひざまずき、つかんだ手を口元によせ、はあっと温かい息を吹きかけた。

カミラのこめかみに青筋が立つ。

おまえなどまったく眼中にないと言わんばかりの青年の態度も、恥ずかしそうに礼を言うニナの表情も、羨望《せんぼう》の溜息をついた両隣の少女たちも、なにもかもが腹立たしい。

雑用係扱いしていたちっぽけな相手は、リーリエ国を代表する国家騎士団に入団し、異国の恐ろしい騎士を倒す大功をたて、おまけに育ちの良さそうな好青年を恋人とした。村長の娘として好き勝手に振るまい、田舎《いなか》の小騎士団に勧誘されたことを自慢していたカミラにとって、嘘だと歯がみしたくなる悪夢のごとき展開だ。

まなじりをつり上げ、気の強そうな口元をきつく結ぶ。忌々《いまいま》しい目の前の現実から、カミラはふん、と思いっきり顔をそむけた。

行くわよ、と木桶《きおけ》をさげた少女たちをうながす。少女たちは距離が近いどころか密着している恋人同士に、興味深げな視線を投げたが、靴音《くつおと》高く鐘楼へ向かうカミラのあとにづいた。

怒った様子で退出していくカミラの姿に、ニナは掃除の仕方が不十分だったかと心配になる。おろおろとあたりを見まわすと、手を温めてくれた金髪の青年――リヒトがにっこりと笑いかけた。

「きっと唐突《とうとつ》な体調不良だよ。なにしろ出来たての焼きソーセージでお腹を壊して、補欠のニナに競技会出場を押しつけ……じゃなくて、頼むくらいだし。でなきゃニナの変化に自尊心が対応できないんじゃないかな。飛べないと馬鹿にしてた鳥に、実はとびきり素敵な翼があったら、誰だって戸惑うでしょ?」

ね、と同意を求められ、ニナは曖昧《あいまい》にうなずいた。

西方《せいほう》地域杯《ちいきはい》が終了して一カ月後の十二月下旬《げじゅん》。リーリエ国騎士団は年に一度の帰省休暇を迎えている。

といっても強制ではなく、郷里に戻るかは各人の裁量だ。ニナたち以外で騎士団の駐屯《ちゅうとん》地《ち》である団舎《だんしゃ》を離れたのは、王女ベアトリスに農夫のオド、そしてリヒトが〈中年組〉と称する年長の団員の半分程度。

残りの半分と実家と折り合いが悪いらしいトフェルは居残りを選び、団長ゼンメルと副団長クリストフは、新団員勧誘を含めた騎士団の体制再編や事務処理のために、執務室での年越しとなった。

ニナは兄ロルフとともに帰省を決めたが、出立《しゅったつ》の朝、厩舎《きゅうしゃ》では旅支度《たびじたく》をととのえたリヒトがしょんぼりと待っていた。

あの、と困惑したニナと露骨《ろこつ》に嫌な顔をしたロルフに、リヒトは寂しそうに同行を願い出る。リーリエ国王の庶子《しょし》であるリヒトは複雑な身の上で、父国王からは半勘当《はんかんどう》状態のうえ、母親とは幼少時に死別したと聞いている。恋人でも詳しい事情までは踏みこめないが、帰りたくても帰る場所がないのだろう。

胸を痛めたニナが訴えるように見あげれば、ロルフは渋々とうなずいた。承諾《しょうだく》を得たリヒトは、けれどころりと表情を明るくする。鼻歌交じりにニナを自分の馬にのせ、失態を悟ったロルフが前言を撤回《てっかい》するより先に、さっさと団舎を出発してしまった。

そうしてツヴェルフ村に滞在することになったリヒトは、人懐こい笑顔と気さくな態度でニナの実家に溶けこんだ。ニナの母親の料理を絶賛して父親と麦酒《ビール》を酌《く》みかわす。世話になるのだからと、洗濯《せんたく》や暖炉《だんろ》の火起《ひお》こしはむろん、果樹の冬備えに家畜の餌《えさ》やりまで手伝った。いちおうはお客さまだと恐縮したが、ニナにつきしたがい村仕事をするリヒトは、とんでもないと首をふる。

——周りを固めるのは基本だし、ご両親の心象を良くして損はないからね。それに〈実はひそかに好意をもっていた村男〉とか、ひょっこり登場されても面倒でしょ。民間人に手荒な真似《まね》とか、国家騎士団員として外聞も悪いし、転ばぬ先の牽制《けんせい》って感じ？

そんな次第で団舎にいるより積極的に働き、団舎以上にニナのそばを離れないリヒトは、掃除用具を手にマーテルの銅像へと向かった。

火の島の〈見える神〉たる国家連合《リントヴルム》を象徴する四女神《デア・ファアトス》の一人、西方地域で信仰の対象とされている誕生と繁栄《はんえい》を司《つかさど》る女神マーテル。慈愛《じあい》に満ちた眼差《まなざ》しに守られるように、足元の祭壇には破石王アルサウの遺物が安置されている。

長細い箱に収められているのは、アルサウが使ったと伝えられる大剣だ。

いまより三百年ほどの昔。戦闘競技会制度をつくった〈最後の皇帝〉に誠心を捧げた、ツヴェルフ村の祖とされる騎士。アルサウは皇帝の死後に世俗《せぞく》を捨て、中央火山帯にある主君の墓標が遠望できるこの地に移り住み、ひっそりと生涯を終えたと言われている。

マーテルの銅像を拭き清めたリヒトは、つづいてアルサウの遺物にはたきをかける。石造りの祭壇に置かれた木箱の、中央に刻印された文字を見て、おや、という顔をした。

「アルサージーン・ウルス・レナギウス……ああそっか、〈アルサウ〉は略称で本名は違ったっけ。にしても古代帝国時代の名前って嫌がらせに近いよね。団舎も〈ヴィント・シユテイレ城〉だし、長かったり発音しづらかったりさ。〈最後の皇帝〉だって、オルストルム・ユリウ……ウ……うーん?」

なんだったかな、と言葉を濁《にご》し、リヒトは木箱の蓋《ふた》をあける。

冬期の甲冑《かっちゅう》の裏打ちにも使われる、緩衝材《かんしょうざい》の厚布《あつぬの》をどけると、一振りの大剣があらわになった。古代帝国時代に製造された両刃の剣は、柄の部分に経年劣化による変色が見られるが、刀身は比較的に綺麗《きれい》で欠けもない。

生涯に千個の命石を奪ったとされる破石王アルサウは、同時代の偉人たちのなかにあっても、勇ましい逸話とともに知られている。

騎士としての素直な興味だろう。いろいろな角度から観察したリヒトは、やがてあれ、と首をかしげた。木製のはたきを大剣にそわせて長さをはかり、燭台《しょくだい》を拭いているニナに声をかける。

「よく見たら思ってたより短いかも? おれの大剣より持ち手の部分くらい小ぶりだよね。ゼンメル団長なら外観から、使用者の身長と体重を割り出せそうだけど、アルサウは意外と小柄だったとか?」

「えと、アルサウは〈屋根の落ち葉を払えたくらい長身〉の騎士だったたって、祖父母から教えられました。それにわたしは小さいですけど、兄さまも両親も、ツヴェルフ村のものは街の古着屋で服を探すのが大変なほど、大柄な体格ですし」

「伝承が大げさになるのは普通だけど、屋根云々《うんぬん》は盛りすぎじゃないかな。アルサウを慕《した》った騎士たちもこの地に移り住んだとか聞いたし、村人が大柄なのはそっち関係とか？　まあでも想像より小柄なら、むしろおれは納得だけどね。小さくて格好良くて強いニナは、たしかにアルサウの血筋を伝えてる気がするし？」

新緑の目を輝かせてのぞきこまれ、ニナはとんでもないと首を横にふる。

安置された大剣に向きなおると、姿勢をただして頭をさげた。自分程度がアルサウの血筋を語るなど、軽口であっても分不相応な気がする。困ったふうに視線をおよがせたニナの姿に、わりと本気なんだけど、と笑ったリヒトは、なぜかゆっくりと表情を変えた。

あることに気がついて、難しい顔で黙りこむ。心配になったニナがあの、と声をかけると、リヒトはやがて、小さく苦笑して言った。

「……ああごめん。ニナにアルサウの血が流れてるなら、おれには父国王の血が入ってるんだってふと思って。〈リヒト〉を国家騎士団の登録名にして普段も名のってるけど、リーリエ国民としての名前は〈ラントフリート〉だし。そっち名義の領地もあるし、公式には庶子としての名前で扱われてるんだよなあとか」

「リヒトさん……」

「そうそれ。おれにとってのおれは〈リヒト〉なんだけどね。本当にうんざりだよ。領地は代官に丸投げだけど、王家の行事関係への出席要請は定期的に来るし、西方地域杯の前夜祭でも馬鹿みたいに着飾った連中に、挨拶だお世辞《せじ》だってさ。このまえだってまた〈例の面倒ごと〉が持ちこまれて、トフェルの耳じゃあるまいし、いくら断っても懲《こ》りないっていうか」

「例の面倒ごと？」

なにか問題でもあったのだろうか。不安そうに眉をよせたニナに、リヒトはああいや、うん、と焦った声を出す。

「まあいろいろと大変だけど、登録名としての通称と本名がちがう団員は、おれ以外にも何人かいるみたいだしさ。情報漏洩《ろうえい》に神経質とか個人的な理由とか、みんな事情はあるよね。ベアトリスもさ、地方の騎士団に入ったころは〈ベティ〉を名のったんだよ？　でも国家騎士団に入って最初の西方地域杯で王女だってばれて、隠しても意味ないって本名に戻して――」

誤魔化《ごまか》すように早口でつづけ、リヒトはアルサウの大剣に急いではたきをかける。

厚布でふたたびくるんで蓋を閉めた。気遣わしげに見あげてくるニナの肩に腕をまわし、次は司祭さまの部屋だよね、ああ水拭きはぜんぶおれがやるから、と明るく言ったところで、教会の大扉が開かれる。

視線を向けると、寒風に黒髪をなびかせたロルフの姿があった。

リヒトと同様のチュニック姿のロルフは、奥の祭壇付近の二人を見るなり、唯一の右目を不機嫌そうに細める。冬の風よりも冷たい気配が重くただよった。ロルフは靴音高く祭壇に近づくと、ニナの身体《からだ》を引ったくるように持ちあげ、自分の隣にそっとおろす。

腕に囲った恋人を取りあげられたリヒトは、じっとりと声を低くした。

「なに急に。ニナは置物でも、あんたの付属品でもないんだけど？」

「厳粛《げんしゅく》を尊《とうと》ぶべき場所で不埒《ふらち》な行動は止めろ。まえにも言ったが、互いの立場を考えるべきだ。それに若い男手は共同納屋《なや》で必要だと、朝食の席で伝えたはずだが」

「相変わらず倫理観《りんりかん》が古代帝国だよね。場所はいつか使用するかもな教会だし、立場は相思相愛の恋人同士でなんの問題もないでしょ。それに〈ゆっくり〉でも定期的に餌を与えないと、お腹が減りすぎて暴走しちゃうの。土臭《つちくさ》い村男だらけの共有施設なんか行くわけないじゃん。農機具運んで泥まみれより、ニナと教会で埃《ほこり》まみれの方が楽しいし。それよりなに？　納屋掃除ならごめんね無理。ニナが参加ならもちろんついてくけど？」

堂々と開き直られ、ロルフは秀麗《しゅうれい》な顔立ちを険しくする。

妹の優しさを利用しちゃっかりついてきた男は、気安い笑顔で両親に接し自分の服を着て、節度のない行為を平然と正当化する。首根っこをつかんで放り出したいが、妹との長年のわだかまりが解消されたことにつき、男にはいくばくかの借りがある。

したがって恋情の方向性に若干《じゃっかん》の危うさは感じるものの、現時点では妹の意思を尊重している。しかし不実な態度で涙の一筋でも流させたあかつきには、〈隻眼の狼《アイン・ヴォルフ》〉の名にかけて男を成敗《せいばい》し、大切な妹を任せるにたる、心技体にすぐれた〈騎士の中の騎士〉を探そうとロルフは決意している。

内心の不満を重い溜息とともに吐き出し、ロルフは口を開いた。

「納屋ではなく村長の家だ。西の国境に近い街の騎士団員である村人から、気になる話を聞いた」

「西の国境って、ガルム国とシュバイン国に接してるあたりか。で、気になる話って？」

「中央の権勢が届きづらい周辺部は、犯罪者や体制に反するものの潜伏場所となりやすい。三カ国の騎士団がそれぞれ治安維持に努めているが、秋に野盗討伐《とうばつ》に向かったシュバイン国の騎士団が消息を断っているそうだ。国境付近の事件は国家間の問題になることが多い。詳細を聞き、ゼンメル団長の耳に入れるべきだろう」

「うわ。もろに嫌な予感がひしひしする。おれ当分っていうかあと五十年くらいは、戦闘競技会に出たくないんだよね。だって木杭《きぐい》のなかは、とっておきの〈所有権〉が主張できないし」

「五十年たてば引退だろう。郷里にきてまで意味不明な妄言はやめろ。ともかく文字通りのおまけでついてきたのだ。村におけるリーリエ国騎士団の評判を落とさぬためにも、団員としての最低限の職責は果たせ」

おまえもそれでいいな、と水を向けられ、ニナは背筋をのばしてうなずいた。その姿を見たリヒトは億劫《おっくう》そうな態度を一転、てきぱきと掃除を切りあげはじめる。

開け放たれた窓を閉め、外に出しておいた机や椅子《いす》をロルフとリヒトが運び入れるあいだ、ニナは掃除《そうじ》道具を片づけがてら鐘楼《しょうろう》のカミラたちに声をかけた。

祭壇《さいだん》の裏手にあたる小部屋。次第を告げて頭をさげ、あとはお願いします、と立ち去ろうとしたニナの肩と腕が、けれど唐突につかまれる。

おどろいて振りむくと、二人の少女がずいと身をのりだしてきた。

「ねえちょっと」

「あの金髪の彼なんだけど――」

同年代で地方競技会に同行することの多かった少女たちは、帰郷してから意味ありげな視線をリヒトに投げていた。

あるいはニナが一人になる機会を待っていたのだろう。どこの出身か、親の職業は、お金持ちか、実家の広さは、長男か、年齢は、気前はいいか、優しいか、趣味は、好きな食べ物は——矢継《やつ》ぎ早《ばや》にたずねられ、ニナは一気に混乱する。

どこの誰かと問われても、守秘義務で詳しい素性《すじょう》は明かせないし、ましてリーリエ国王の庶子《しょし》などと、公《おおやけ》にしていい情報かもわからない。えと、あの、と曖昧《あいまい》な返答に終始するが、見た目と雰囲気《ふんいき》で伝わるのか、リヒトは〈王都在住のお菓子好きな名門貴族青年〉と、事実に近い形で推定された。

うっとりと頰《ほお》を染め、いいわね、玉の輿《こし》じゃない、と年頃の娘らしい羨望《せんぼう》を口にする少女たちに、黙って聞いていたカミラがふんと鼻を鳴らす。

「わたしは別にうらやましくなんかないわ。むしろ気の毒よ。しょせんは〈いまだけ〉なんだから」

ニナと少女たちは大鐘への階段に腰かけるカミラに視線をやる。ぞうきんで力任せに手すりを拭きながら、カミラは小馬鹿にした顔でニナを見おろした。

「〈その手〉に縁遠かったあんたにはわかんないだろうけど、恋愛と結婚は同じじゃないのよ。貴族と村娘が結ばれるのは物語のなかだけ。生まれも育ちも、常識だってちがうんだから。領地経営だ祝宴の采配《さいはい》だ貴族同士の付き合いだって、あんたにできるの。そもそも相手の身分が高ければよけいに、向こうの両親が反対するに決まってるわ」

唐突《とうとつ》な言葉に、ニナは困惑して目をまたたく。

カミラはぞうきんを木桶《きおけ》に放りこむと、意地悪く言い放った。

「まあそれ以前に終わる可能性もあるわね。あのちゃらちゃらした金髪男、口は上手《うま》いし軽薄だし、実はあんたの知らない婚約者でもいるんじゃない？　村長の娘として忠告するけど、運良く出世したからって身のほど知らずに浮かれてないで、もう少し現実を考えなさいよ」

少女たちは顔を見あわせる。そういえば領主さまの息子と恋仲になった鍛冶屋《かじや》の一人娘、結局は別れたわね、と夢から覚めたような声で言う。

ニナは先ほどのリヒトの言葉を思いだした。

──ニナにアルサウの血が流れてるなら、おれには父国王の血が入ってるんだってふと思って。

胸の奥にじわりと落ちつかない雲がかかる。不安そうに前掛けを強くにぎった姿を、カミラは満足げに見おろした。

金髪が離れる瞬間を待っていたのは、二人の少女だけではない。役立たず扱いしていたころの頼りない表情が見られて、多少は溜飲《りゅういん》がさがったのだろう。カミラは二人の少女に木桶を持つよう指示すると、鐘楼の階段を軋《きし》ませて去っていった。

廊下《ろうか》の向こうからリヒトが自分を呼ぶ声がする。

ニナははっと肩をゆらすと、カミラの言葉から逃げるように、薄暗い小部屋を出ていった。


例の村人からの情報は、年が明けてツヴェルフ村から団舎に帰るなり、ロルフの口から団長ゼンメルに報告された。

それぞれの郷里から団員たちが帰還し、平穏な日常生活を送るニナだったが、カミラの言葉は小さな棘《とげ》のように胸の奥に残っていた。裏庭の競技場で白い息を吐きながら弓の的《まと》打《う》ちをしているときも、食堂の暖炉《だんろ》で串にさしたクーヘンをあぶり、舌を火傷《やけど》しながらリヒトと食べているときも。

その棘がたしかな現実としてニナの目の前にあらわれたのは、団舎に戻ってわずか数日後のことだった。

「ですからラントフリート王子、あなたのお生まれやお立場を考えると、今回はいままで一番の良縁だと思うのです。父国王オストカール陛下もたいそう乗り気ながら、いくど手紙を届けても王子からの返書はない。そこで直接お会いして返事をもらってくるよう、直々に下命を拝しまして」

仕立てのいいブリオーに腿丈《ももたけ》の上着と革靴《かわぐつ》。気取った様子で告げた連絡役貴族の対面の席には、むっつりと押し黙ったリヒトの姿。あいだの長机には、王族など特別な貴人の手紙を届ける際に使用される銀製の書筒《しょづつ》と、華やかな若い女性が描かれた肖像画が置かれている。

◇◇◇

リーリエ国の王都ペルレ近郊。〈迷いの森〉と呼ばれる広大な樹林帯に隠された国家騎士団の駐屯地《ちゅうとんち》——団舎ことヴィント・シュティレ城の食堂。

午前の訓練を終えて料理婦ハンナの昼食を堪能《たんのう》し、満腹の腹を抱えた団員たちがさて昼寝でもするか、ダイス遊びがいいか王都の娼館《しょうかん》にくり出すかとくつろぐ時間帯。裏庭に面した窓から冬の陽光が射しこむ室内は、陰鬱《いんうつ》に静まり返っている。

気まずい静寂に気づいているのかどうか、連絡役貴族は慇懃《いんぎん》に言葉をつづけた。

「なんでも西方地域杯の前夜祭でラントフリート王子とお言葉を交わされた令嬢が、美麗《びれい》な容姿と典雅《てんが》な物腰を気に入られ、ぜひにと父侯爵にねだられたとか。侯爵家はマルモア国でも名門で、令嬢の母君は現マルモア国王の妹であり、しかも侯爵のお子さまは令嬢お一人。リーリエ国のために、これは是非《ぜひ》でもまとめるべきだと——ああ、これはどうも」

ぞんざいに礼を言われ、ニナはおずおずと頭をさげた。

話の邪魔をしないよう、控え目に差しだされたのは湯気を放つハーブ茶とジンジャークッキーだ。

ハーブ茶には風邪《かぜ》予防のエルダーが煎《せん》じられ、ジンジャーは血行をよくする。寒さも本格化する一月初旬《しょじゅん》。〈迷いの森〉を騎馬にて駆け、冷え切った身体《からだ》への配慮《はいりょ》だったが、前掛けとカーチフ姿に料理婦見習いだとでも思ったのだろう。連絡役の中年貴族はニナに一瞥《いちべつ》すらくれることはない。

リーリエ国では国の軍事力たる国家騎士団員の安全性を守るため、可能なかぎり個人情報を秘匿《ひとく》している。団舎と呼ばれる古城の所在地を知るのは王城でも一握りの重臣のみ。老僕たちの食材の買い出しも回り道を使用するなど工夫《くふう》され、王城宛《あ》てに送付される郵便物は週に一度程度、連絡役である貴族が届けることになっている。

郷里からの便りや各国の要人からの連絡等、送られる品物は団長ゼンメルに手渡され、個人情報を管理する騎士団長の責任において配られる。しかし名前と顔で素性《すじょう》が知られる一部のもの、たとえば王女ベアトリスへの夜会の招待や父国王からの私的な用事など、本人に口頭で伝えられる場合も例外的にある。

ともかくはご検討《けんとう》を、なんでしたら王城にお越しいただいて、とすまし顔で口にし、連絡役貴族はハーブ茶に手をのばした。

リヒトは近くの長机に座っているオドを呼びよせる。

ぼそぼそと小声をかわし、団員一の巨軀《きょく》にふさわしい大きな手で、所在なげに立っているニナの耳をふさいでもらった。

連絡役貴族に向きなおり笑顔を浮かべる。

「えーっとね、どこから手をつけていいかわからないくらい最悪なんだけど。まずね、あんたにお茶とお菓子を持ってきてくれた超優しくて気の利《き》く子は、ガルム国の猛禽《もうきん》を倒した〈少年騎士〉で、おれの大事な恋人なの」

連絡役貴族はぎょっと肩を跳ねさせる。

まじまじとした視線を向けられ、ニナは耳をおさえているオドを不安そうに見あげるが、柔和《にゅうわ》な顔で曖昧に首をかしげられた。

リヒトは微笑《ほほえ》みながら言葉をつづける。

「でね、おれの恋人は土壇場《どたんば》では強いんだけど、普段はね、自信がなくて自分を卑下《ひげ》したり遠慮《えんりょ》したり、まあそこも可愛《かわい》いんだけどそれはおいといてさ。そんな恋人がいまの話を聞いてどう感じると思う？　ねえ、もしもそれで身を引くとか別れた方がとか、そんな最悪の展開になったら責任とれるのあんた。とれないよね？」

口調こそ気安いが、細められた新緑色の目には冷たい殺意が閃《ひらめ》いている。

成り行きを見守っていたベアトリスが百合《ゆり》のような美貌《びぼう》を曇らせて溜息をつき、トフェルは丸皿に似た目をむいて己の両肩を抱いた。ヴェルナーら中年組はいちようにうつむき、木杯の麦酒《ビール》をちびちびと舐《な》めている。

ハーブ茶といっしょにごくりと唾《つば》をのんだ連絡役貴族に、リヒトはあくまで朗《ほが》らかに言い放った。

「前夜祭で話した女なんか誰一人覚えてないよ。貧民街で育ったおれに典雅な物腰って、その〈ご令嬢〉とやらは頭にクーヘンでも詰まってるんじゃないの？　そんなわけで二度とこの手の話は持ってこないでくれる？　ていうか手紙を無視してる時点で察しろよ真剣にさ。ちなみに団舎の周りの森って、〈物言わぬなにか〉を隠すのに丁度《ちょうど》いい場所なんだよね。役目と命とどっちが大事か、そこんとこようく考えて〈ご検討《けんとう》〉してもらえるかな?」

連絡役貴族は椅子《いす》を鳴らして立ちあがった。

ふるえる指で書筒と肖像画を手にすると、真っ青な顔で辞去の挨拶《あいさつ》を述べ、逃げるように食堂を出ていく。慌ただしく閉まる扉を眺めたトフェルは、次に来る連絡役は新顔だなとつぶやいた。手つかずのジンジャークッキーを大きな口に放りこむ。

リヒトは、はあっと深い溜息をついた。

長毛種の猫を思わせる金髪を苛々《いらいら》とかき、席を立ってニナに歩みよる。オドに耳栓《みみせん》の礼を告げて離れてもらうと、落ちつかない様子で見あげてくるニナの手をにぎり、ごめんね、と眉《まゆ》をひそめた。

「ニナに聞かせるには乱暴っていうか、耳の毒だったからさ。完璧《かんぺき》に断ったし大丈夫だからね。それとその……〈ラントフリート〉にきてた縁談、黙ってたこともごめん。余計な心配かけたくなくて内緒にしてたんだけど、こんな形で知ったら気分悪いよね。連絡役の態度も〈迷いの森〉の養分にしたいくらい何様だし、大事なニナに嫌な思いさせて、恋人として本当に反省してる」

包みこんだ両手に額をつけて頭をさげられ、ニナはあわてて首をふる。

リヒトが恋人として謝罪したのなら、同じく恋人としてなにか答えるべきだと思う。けれど国王陛下とかマルモア国の名門貴族令嬢とか、別世界すぎて即座に言葉が思いつかない。

気まずい空気が流れる食堂内で、酒杯やダイスをもてあそぶ団員たちは、自分の反応をうかがうような視線を投げてくる。ニナはうつむくと、注目のなかでリヒトに謝られる現状がいたたまれず、ただ口を開いた。

「そんな、あ、あの、リヒトさんは悪くないです。ご家庭の事情はさまざまですし、とくにリヒトさんには、身分とか立場で難しい部分もきっとあって。だから仕方ないと言いますか、えっと、その……」

たどたどしく言いながら、ニナはツヴェルフ村でのことをふと思いだした。

貴族と村娘が結ばれるのは物語だけで、恋愛と結婚はちがうと教えてくれたカミラ。婚約者ではないけれどリヒトには事実、知らないところで縁談話が出ていた。これが自分の気づかなかった〈現実〉だろうか。半勘当《はんかんどう》状態でもリヒトはリーリエ国王に公認された息子であり、立場に相応の将来を考える人たちが実際にいて——

謝罪した姿勢のリヒトのつむじをぼんやり見ていると、近くの長机から冷ややかな声がかけられた。

「騎士の指輪を許されたものが、私欲のために隠し事か。戯言《ざれごと》で誤魔化《ごまか》しても現実は変わらない。兄としては妹を馬鹿にする男も、妹を欺《あざむ》く男も認められない。〈騎士の中の騎士〉を早々に探す結果となるなら、むしろおれは歓迎だが」

対象に応じて〈かぶる猫〉を使い分ける男への、当然の報いだと言わんばかりに。連絡役貴族の置き土産《みやげ》のような居心地の悪い空気のなか、ロルフは常と変わらぬ泰然《たいぜん》とした佇《たたず》まいで、食後のハーブ茶を静かにかたむけている。

ニナの手をにぎったまま顔をあげたリヒトは、鋭い眼差《まなざ》しでロルフをにらんだ。

「隠し事とか欺くとか、不実を連想させる単語はやめてくれる？　〈騎士の中の騎士〉も異国の破石王《はせきおう》を連想するから使用禁止で。嫌みなくらい男前なキントハイト国の騎士団長、なんかすごい要注意な感じがするんだよ。ていうか上から目線で言ってるけど、自分だって都合が悪くなるとすぐ、長くて怪しい沈黙で誤魔化して——」

「でもリヒト、ロルフの言うことも一理あるわ。放置してても状況は変わらないし、この際だし思いきって、真剣に考えた方がいいんじゃない？」

語気を強めかけたリヒトを、艶《あで》やかな声が唐突《とうとつ》に遮《さえぎ》る。

振りむいたリヒトはおどろきを顔に浮かべた。腕を組んで椅子に座るベアトリスの姿に、信じがたい提案が唯一の家族といえる義姉の口から出たことを確認すると、ニナをつかんでいた腕を反射的に引く。取られまいというふうに囲いこみ、なにそれ、本気で、と矢継《やつ》ぎ早《ばや》に言った。

「考えろってどういう意味？　まさかニナと別れろってこと？　相談相手になって非日常を演出したり、応援してくれてたんじゃ」

「もちろん応援してるわ。考えろって言ったのはニナとの今後のことよ。父王陛下の御代が永遠につづくわけじゃないし、一番目の兄上が新国王に即位されたら、少し難しい状況になるかもって思ったから」

「難しい状況って」

「娘のわたしが言うのもあれだけど、父王陛下は綺麗なご婦人がいれば満足の適当な御方だわ。二番目の兄上は自分がやった〈嫌がらせ〉の結果に悲鳴をあげて階段を転げ落ちるような人だけど、一番目の兄上は亡き母王妃さま譲《ゆず》りで、陰気で偏屈《へんくつ》なお人柄でしょう」

　豊かな金髪をかきあげ、ベアトリスは難しい顔でつづける。

「勤勉で国政には通じてるけど、国家連合の理事になってる外戚《がいせき》の叔父《おじ》公爵――母王妃さまの弟と懇意《こんい》だし、そんな二人がリーリエ国を動かすようになったら、庶子《しょし》のあなたも、いまみたいな好き勝手が許されないと思うのよ」

「許されない、いってなに。奴らの許可がなきゃおれは恋愛もできないってこと？　くっだらない。そもそも縁談関係なら、自分はもっと好き勝手にしてるじゃん。女官長が〈さりげなく〉置いていくお見合い肖像画が衣装箱一杯になったんでしょ。〈銀花の城《ラルジャン・フルル》〉の裏庭で燃そうか〈迷いの森〉に遺棄《いき》しようかって、計画中なのは誰だよ」

すでに苛立っていたリヒトは、ささいな言葉尻をとらえてつっかかる。

複雑な事情が絡みあう状況に、行動が先になる彼女にしては珍しく慎重にすすめていたベアトリスは、むっとして柳眉《りゅうび》をつりあげた。

「なによその言い方！　わたしはあなたたちの将来を心配してるのよ。ニナが貴族の娘なら問題ないわ。だけど後ろ盾のない平民が王家と縁続きになることの苦労は、あなた自身が一番わかってるはずじゃない！」

「ねえ、どうしてそう空気が読めないわけ？　貴族の娘とか後ろ盾とか平民とか、この状況で耳にしたニナがどういう気持ちになるか、なんで想像できないんだよ。悪気がないのは知ってるけど、最低限わかって欲しい大事な空気もあるんだって！」

わたしがいつ空気を、無自覚って罪だね、なんですって――頭上でかわされるやりとりは次第に険悪になってくる。ニナはあの、その、と語気を強める姉弟を交互に見やった。

青海色《あおうみ》の目を潤ませ、なんでこんなことにとうろたえる。先ほどの自分の返答がまずかったのか。けれど唐突に耳にしたリヒトの縁談話は、別世界すぎて戸惑うだけで、どう対応すべきかまで頭がまわらないのだ。

　ほかの団員たちは遠巻きに、あーあと顔を見あわせている。そんななかでロルフが我関せずと、料理婦ハンナにハーブ茶のお代わりを頼んだ、そのとき。

「──新年早々、昼間からなにを騒いでいる。酒樽《さかだる》だ荷車だと、西方地域杯で散々に迷惑をかけたのを忘れたか？」

　いつのまにか中央の扉付近に、団長ゼンメルと副団長クリストフの姿があった。

　連絡役貴族から配達物を受け取った二人は昼食の時間になってもあらわれず、指定席である団旗の前の長机には、ハンナの指示で数皿の料理が残されている。リーリエ国騎士団を率《ひき》いる団長ゼンメルの博士めいた知的な顔にも、副団長クリストフの司祭らしい温厚そうな顔にも、常とはちがう一筋の緊迫感があった。

　それを見てとった団員たちは、手にしていた酒杯やもてあそんでいたダイスを置く。子供じみた姉弟喧嘩《げんか》は中断され、しんと静寂が落ちた食堂に集《つど》う全員が、姿勢をのばして下《げ》知《ち》の言葉を待った。

　ゼンメルは軽く眉《まゆ》をあげ、鼻の上の丸眼鏡《まるめがね》をかけ直す。

「なんだ。今回はずいぶんと察しがいいな。まえにガルム国との裁定競技会《さいていきょうぎかい》を報せたときは、わしが声をかけるまで接近にすら気づかず、フォークとナイフを武器に風変わりな競技会に興じていた連中が」

「いや、連絡役が落とした冬の嵐が、どうにも収拾《しゅうしゅう》がつかなかったんで。麦酒《ビール》がやたらと苦いっつうか、娼館《しょうかん》に逃げても外れを引きそうだし、賭場《とば》に行っても身ぐるみ剝《は》がされそうだし。水を差してもらって、むしろ助かりました」

団員たちを代表するように、中年組のまとめ役であるヴェルナーが豊かな顎髭《あごひげ》をかく。ゼンメルは薄く笑った。酒が楽しめる話ならいいがな、と傍《かたわ》らを見ると、副団長クリストフは曖昧《あいまい》な表情で苦笑する。

そんなやりとりにニナがなんとなく胸騒ぎを覚えていると、団長ゼンメルはおもむろに食堂を見まわしてから告げた。

「先ほど団舎を訪れた連絡役貴族より、国王陛下からの書状が届けられた。リーリエ国とシュバイン国との裁定競技会が決定した。日時は半月後。準備期間は本来であれば一カ月後が目安だが、雪の到来を避けるため、双方の中立人が了承したとのことだ」

団員たちにざわめきが走る。

雰囲気《ふんいき》から予想はしていたが、日程と相手を聞かされると重みがちがう。シュバイン国か、なんか揉《も》めてたか、と言葉を交わす団員たちに、ゼンメルは説明をつづける。

「シュバイン国の北東部にあるオルペ街の騎士団が、昨秋、野盗討伐《とうばつ》に出たまま消息を断ち、冬になって遺体で見つかった。残された傷痕から剣の扱いに長《た》けたものの関与が疑われ、遺体にまぎれて白百合《しらゆり》紋章の指輪が発見されたことから、国境を挟んだリーリエ国の街で警吏《けいり》をかねる騎士団に、疑惑がかけられることとなった」

ゼンメルの言葉を聞きながら、ニナはそっとロルフをうかがう。

兄が危惧《きぐ》したとおりシュバイン国との裁定競技会の決定は、ツヴェルフ村に帰省した際に聞いた行方《ゆくえ》不明事件に端を発することだった。

問題の地域は北にガルム国で西にシュバイン国、東にリーリエ国が三角州《さんかくす》のように国境を接する地帯だ。中央の管理が及ばない辺境部は無頼者や犯罪者の潜伏場所になりやすく、ときに街を襲撃する大規模な野盗団が出没するため、主に警吏をかねる近隣の街騎士団が定期的に治安維持活動をおこなっている。

討伐には国から報奨金《ほうしょうきん》が出るほか、野盗の収奪品を横領するたちの悪い騎士団もまれにいる。三カ国の騎士団同士が手柄や財物を取り合う揉め事は以前よりあり、過去には刃傷《にんじょう》沙汰《ざた》から怪我人《けがにん》が出る騒ぎまであった。もともと良好とはいえない関係が遠因でもあろうが——渋い表情で分析したゼンメルは、深い溜息をつく。

「しかし物証となるリーリエ国章の指輪は、警吏や門番など公務に携《たずさ》わるものが使用する一般的なものだ。個人を特定するには弱く、事件の真相を明らかにするためにも慎重な対応が要求されるが、疑惑をかけられた街の領主は、亡き王妃さまの実家と縁続きの貴族だそうだ。話を聞きつけた第一王子殿下は〈ろくな調査もせずに〉国家連合に裁定競技会を申し立てた。一カ月の協議期間を経て開催が決定し、本日通告されたという次第だ」

——ろくな調査もせずに？

ふくみを感じる物言いに、ニナは困惑を顔に浮かべる。

なんとなく周囲を見まわすと、あーというふうに天井を見あげ、あるいは緊張感が抜けたように頭をかく団員の姿が見えた。

彼らはゼンメルの言葉が意味する〈なにか〉を理解しているのだろうか。トフェルは面白くなさそうに舌打ちし、オドはのっそりとした巨体を心なしか丸めている。

そんな様子を知性を秘めた目で眺め、ゼンメルは首を横にふった。

「思うところはあろうが、決まった以上はリーリエ国騎士団としての職責を果たすしかない。移動の日数を考えれば準備期間はないに等しいが、降雪が予想される二月の戦闘競技会よりはましだ。甲冑《かっちゅう》の冬備えは幸い、ロルフから報告を受けた時点で取りかかったので問題はないが、北方の国のように雪中訓練の経験には乏《とぼ》しいからな。……ただ一つ、気がかりがある」

一呼吸おき、老団長はその視線をベアトリスに向ける。華やかな美貌を戸惑いに曇らせた自国の王女を気遣わしげに見やり、苦いものを吐き出すような顔で告げた。

「国家間の問題を解決する裁定競技会は、対戦する当該国《とうがいこく》のどちらか、もしくは近接諸国の公認競技場で開催される。会場は公平性を期すためにくじで決定するが、審判部は今回の戦いの場として、ガルム国のヘルフォルト城を選定した」

――しん、と静寂が食堂を満たした。

凍《こお》りついた空気のなか、団員たちの息をのんだ音がやけに大きく聞こえる。

表情を強《こわ》ばらせたベアトリスの姿に、ニナの脳裏《のうり》にはまざまざと、おぞましい姿がよみがえった。

陣所の天井よりも巨大な赤い髪の騎士。猛禽との異名にふさわしい鷲鼻《わしばな》と耳近くまで裂けた大きな口。黄色い目をぎらつかせ、雄叫《おたけ》びを放ち大剣を振りまわす。その足元には手足の折れ曲がった騎士が、軍衣《ぐんい》を血に染めて倒れていて――

――あの〈赤い猛禽《ブルート・フォゲル》〉の国……ガウェインのいるガルム国で裁定競技会を……。

ニナの背中を冷たいものが流れた。

不気味に羽ばたく赤い鳥の翼の音が、耳の奥でたしかに鳴った気がした。

2

街道の四方を囲むのは乾いた大地。

季節は草木の眠る冬ではあるが、ニナの視界に入るガルム国の地は閑散《かんさん》と色が少ない。ところどころに土がひび割れた一帯があり、葉の落ちた灌木《かんぼく》が寒そうに枝をたらす。頭上を覆《おお》いつくす曇天《どんてん》のごとく陰鬱《いんうつ》な異国の地は、騎馬にて街道を駆けるニナの頬《ほお》を、外套《がいとう》を舞わせる北風より冷淡に出迎える。

リーリエ国でも王都から離れた南部山岳地帯に生まれたニナは、村と近隣の街を生活圏とし、国家騎士団に入るまで外国に行ったことはなかった。ニナが知る異国の地は去年訪れたシュバイン国とマルモア国の二カ国。知るといっても両国とも、戦闘競技会《せんとうきょうぎかい》の会場と街道周辺程度で、それでも宿場町や農村など、同じ西方地域の国として馴染《なじ》みのある既視《きし》感《かん》を覚えたのだが。

——なんでしょう。リーリエ国との国境を越えたのは今朝なのに、暗くて寂しくて、うんと遠くの国に来たみたいに雰囲気がちがいます。

頼りなく周囲を見まわした気配に気づいたのか、ニナを背後に乗せて馬を駆る団長ゼンメルが、肩越しに振りかえった。

「どうした。なにか異状でもあったか」

茫漠《ぼうばく》たる地を疾駆《しっく》する騎馬の一群。長くのびた隊列の中央付近で、ニナは団長ゼンメルの馬に相乗りさせてもらっている。

裁定競技会《さいていきょうぎかい》でも王都へ出るときでも、騎乗の心得がないニナの指定席はリヒトの後ろが常だったが、ガルム国を訪問するうえでの警備上の観点からの変更だ。リヒトは露骨《ろこつ》に不満そうな顔をしたが、六十歳を越えたゼンメルが〈その手〉の対象を卒業していること、また悋気《りんき》を起こしている状況ではないとしぶしぶ引き下がった。

控え目に腕をまわした団長の身体《からだ》は、リヒトより細いが決して弱々しくはない。歳月が研磨《けんま》したような固い老軀《ろうく》に身を任せ、ニナはおずおずと言った。

「いえ、異状はないのですが、土地に対して人が少ないというか、閑散としている気がして。さっき通った農村も痩《や》せた牛が数頭見えただけで、水車小屋には蜘蛛《くも》の巣が張っていました。畑は荒れて雑草だらけで、廃屋《はいおく》のような建物もいくつかあって」

「よく見ているな。目端《めはし》が利《き》くのは騎士として望ましい。〈制裁〉への従軍中ならばトフエルと組ませ、哨戒《しょうかい》の任を与えているところだ」

ゼンメルは感心したふうに鼻を鳴らす。その目を乾いた大地にやって告げた。

「わしは学者ではないが、ガルム国は農業に向かない国だと聞いている。領土は沼沢《しょうたく》に恵まれるものの、土地の養分を奪う性質の水は飲料にも適さない。地形的に西方地域での嵐の通り道になることが多く、風害からの凶作も珍しくない。荒れた土壌《どじょう》からは農民が去り、人の手が離れれば土地は荒廃する。王都周辺はともかく、辺境部にあたるこの一帯はとくに影響が大きいのだろう」

「あの、だからこんなに人気《ひとけ》がないというか、寂れた感じが」

「そうだな。正確な統計までは知らぬが、主食たる麦の生産高は西方地域でもっとも低いらしい。若い時分にガルム国の西方にあったフローダ国への制裁に参加したことがあるが、糧食と水の確保は本当に苦労した。北方に位置したギレンゼン国への制裁のときは、湧水《ゆうすい》に恵まれた山岳地帯ゆえに困らなかったがな。現在はそれでも地下水路が発達し、いま話した山岳地帯から良水を引くなど工夫《くふう》しているらしいが」

「地下水路……」

名前から、ニナはマルモア国のミラベルタ城で見た地下の訓練場を思いだす。洞窟《どうくつ》のようなものかとたずねると、ゼンメルは軽くうなずいた。森と水に恵まれるリーリエ国には無縁だが、有毒な蒸気が噴き出す箇所《かしょ》のある中央火山帯や雨の少ない南方地域では、珍しくない施設らしい。

ニナは周囲を観察したが、地中にあるという水路が見えるはずもなく、また基本的には城や街をつなぐ形でつくられるそうだ。丁寧《ていねい》な説明に礼を言ったニナに、ゼンメルは小さく笑うと、少し考えてから口を開く。

「ガルム国は西方地域のほぼ中央に位置する。多くの諸外国と接している点で交易に有利な面もあるはずだが、ガルム国にはたとえばマルモア国の縫製品《ほうせいひん》のような特産物がない。ガルム国王家と縁続きの王子がシレジア国新王となったことで、海上交易の経路や安価な海産物は確保したらしいが、それでも貧しい国土を補《おぎな》うにはいたらない。……その意味で一番の財貨の糧《かて》は、〈赤い猛禽《ブルート・フォゲル》〉だったといえるな」

「赤い猛禽……あのガウェイン王子が、国を潤していたのですか？」

「シュバイン国の話を知っているだろう。ガルム国はシュバイン国から麦を借り、ガウェインの武勇をたてに裁定競技会をちらつかせて返済を渋っていたと。競技場を血に染め、幾多《いくた》の騎士からその将来を奪った異相の巨人。ナルダ国とのあいだでも帰属が曖昧だった鉱脈を裁定競技会で奪い取ったと聞いた。装備品の最適な利用法を考えるのは武具を扱うものの醍醐味《だいごみ》だが、ガウェインという強大な武器を使うに、あまりに卑劣《ひれつ》で効率が良すぎる使い方だった」

競技場に倒れた騎士たちに思いを馳《は》せるように目を細め、ゼンメルは短い息を吐いた。

「もっともその武器もいまは翼をもがれ、鳥籠《とりかご》のなかだ。古い知人からの情報では、我らとの競技会における反則行為で科された出場停止処分を不服と暴れ、強固な古城に幽閉《ゆうへい》処置となっているらしい。〈見える神〉たる国家連合《リントヴルム》が仕切る裁定競技会への妨害《ぼうがい》行為は、さすがにガルム国がさせないだろうが、相手が相手だ。移動にはじゅうぶんに警戒すべきだろう」

冷静な提言に、ニナがはい、と答えたとき、隊列の前方から馬足を緩《ゆる》める形で、副団長クリストフが近づいてきた。

同時に後方の集団から、中年組の一人が駆けてくる。

街道に長くのびた騎馬の列。先頭には実力者ヴェルナーを頭に副団長と、哨戒役のトフエルにリヒト、中央には全体を見わたし即座に指示がくだせるように団長ゼンメルが陣取る。後方には王女ベアトリスと裁定競技会の立会人貴族、それを守護するように中年組とリーリエ国より同行した砦兵《とりでへい》が周囲を固め、急襲の危険のある最後尾は〈隻眼の狼《アイン・ヴォルフ》〉の異名を誇るロルフが受け持っている。

ガルム国での裁定競技会に出場するにあたり、リーリエ国騎士団が危惧《きぐ》したのは相手となるシュバイン国より、〈赤い猛禽〉こと王子ガウェインの存在だった。

ガウェインが王女ベアトリスへの求婚を承諾《しょうだく》させるために裁定競技会を利用していたことは、少なからぬ数の団員の負傷や退団、騎士団員デニスの死とともに、リーリエ国騎士団に苦い歴史として刻まれている。いままでの経緯を思えば国家連合に会場選定時の配慮《はいりょ》を求めたいが、〈見える神〉の代弁者として公正に職務を遂行《すいこう》する審判部に、特別な措置《そち》を願うことが趣旨《しゅし》に反するのも事実であった。

したがって不測の事態が起きぬよう、可能なかぎり警戒を高めていくしかない。リーリエ国騎士団はガルム国の東端に近いヘルフォルト城を目指すにあたり、滞在時間をできるだけ短くするため、国内をいったん北上。西の国境沿いの砦で宿泊してから競技会前日にガルム国へと入った。翌日に競技会が終わり次第出立《しゅったつ》し、その日の夜にはふたたび国境を越えて、リーリエ国に帰国する行程だ。

護衛として同行させる西砦の兵は三十名。数を聞いたニナは王女の守護役として心許《こころもと》ないのではと思ったが、戦争が禁止されている火の島《イグニス・インスラ》において他国に兵を侵入させることには一定の制約や、ときに許可が必要な場合があり、慣例として許される一般的な数とのことだった。

団長ゼンメルに馬を近づけ、前方に異状がないこと、ヘルフォルト城の城壁が確認できたことを告げた副団長クリストフは、その表情にすでに疲れを見せている。

司祭として諸事に通じ、裏方として騎士団を支える副団長はもともと業務が多かったが、年度末も近い繁忙期《はんぼうき》に準備期間のほぼない裁定競技会開催が拍車をかけた。

提出した次年度予算案の追加報告書作成に、団員の年間破石《はせき》数の計算や登録名の変更確認と、新年度より復帰予定の団員の書類整備。さらにはガウェインの一件で激減したリーリエ国騎士団の体制再編についての準備や手配で、本分であるはずの大剣をにぎる余裕もないほど多忙だった。

さすがに処理できないということで、年明けから薬草園の手入れはオド、施設管理は信頼のおける老僕頭《ろうぼくがしら》に任せている。可能であれば簡易な事務仕事は、商家の息子として文字と算術に明るいトフェルに頼みたかったようだが、悪戯妖精《ニュンフェ》を執務室に入れる危険性以前に、話を打診した時点で隠し扉の向こうに消えてしまったらしい。

中年組の一人、岩石のような剃髪《ていはつ》の団員は、同じく後方に異状がないことを告げて去る。普段は明るく気安い男ながら、事務的に身をひるがえした姿に、ゼンメルがぼそりとこぼした。

「……まったく陰気だな。国の命運を決する裁定競技会に向かう国家騎士団が、まるで葬送の行列だ。いや、さすがに悪いたとえか」

「たとえはともかく同感です。これなら西方地域杯《せいほうちいきはい》のときのように、酒樽《さかだる》だ朝帰りだと騒がれた方がよほど気が楽でした」

歯切れの悪い言葉に、クリストフは苦い笑いを浮かべる。

ニナは縦長にのびた隊列をあらためて見わたした。

団長と副団長が言葉にしたとおり、前方の一群も後方の集団からも話し声一つ聞こえない。シュバイン国との裁定競技会開催が発表されておよそ二週間、リーリエ国騎士団は奇妙な重苦しさに包まれている。

装備品や旅の準備と模擬競技に追われながら、食堂での会話と中年組の酒量はなんとなく減り、絶妙な仕掛けでニナに悲鳴をあげさせるトフェルの悪戯《いたずら》は空振《からぶ》りが増えた。落ちつかない空気のなか、リヒトらの姉弟喧嘩《げんか》も原因となった縁談話もなし崩しとなり、団員で様子が変わらないのは、日課の訓練を淡々とこなす兄ロルフだけ。昨年の初夏に仮入団したニナは、それ以前に赤い猛禽に負わされた被害の全容を知るわけでは、もちろんないけれど。

――敗色濃厚とされた去年の裁定競技会のときは、むしろわたしの緊張がほぐれたほど普通でした。急な競技会への対応で余裕がないとか、赤い猛禽を警戒しているにしても、少し雰囲気《ふんいき》がおかしい気がします。

陰鬱《いんうつ》な静寂に地鳴りに似た馬蹄《ばてい》がとどろく。

びゅうびゅうと前方から吹き荒ぶ冬の風に、厚手の冬用外套が舞った。なびく白髭《しろひげ》よりも白い息を吐き、ゼンメルは気を取り直すように言う。

「リーリエ国の国家騎士団として軍衣と指輪を許された以上、のみ込むべき不合理はある。団員たちにも割り切れぬ部分はあろうが、これも仕事だ。ともかくは確実に結果を出し、無事の帰国を最善としよう」

はい、とうなずいた副団長に、ニナは頼りない顔になる。〈のみ込むべき不合理〉とはなんのことだろう。騎士団員として確認した方がいいのか考えていると、隊列の前方から声が聞こえた。

視線を向けると、茫漠たる枯れ野にそびえる灰色の城が見える。

針鼠《はりねずみ》を思わせる尖塔《せんとう》や城壁に掲《かか》げられたのは、四女神《デア・ファアトス》を描いた国家連合旗と、双頭の鷲《わし》が猛々《たけだけ》しいガルム国旗。あの建物が今回の会場であるヘルフォルト城だろうか。今まで訪れたことのある公認競技場と異なり周囲に街はなく、陰鬱な城を覆《おお》い隠す城壁の前には人影が――赤い髪の男が立っていた。

艶《つや》やかに流れる赤い長髪。既視感《きしかん》のある黄色い目と少し高めの鼻。丈の長いブリオーに毛皮で縁取られた上着をまとった体格は細身で、腰帯にさげた華美な装飾の剣が重たげに見える。上品な口元は耳まで裂けていることもなく、典雅《てんが》な風貌《ふうぼう》には薄い微笑《ほほえ》みが浮かんでいる。

〈赤い猛禽〉と恐れられたガルム国の異相の騎士——ガウェイン王子とどこか似た、けれどたしかにちがう男は、馬を止めたリーリエ国騎士団を悠々《ゆうゆう》と見わたした。

ヘルフォルト城をぐるりと囲む城壁の南側。

開け放たれた大扉を後背《こうはい》にガルム国の騎士を一人したがえ、赤髪の男は恭《うやうや》しく頭をさげる。しかし馬からおりたリーリエ国騎士団員の不審そうな表情に気づいたのだろう。大扉の脇に控える四女神の軍衣を着た男たちを、おもむろに一瞥《いちべつ》してから口を開いた。

「ご安心ください。わたしが皆さまをお出迎えすること、国家連合の審判部より許可をいただいております。開催国として裁定競技会を公正に運営するため、たとえば競技場の状態をお教えするなど、少しの疑念も抱かれぬように同席をお願いしました。またシュバイン国騎士団につきましても、先ほど同様に、この大門前にてご挨拶《あいさつ》させていただいております」

場所と状況。なにより男の風体《ふうてい》からある程度は正体を予測し、団長ゼンメルは老軀《ろうく》を正して黙礼した。

「ご丁寧な配慮に感謝いたします。リーリエ国騎士団の団長ゼンメルと申します。ぶしつけながら、お名前をお伺いしても？」

「おお、あなたがゼンメル団長でいらっしゃいましたか。競技場には縁遠く王城で政務に忙殺される日々のなかでも、武具についてのご見識とご高名はかねがね耳に。わたしはガルム国の王子ガイゼリッヒと申します。……口に出すのもためらわれますが、〈赤い猛禽〉との異名を持つ王子ガウェインの兄です」

——赤い猛禽の……兄王子……。

ニナは軽く息をのむ。

団長ゼンメルを先頭に油断なく周囲を警戒する団員たち。馬を預かる砦兵らに混じり、怖々《こわごわ》と成り行きを見守っていたが、予想外の言葉におどろきをあらわにする。

ガウェインがガルム国の王子だと聞いてはいたが、〈赤い猛禽〉という呼び名が先にたち、その素性《すじょう》や身分について考えたことがなかった。ニナにとってのロルフのように、あのガウェインにも血を分けた兄弟がいて、当たりまえだが両親はガルム国王夫妻なのだ。

戸惑いに瞳を揺らすニナの姿に、隣に立つオドが大丈夫、というふうに頭をなでてくれる。

道中の無事を喜び、ガルム国の寒さや体調を案じるガイゼリッヒ王子に、ゼンメルは当たり障《さわ》りのない返答をする。副団長クリストフにともなわれたリーリエ国の立会人貴族が、ガイゼリッヒ王子と護衛として控えるガルム国騎士団長、今回の裁定競技会を仕切る審判部に形式的な挨拶をする。

そうして一通り対面を終えたところで、ガイゼリッヒ王子は上着の襟元《えりもと》をととのえる。

リーリエ国騎士団をあらためて見まわしてから、胸に片手をあてて切りだした。

「開催国の王族がこのような形で出迎えることが、一般的でないと承知しています。なれどシュバイン国、ならびにリーリエ国の方々には、どうしても直接お詫《わ》びしたかった。弟ガウェインの──〈赤い猛禽〉の罪はガルム国の罪。あやつの暴虐《ぼうぎゃく》を止められなかったガルム国を代表し、心からの謝罪を」

「止められなかった、と仰《おっしゃ》いますと？」

怪訝《けげん》そうな顔をするゼンメルに、ガイゼリッヒ王子は、はい、と重々しくうなずいた。

「誕生と繁栄《はんえい》を司《つかさど》る女神マーテルの恵みを得られなかったのか、弟には幼少時より異常な嗜虐性がありました。母王妃の慈《いつく》しんだ小鳥をにぎり潰《つぶ》し、世話役の乳母《うば》を殴打《おうだ》して女官の髪を引き抜いて爪を剝《は》がす。くわえてあの地下世界の悪鬼のごとき異相と巨体です。我ら王家も家臣たちも、ガルム国はなんたる化物を抱えたのかと憂慮《ゆうりょ》を深めておりました」

貴公子然とした顔立ちを憂《うれ》いに曇らせ、ガイゼリッヒは言葉をつづける。

「力を解放する場を与えれば改善されるやもと、剣を持たせて競技場に出せば相手騎士に重傷を負わせる。規定の範囲内なら負傷も前提の戦闘競技会制度は、異常な残虐性を助長する結果になりました。弟は己の蛮勇《ばんゆう》を誇示するごとく幾多の騎士の将来を無辜《むこ》に奪い、しかもそれはやがて予想外の〈誤解〉を生みました。すなわちガルム国に逆らうと裁定競技会を申し込まれ、〈赤い猛禽〉により国家騎士団が壊滅させられる、と」

そうして語られたことはガルム国が〈赤い猛禽〉を利用していたのではなく、他国が〈赤い猛禽〉を恐れたことが結果として、外交の場においてガルム国を利する方向に導いてしまった、という弁明だった。

相手国は標的にならぬよう、物資の賃借から王位継承問題に至るまで、ガルム国に忖度《そんたく》した対応をとった。そのことで調子づいた弟は、弱者を屈服させる快感を得るためか、いっそう凶暴に振る舞うようになった。王国としては諌《いさ》めるべきだったが、些細《ささい》なことで激高し父国王にさえ拳《こぶし》を向ける弟を、誰も制止することができなかったと。

まるで演劇の口上のように滑らかに淀《よど》みなく。とめどなく言葉を紡《つむ》いだガイゼリッヒはガルム国の対応を恥じて悔《く》やみ、どこか唖然《あぜん》とした団員たちのなかにベアトリスを見つけて歩みよる。

反射的に剣帯《けんおび》に手をかけたリヒトの目の前で、ガイゼリッヒは乾いた大地に片膝をついた。醜《みにく》い化物たる弟が、身のほど知らずにもリーリエ国の麗《うるわ》しき〈金の百合《ゴルト・リーリエ》〉に懸想《けそう》し、同国と騎士団に多大な迷惑をかけたこと。あらためて謝罪し、艶やかな赤髪が地に流れるほど頭《こうべ》をたれた。

過去の経緯はどうであれ、衆目《しゅうもく》のなかで一国の王子に平伏させるわけにはいかない。おやめください、貴方《あなた》さまが謝る必要は、とベアトリスが急いで制止する。ガイゼリッヒは慇懃《いんぎん》な礼を述べると、そうなることを予期していたかのように、差し出されたベアトリスの手をとって立ちあがった。

つづいて動いたその視線が、オドの巨体に隠れる形で立つニナと、細い肩からのぞく短《たん》弓《きゅう》の先と矢羽根に向けられる。

「子供程度の背丈に背中の弓矢。ああ、名のらずともわかります。貴方が昨年の裁定競技会にて弟の命石《めいせき》を射ぬいた、リーリエ国の〈少年騎士〉ですね？」

唐突《とうとつ》に声をかけられ、ぎょっと縮みあがった小柄な身体《からだ》に、傍《かたわ》らのオドがさりげなく巨体をよせる。

なにをする気かとわずかに身を引いたニナに、近づいてきたガイゼリッヒは上品な微笑みを浮かべた。緊張でにぎられた小さな手を見おろし、ゆるりと目を細める。

「こうして見てもにわかには信じられませんが、その稚《いとけな》い手が弟の横暴を止めてくださったのですね。リーリエ国の白百合《しらゆり》紋章は嵐に屈しない気高さをあらわすと聞きますが、国章のごとき尊い勇気のおかげで、我がガルム国は救われました」

「す、救われたって、あの、わたしはなにも」

　ニナは動揺《どうよう》のまま首を横にふる。

　初対面の異国の王族に感謝され、どう対応していいかわからない。それに間近で接すると兄弟とは思えぬ風体ながら、鷲に似た黄色い目はガウェインを彷彿《ほうふつ》とさせた。

　髪をつかまれて持ちあげられたことや、頭を殴《なぐ》られたこと。競技場で相対したときの恐怖を思いだし、にぎった手に力を入れたニナの怯《おび》えに気づいたのだろう。ガイゼリッヒは気遣わしげに眉《まゆ》をひそめる。

「弟がリーリエ国騎士団にした所業を思えば、我が国での競技会開催に不安を覚えるのも無理はない。なれどご安心を。貴国との裁定競技会における違反行為で出場停止処分を科され、手がつけられぬほど逆上した弟は幽閉《ゆうへい》処置となりました。強固な地下牢《ちかろう》と二重の城壁をそなえた、あの古城を脱出するのはいかな猛禽とて不可能です」

「不可能……」

「はい。しかも長年の暴虐の報いでしょう。幽閉後まもなく病を得て、〈赤い猛禽〉の異名が見る影もないほど痩《や》せ衰《おとろ》え、医師の見立てでは春を迎えることはないと。明日はわたしも居館の観覧台より、皆さま方の勇姿を拝見させていただきます。国家連合を司る四女神の恵みが、どうぞ両騎士団の騎士を公正に照らしますように」

穏やかに祈念し、赤い猛禽の兄王子は貴公子然と微笑んだ。

◇◇◇

——夜の宿舎。

食堂から戻ったベアトリスは扉をあけるなり、部屋に異状がないことを調べる。

ヘルフォルト城の東塔の最上階。寝台に丸卓と椅子《いす》、衣装箱と武具を置く長棚《ながだな》がある室内は、公認競技場の宿泊施設として一般的なものだ。ただ貴人用の階層ということでほかの階にはない暖炉《だんろ》や鏡台があり、窓の外には小さなバルコニーがある。

審判部の案内を受け、夕方に荷物を運び入れた時点でトフェルらによる確認は終えたが、夜風に軋《きし》む硝子《ガラス》窓《まど》が不安をかきたてるのだろうか。カーテンの裏から寝台の下までのぞきこみ、ベアトリスはようやく安堵《あんど》する。

同じくあたりを見まわしていたニナに声をかけると、審判部の検品に出す装備品をととのえはじめた。いつもなら階下の個室に宿泊するニナだが、夜間にベアトリスを一人にするのは心許《こころもと》ないという警備上の理由で、ゼンメルの指示により同室を使用することとなっている。
一泊二日でのぞむ今回の裁定競技会は、移動距離と日数的に強行軍だ。持ち運びやすい
ように甲冑《かっちゅう》をかさね、ベアトリスの口からは自然と、愚痴《ぐち》めいた言葉がもれる。
「早朝にリーリエ国の西の砦を出てから、なんていうか長くて予想外の一日だったわね。
まさか〈赤い猛禽〉の兄王子に出迎えられて、あんなふうに謝られて感謝されるなんて思
わなかったわ」
荷物袋から矢束《やたば》を取りだしていたニナは、ためらいがちにはい、とうなずいた。
いまだ団員としての経験が浅い自分が言うことではないかもしれないが、ガルム国から
見ればリーリエ国騎士団は、圧倒的な武勇で自国に利をもたらした〈赤い猛禽〉に勝利し、
出場停止処分という形でその牙を奪った存在だ。ガウェインを欠いたガルム国騎士団は西
方地域杯で手頃な獲物扱いされるほど弱体化した。自業自得《じごうじとく》に近い経緯はともかく、悪感
情を持たないはずがないと、ニナはそう考えていたのだが。
——国章のごとき尊《とうと》い勇気のおかげで、我がガルム国は救われました。
けれど〈赤い猛禽〉の兄王子は、東の辺境に近い公認競技場にわざわざ出向き、弟の罪
を謝罪してリーリエ国に謝意を表した。裁定競技会の無事な開催と四女神の恵みを祈念し

て、参加両国の快適な滞在に心をくばった。

枯れ野に捨てられた廃城のような外観のヘルフォルト城は、競技場と居館、宿舎である側塔をそなえただけの簡素な施設だ。平時はわずかな駐屯兵《ちゅうとんへい》に守られる古びた城の内部は、しかし清潔に拭き清められ、騎士の身体を冷やさぬよう城中の暖炉が惜しげもなく使われた。

隙間風《すきまかぜ》が吹きこむ廊下《ろうか》には毛足の長い絨毯《じゅうたん》が敷かれ、冬期には珍しい生花が居館の玄関を華やかに彩《いろど》る。地下水路からの新鮮な良水が宿舎の水瓶《みずがめ》を満たし、食堂ではシレジア国より早馬にて取りよせた海産物が提供された。まるで賓客《ひんきゃく》を迎えるような待遇に、それでもリーリエ国騎士団が歓声をあげることはなかった。

ガイゼリッヒ王子の予想外の饗応《きょうおう》に困惑したのか、毒気を感じさせるほどの慇懃《いんぎん》な態度にあてられたのか。

内陸国では珍しい魚料理を前に、皿が進まない夕食は早々に切りあげられ、団長ゼンメルが明日の競技会の進行を告げて解散となった。そんななかでも兄ロルフは宿舎の裏庭へ日課の打ち込みに向かい、平静な態度をあらためて尊敬したニナは、兄が動揺したり我を失うことはあるのかと漠然《ばくぜん》と思った。

「でもいちばん予想外だったのは、やっぱり〈誤解〉かしら。外交で利益を得たのはぜんぶガウェインの暴虐と、それを恐れた相手国が勝手に忖度した結果だって。呆《あき》れるほど酷《ひど》いこじつけだわ。ガルム国の第一王子は口巧者《くちごうしや》って聞いてはいたけど、国自体が〈赤い猛禽〉の存在を積極的に利用してたって、西方地域では公然の事実なのに」

まとめた甲冑に革製ベルトをかけたベアトリスは、その感情を表すように、ぐっと力任せに締め上げる。

「だけどああいう理屈を出されたら、悔《くや》しいけど否定もできない。暴力自体を楽しむガウェインの競技会運びは、道義的には許されなくても規則違反じゃない。別の目的のために裁定競技会を使うような行為も、〈ような〉であって証拠はない。審判部を同席させたのは、むしろこれが目的かしら。悪いのはぜんぶ弟で、ガルム国も実は被害者だって主張するために？」

不満もあらわな言葉に、矢束を確認していたニナはなんとも言えない顔になる。

詳細までは知らないが、ガウェインはベアトリスが求婚を断るたびに、些末《さまつ》な領土問題を理由として裁定競技会を申し立てたと聞いた。その数は四回。拒絶と競技会のあいだに目に見える関係性はない。偶然に〈時期が重なった〉と否認されればそれまでだ。

だけど事実としてリーリエ国には赤い猛禽を恐れ、ベアトリスに婚姻を承諾《しようだく》させる動きがあった。王女が拒絶するから無益な競技会で犠牲者が出たのだと、王国を枯らす害虫だと非難した貴族さえいたほどだ。

沈黙が落ちた室内に、薪《まき》がはぜる音が聞こえる。

ベアトリスは壁際の暖炉にふと目をやった。

台形に突き出た暖炉の上部には、ガルム国旗が飾られている。色は躍る炎のごとき緋色《ひいろ》。意匠《いしょう》として描かれたのは鋭い爪を剝《む》き出《だ》し、猛々《たけだけ》しい翼を広げた双頭の鷲《わし》。

流暢《りゅうちょう》な弁舌《べんぜつ》と手厚い歓待で取り繕《つくろ》っても、国の本質は国章が示しているのだろうか。無慈悲《むじひ》な獰猛《どうもう》さと鮮血に散った大切な仲間。ベアトリスはガルム国章そのものの異相の王子を思いだし、深い森色の目を細めて告げる。

「……あの猛禽が病気で死にそうなんて、正直信じられないわ。いままでの悪業への天罰なら当然だけど、こんな形で終わるのね。でもあんなに利用しておいて、使えなくなったらすべての罪を押しつけて処分する。猛禽に同情する気なんかないし、王家の対応としては仕方がない部分もあるけど、実際に目にすると本当に複雑だわ」

予想外の言葉に、ニナはえっという顔をする。仕方がないなどと、まるでガルム国の姿勢を認めるような発言だ。

困惑した姿に気づいたベアトリスは、小さな嘆息《たんそく》をもらして苦笑した。

「それこそ〈誤解〉しないで。納得してるわけでも、ガルム国王家に正義があるとも思ってない。だけど王女として生まれ育ったものとして、国政が綺麗事《きれいごと》だけじゃないのは、残念ながら何度か見てきたから」

「綺麗事だけじゃない……」

「たとえばわたしに求婚を受けさせようと、〈例の野盗〉を使って国家騎士団の勧誘活動を妨害《ぼうがい》してた兄王子なんかそうでしょ？　国を守るためって大義名分はあっても、つまりは同じ穴のなんとかだわ。気高い白百合を尊《とうと》ぶリーリエ国だって、ガルム国を非難できないところはあるのよ。今回の裁定競技会だって――」

そこまで言って、ベアトリスは曖昧《あいまい》に口ごもる。

明朗《めいろう》で闊達《かったつ》。考えるよりも言動が先に立ち、意図せずして周囲を振りまわす普段を考えると珍しい態度だ。明日のシュバイン国との競技会になにか問題でもあるのだろうか。ニナが頼りない表情で見あげると、ベアトリスはやがて首をふった。

夜の鐘が遠く聞こえる。

ぎごちない会話を切り上げるように、ベアトリスはそろそろ検品ね、とまとめた装備品に手をかけた。なんとなく気になったニナだったが、矢筒《やづつ》と短弓を背中にかけて甲冑を抱えると、歩き出したベアトリスのあとを急いで追った。

居館の控室に装備品を届けたベアトリスとニナは、少し早いが休むことにした。

見張りの任についたオドに挨拶《あいさつ》してから扉の鍵《かぎ》を閉め、丸卓の手提灯《てさげとう》を消す。幽閉《ゆうへい》され病を得たといっても相手は〈赤い猛禽〉だ。不測の事態にそなえて、部屋の前では団員が交代で立番《たちばん》することになっており、すぐに動けるよう鎧下着《よろいしたぎ》のままでの就寝だ。

暖炉とは対面の壁際にすえられた、貴人用らしい大型の寝台。

羽根枕に頭をのせてまもなく、ベアトリスは寝息をたてはじめる。寝台の端っこに横たわったニナは布団に目元までうまり、落ちつかずに身体をもぞもぞとさせた。同室と聞かされ、当然に長椅子か床で寝るつもりだったが、明日の競技会に障《さわ》るからと強引に寝台へ引き入れられた。気遣いはありがたいが、リーリエ国の王女と同じ寝具を使うなど、逆に緊張して眠れそうにない。

ニナは音を立てないように身を起こす。

やはり別々に休んだ方がいいと、ベアトリスの様子をそっとうかがった。暖炉の炎にちらちらと照らされる室内。ニナに気づくことなく眠る大輪《たいりん》の百合《ゆり》のごとき美貌《びぼう》は、いつもの瑞々《みずみず》しさを失い疲労の色が濃い。

——王女殿下……。

ニナの胸がつきんと痛んだ。

あらためて観察すればシーツに波打つ金糸の髪に艶《つや》はなく、軽くあけられた薔薇《ばら》色の唇は荒れている。いままでの経緯を考えれば、ベアトリスにとってガルム国での裁定競技会が負担でないはずがなかった。遠慮《えんりょ》するニナに布団をかけ、お休みと告げるなり寝てしまったことを考えても、相当に気を張っていたのだと想像できる。

だけどベアトリスは競技会決定以来、表面的には弱音を吐いたり不安を口にすることはなかった。ニナはガルム国との四度目の裁定競技会のとき、貴族からの非難を仕方ないと受け止めていた姿や、控室前でのガウェインとの対面のあと、ふるえながらも笑顔を浮かべていた姿を思いだす。

普段の気安い態度に流され、失礼ながら意識することは少ないけれど。

——王家の方とは、〈こういうもの〉なのでしょうか。外交姿勢についてのこじつけのようなガルム国の言い分にも、王女殿下は特別に珍しいことではないと仰《おっしゃ》いました。複雑だという内心をまったく見せず、膝をついたガイゼリッヒ王子に礼節をもって手を差しのべました。

同じ国家騎士団員でありながら、〈金の百合〉たるリーリエ国の王女と、村娘にすぎない自分がちがうのは当然だ。けれど身分や外見や能力だけでなく、心の姿勢がたしかに異なると実感したニナは、帰郷したときにカミラが口にした言葉を思いだした。

リヒトとの関係を羨《うらや》んだ仲間たちに、結婚と恋愛は同じではない、村娘として育ったものに、貴族として相応の振る舞いができるのかとカミラは断じた。国のために〈赤い猛禽〉を切り捨てたガイゼリッヒ王子や、不安を隠して毅然《きぜん》と対応した王女ベアトリスのように、それが貴人には当然の行動なのだろうか。だとしたら国王の庶子《しょし》であるリヒトとの先を考えた場合、自分もいずれは〈その常識〉を身につける必要があるのだろうか。

──身のほど知らずに浮かれてないで、もう少し現実を考えなさいよ。

ニナの脳裏《のうり》にカミラの声が冷たくひびく。

いっしょにいると幸せで、好きだという気持ちしかなかった。リヒトが他国の侯爵令嬢との縁談話が出る立場だということや、そんなリヒトとの将来を望むことの意味を、真剣に考えた機会がなかった。国家騎士団の入団も初めての恋人も、〈出来そこないの案山子《かかし》〉だった自分に起こった夢のような展開で、ただいっぱいだったのだ。迂闊《うかつ》だと、現実を知らないと言われてもまったく否定できない。

そう自覚したニナが唇を結んだとき、不意に窓硝子《まどガラス》が激しく揺れた。

「!」

ニナは大きく肩を跳ねさせる。

慎重に耳をすませると、びゅうっと吹き荒ぶ夜風の音がした。寝ているベアトリスを一瞥《いちべつ》し、ニナは念のためにと寝台をおりる。足音を忍ばせて窓辺に近づき、カーテンを怖々とあけると、冬の月に照らされたバルコニーに異状はない。

考えたらここは東塔の最上階だ。城壁からも距離があり、下から昇れる場所でないことは、悪戯妖精として目端《めはし》の利《き》くトフェルが入室の時点で確認してくれている。風のせいかと肩の力を抜いたところで、今度は扉を叩く音がした。

「！」

ニナはふたたび小さな身体《からだ》をふるわせる。

見張りのオドには就寝すると伝えたのに。おそるおそる扉を見やると──

「──遅くにごめんね。おれだけど、もう寝ちゃってる？」

聞こえてきたのはリヒトの声。

胸をなでおろしたニナは、急いで扉に向かった。鍵《かぎ》を外すと、静かに開いた扉の裏から、リヒトがひょこりと顔をのぞかせる。なにかあったのかと見あげると、リヒトは嬉しそうに笑った。

「よかった起きてて。見張りの交代を口実に顔を見にきたんだけど、廊下で話してたら団長に怒られそうだし、入っても平気？」

「え？　あ、あの、でも」

ニナはベアトリスの寝ている壁際の寝台を振りかえる。

礼節としては控えるべきだと思うが、リヒトはベアトリスの異母弟だ。自分も冬の初めに大熱を出したときは、兄ロルフに朝まで付き添ってもらった。

返答に迷っているうちに、リヒトはお邪魔しまーす、と部屋に入ってきた。なんとなくあたりを見まわしたニナを気にせず、寝台に歩みよると、横向きの姿勢で眠るベアトリスをのぞきこむ。

まったく気づかず寝息をたてている義姉の姿に、小さく苦笑した。

「起きてれば元気だし寝てるときは熟睡だし、基本的に健康優良児だよね。でもこんなふうに寝顔見るの、なんか久しぶりかも」

「え？」

「街の騎士団に入ってたときにさ——ああ、〈ベティ〉のころね。地方競技会に遠征することもあったんだけど、防犯上っていうか、宿では同室だったから」

懐かしそうに口にし、頰《ほお》に乱れかかるベアトリスの髪を優しく払ってやる。

リヒトは寝台の反対側に回りこむと、剣帯《けんおび》ごと大剣をはずし、音を立てないように横たわった。ニナを見てぽんぽんと布団をたたく。あの、と戸惑うニナに、寝転んだ自分の横を指し示して言った。

「ちょっとだけ？　だいじょうぶ。なにもしないからさ」

「な、なにもしないって」

「……いや、それだと嘘か。えーっとね、完全になにもしなくはないけど、いちおうは〈ゆっくり〉の範囲内だと思うよたぶん？　競技会が決まってから訓練だ準備だって慌ただしくて、今日だって団長においしい指定席をとられちゃったしさ。ニナが寝るまででいいから、ここで話させて？」

ね、と軽い口調で誘われ、手招きされる。

ニナは困惑した表情で、片腕をついた姿勢のリヒトと、丸まって眠るベアトリスのあいだを見た。

青海色《あおうみ》の目が迷いに揺れる。時と場合と自分の身分。本来であればとんでもないと首をふり、あわてて断っているところだ。

けれど今夜のニナはなぜだか不思議なくらい、心細さを感じていた。赤い猛禽のいるガルム国での競技会や、窓硝子を軋《きし》ませる悲鳴のような風や、暖炉《だんろ》を焚《た》いても底冷えがする真冬の寒さのせいだろうか。

ニナはやがてうつむくと、赤い顔でうなずいた。

リヒトに導かれるまま、寝台の中央におずおずと身を横たえる。右隣にベアトリスで左隣にリヒト。なんとも美しく贅沢《ぜいたく》な寝床に、仰向《あおむ》けの姿勢でにぎった両手を胸の上に。緊張を息とともに吐き出すと、自分を見おろしているリヒトと視線があった。

見張りの任ということで鎖帷子《くさりかたびら》に軍衣の昼間と変わらぬ装《よそお》い。横向きで頰杖《ほおづえ》をつくリヒトは、新緑色の目を猫のように細めた。

「なんかいいねこの位置からのニナって。暖炉の火で意味深に照らされるのが最高。できたら朝陽のなかでも同じ角度から見たいけど、まあ遠くない今度のお楽しみってことで?」

はあ、と曖昧《あいまい》に答えると、リヒトはニナの髪に手をのばした。

シーツに散った肩までの黒髪をすき、軽くつまんだり輪をつくって遊ぶ。ニナがくすぐったさに首をすくめると、右隣のベアトリスが小さく身じろぎした。

それでも起きる気配のない義姉の姿に、柔らかく微笑《ほほえ》んだリヒトの表情は、悪戯《いたずら》な指先とちがって妙に静かだ。体温が感じられる至近距離。ニナがうかがうように見つめると、リヒトはしみじみとした口調で言った。

「……やっぱりすごく疲れてるのかな。今回の競技会はベアトリスにとって、いろいろな意味で負担だろうしさ。だけどそんな状況でもリーリエ国の王女なんだよね。猛禽の兄王子の芝居がかった謝罪にだって、隣国の王族としての対応をした。こないだ喧嘩《けんか》したときは、そっちこそ勝手だみたいに言っちゃったけど、庶子のおれとはちがうよね。ああ、嫌みじゃないよ。素直に感心したの。それでね」

リヒトはいったん言葉を止める。

話すべきかどうしようか。迷うような沈黙をみせたが、やがてふっと息を吐く。

リヒトはニナの髪からゆっくりと手を離した。決めたなら早い方がいいかな、と小さく笑って、切りだした。

「……感心して、それで思ったんだ。ガイゼリッヒ王子の手をとったベアトリスの姿に、おれには無理だなって。いや、正確にはやりたくないなって。感情より立場を優先するのが王族なら、おれにはできない。ずっとまえから感じてて、国家行事や縁談話を無視したり、いままでは適当に逃げてたんだけど。おれね、やっぱり〈ラントフリート〉を、正式に捨てようと思う」

「〈ラントフリート〉を捨てる……？」

「つまり、リーリエ国の王子としての立場を放棄《ほうき》するってこと。オストカール国王の庶子の一人として、七番目の王位継承権と領地を許されてる。そんな権利もぜんぶ切って、完全に〈リヒト〉になるってこと」

ニナははっきりと息をのむ。

村娘に過ぎない出自でも、リヒトがなにかすごいことを口にしたのは理解できた。父国王がつけた〈ラントフリート〉の名前を嫌がり、母親の残した〈リヒト〉を形見として大事にしているのは知っていた。市井《しせい》に気安く馴染《なじ》んだ姿も、反対に城の大広間を敬遠する姿も見たことがあるけれど──

リヒトの方へと身体を向け、ニナは頼りない声でたずねた。

「あの、王族の方は本人の意思で、その身分から外してもらうことができる……んですか?」

「普通は無理だよね。王位継承争いに敗れたり、罪を犯して廃王子とかくらい? だから簡単にはいかないし、おれを〈黄色い鼠《ゲルブ・ラッテ》〉扱いしてる連中と、最悪に面倒な交渉する覚悟は必要だと思う。でも自分自身だけじゃなくて、子供のためにもその方がいいなって」

「子供? えと、どなたのでしょうか?」

「どなたのって嫌だな。そんなの、ニナとおれのに決まってるじゃん。ああ、いちおう性別は女の子希望でね。だって男だったらさ、母親が大好きで父親を敵視する、この上なく狡猾《こうかつ》で卑怯《ひきょう》なおれそっくりの息子が生まれる予感がするし?」

ニナはぱちぱちと目をまたたいた。

好きとか恋人とか結婚とか、そういう過程を一気に飛びこした内容に、正直きょとんとする。二十代前半で嫁《とつ》ぐ女性が大半の火の島で、今年十八歳になるニナが母親になるのはさほど無茶な話ではないが、誕生を司《つかさど》る女神マーテルは、背丈に関係なく子を授けてくれるのかと漠然と考えた。〈その手〉の知識に疎《うと》いニナは、夫婦になれば自然と子供が生まれると思っている。

だけど現時点で存在していない子供のためとは、どういう意味だろう。問うような視線を向けると、リヒトは少し声を落として告げた。

「……あのね、おれも迂闊で自覚したのはニナの村に帰省してからなんだけど、ニナが破《は》石王《せきおう》アルサウの血筋を伝えてるように、おれには国王の血が流れてる。てことはつまりおれとニナの子供は、事実上の〈国王の孫〉ってことになるんだよ」

「国王陛下の……孫……」

口に出してくり返したニナの脳裏に、王都ペルレに絢爛《けんらん》とそびえる〈銀花の城《ラルジャン・フルル》〉と、教会の肖像画で見たリーリエ国王の堂々たる姿が浮かんだ。

リヒトの言葉が持つ意味と重みに、お腹の奥がじわりと痛くなる。知らず喉《のど》を鳴らしたニナに対し、リヒトは眉《まゆ》をよせて告げた。

「おれをふくめて庶子が引き取られたのって、別に親子としての情愛が理由じゃないんだ。

血縁として他国や貴族との縁談に〈利用〉するため。不都合になったら確実に〈処分〉できるよう、手元に置いておくため。そんな血のしがらみをさ、おれとニナの子供にまで背負わせたくないんだ」

「リヒトさん……」

「おれが〈ラントフリート〉のままだと、たとえば騎士団を引退して子供と平和に暮らしてても、唐突《とうとつ》に壊されるかもしれない。おれのときみたいにさ。問答無用で仲間と引き離されて、欲しくもない身分と名前と、傲慢《ごうまん》で陰険な家族を押しつけられる。あんな辛《つら》い思いは、おれはぜったいに自分の子供にもニナにもさせたくない。だからさ」

リヒトはじっとニナを見つめた。

寝台の上で向かいあわせに横たわり、普段は高さのちがう二人の視線が、いまは触れあうほど近くで交わされる。

口調だけはいつもの軽さで。リヒトはけれど、どこか切なげに問いかける。

「……ニナはただの〈リヒト〉でもいい？　国も身分も家もなにもない、そんな〈おれ〉でも、もらってくれる？」

ニナはわずかに息をつめた。

落ちた静寂に、暖炉の薪がはぜる音と、ベアトリスの規則正しい寝息が聞こえる。

頬杖をついて首をかたむけ、リヒトはただ返事を待っている。

ニナは当惑に目をおよがせた。庶子《しょし》の立場を捨てることも将来の子供のことも、あまりに唐突で飛躍した内容だ。理解するのでせいいっぱいで、なにをどう答えればいいのか見当もつかない。

えと、その、と言葉をにごす。うかがうような上目遣いを向けると、リヒトは静かな微笑みを浮かべていた。暖炉の炎が照らし出すその表情には既視感《きしかん》があった。願いながら同時に諦めているような新緑色の目は、彼の過去の喪失《そうしつ》を感じさせる。

胸が苦しくなったニナは、いっぱいになった思いにゆだねて口を開いた。

「あ、あの、村娘として育ったわたしには、国政を担《にな》う方々の事情とか常識とか、本当にわかりません。縁談の件や王家の難しい話を聞いて、最近やっと、世界がちがうことに気づきました。自分が関わっていいのかとか、正直少し、不安になって。だから〈ラントフリート〉を放棄できるなら、個人的には気持ちが楽になります。で、でもそのことと、リヒトさんのたずねた〈いいかどうか〉は、結びつかないというか」

「結びつかないって……」

「つまりその、リヒトさんはリヒトさんです。身分とか立場とか、変わることによってちがいはありません。王子さまでも村人でも、異国の人でも国家騎士団員じゃなくても、わたしには同じです。どんなリヒトさんでも、リヒトさんであるだけでじゅうぶんです。だからわたしでいいのなら、つ、謹《つつし》んで、喜んで、もらわせていただきたい、です」

たどたどしく、心のまま正直に。

それでも告げてから不安になったのか、落ちつかない様子で両手をもじもじさせるニナを、リヒトはついた頬杖から顎《あご》を浮かせて眺めた。

長毛種の猫のような金髪が彩る、端整なその顔がほんのりと色づいていく。リヒトは口元をおさえて横を向いた。あの、と声をかけたニナに、小さく首をふる。

「……いや、待って、うん。保留と困惑と流されて承諾《しょうだく》は予想してたけど、まさか熱烈な告白で返されるとは思わなくて。おれの心臓が命石《めいせき》なら、ど真ん中を射ぬかれて粉々になって欠片《かけら》も残らない、みたいな」

「ね、熱烈な告白って、え、あの」

「ていうかニナはときどきすごい男前だよね。でもどんなおれでもいいとか、本当にだいじょうぶ？　言質《げんち》とったよ？　おれニナが絡んだら、拉致監禁犯《らちかんきんはん》に余裕でなれるんだけど。森の奥に都合の悪い〈物言わぬなにか〉とか、素知らぬ顔で隠せちゃうからね？」

軽口にしては不穏すぎる言葉に、青海《あおうみ》色の目が戸惑《いと》いにゆれる。

どこまで本気かわかっているのか。頼りない姿を愛おしそうに眺め、リヒトは寝転んだままニナの腰に手をまわした。

軽く力を入れると、小柄な身体《からだ》はあっけなくリヒトの胸のなかにおさまる。両腕を背中から絡めてぎゅっと囲いこみ、どうしよう、すごい大好き、と吐息まじりに告げた。

ニナの身体が大きくふるえる。

リヒトは少し拘束《こうそく》を緩《ゆる》めると、胸元に抱いた恋人の額に優しいキスを落とした。すでに暖炉《だんろ》の炎よりも赤くなっている羞恥《しゅうち》の表情に、柔らかい苦笑をふわりともらす。

「男前の次には子兎《こうさぎ》になっちゃうとか、ニナってほんと面白い。面白いっていえば西方地域杯で、自分より騎士団を優先してって発言のときも思ったけど、今回はそれを越えたよね。だって恋人が王族の地位を捨てるとかさ、普通ならもったいないとか無一文《むいちもん》は嫌とか、権謀術数《けんぼうじゅつすう》を駆使して兄王子を追い落として、王位を簒奪《さんだつ》してわたしを王妃にしてよとか、そっち方向じゃないの？」

「お、王妃さま？」

「おれは貴人なんか基本的に大嫌いだけど、ニナなら謙虚で可愛《かわい》い王妃さまになれるかもね。でもそっか。よく考えたらさっきの質問、聞くこと自体が失礼だったかな。ニナがそういう上辺とか付加価値とか、気にするわけないし。だってだからおれ、ニナを好きになったんだ。キルヒェムの街で、あのときのニナを見て……」

懐かしい街の名前を出され、ニナは少し面食らう。

キルヒェムの街といえば、ふたりが初めて会った場所だ。去年の初夏。ヨルク伯爵杯に出場するカミラに頼まれ、昼食を買いに行った広場で、人混みから助けられる形で知りあった。ニナは気づかなかったが、競技会のあとに街の坂を転がり落ちた荷車を射ぬいたことから、弓の腕を認められたらしいけれど――

問うような視線を向けると、リヒトは二回目の口づけを額に落とす。

ふたたび肩を跳ねさせたニナに、少し困った顔で笑った。

「どんなニナだったかは、いまは秘密。これを話すと好きが暴走して、義姉の存在も競技会も意図的に忘れちゃうから。おれの倫理観《りんりかん》は年代物の狼とちがって、普通に現代仕様だからね。明日の夜にはリーリエ国に戻れるし、団舎《だんしゃ》に帰って落ちついたら、またこの角度とこんな状況で、だけど今度はちゃんと二人だけのときに？」

甘い声で提案され、ニナは曖昧《あいまい》にうなずいた。リヒトは幸せそうに微笑《ほほえ》むと、三度目の唇を愛らしい額にそっと与える。

なんど触れても物慣れない、小動物のように小さくなる身体に、抱きしめる腕に自然と力が入った。感情も存在もなにもかもを共有する。互いに思いあう恋人たちの時間は、切ないほどの幸福に満たされる。

けれどリヒトは急に眉をひそめた。

奇妙な顔で考えこみ、怪訝《けげん》そうにつぶやく。

「……なんだろ。胸が変にざわざわする。足元に穴が空いてるみたいに嫌な感じ。ニナに受け入れてもらって最高に嬉しいのに、幸せ過ぎると怖くなるってあれかな?」

うーっと唇を尖らせて首をひねる。

やがて気を取り直したように表情を明るくした。身をよせても寒い室内の冷えこみは、すでに深夜を思わせる。明日の競技会のためにも、そろそろ解放する時間だろう。

ニナが寝たら見張りに戻るからと断って、リヒトは子守歌代わりにと、〈リヒト〉になれたらやりたいことを語りはじめた。貧民街で過ごした幼少時、仲間たちと寝台にもぐりこんで将来の夢を話して、空腹や辛《つら》さを紛《まぎ》らわせていたのだという。

ニナと二人でシレジア国に行って、名物の焼菓子クレプフェンを食べる。生まれ育った街を案内して、郊外の墓に眠る母親にニナを紹介する。お気に入りの岬で太陽に輝く海を眺めて、港から船にのる。過保護な狼も海上までは追ってこられない。南方地域で地方競技会を観戦してもいい。東方地域まで渡って〈砂の大陸〉から運ばれる、珍しい交易品を眺めようか——楽しそうに計画し、そのたびにニナの手に口づける。左手の騎士の指輪に。

まるで約束を交わすように。

自分を包みこむ愛おしい体温と、希望に彩られた物語に誘われ、ニナはうっとりと目を閉じる。眠りの海にたゆたい、それからどれほどの時間がたったのか。肌寒さと悲鳴にふと気がつくと、寝台の脇で兄ロルフがリヒトの胸ぐらをつかんでいた。

見張りの交代に来たロルフは立番《たちばん》しているはずのリヒトが見当たらず、まさかと扉をあければ抱き合ったまま寝息をたてる二人の姿。〈おさわり〉は妄想のなかでしかしてない、と必死に弁明するリヒトを、ロルフは無言で部屋の外へと引きずっていく。

夢うつつでそれを見送ったニナは欠伸《あくび》をもらした。温かさに導かれ、騒動をよそに熟睡しているベアトリスにすりよる。

金の髪の優美な花香に包まれ、ふたたび眠りに落ちたニナは、窓の外で蠢《うごめ》く巨大な影に気づくことはなかった——

◇◇◇

薄茶色い枯れ野に寒風が波をはしらせる曇天《どんてん》。

オルペ街の騎士団員殺害事件をめぐる、リーリエ国とシュバイン国との裁定競技会当日。

朝食を終えて宿舎の東塔を出たリーリエ国騎士団は、居館に移動して一階の受付へと向かった。城の構造により多少のちがいはあるが、装備品は前日に検品に出すなど、公認競技場でおこなわれる戦闘競技会の進行はだいたい同じだ。ただ今回は冬期開催ということで、身体を冷やさぬよう、団員たちは鎖帷子《くさりかたびら》の上に冬用外套《がいとう》をはおっている。

ニナは審判部が座る長机の前に、ほかの団員に混じって列をつくる。自分の番がきたら登録名や年齢の確認だ。身分証明書代わりの騎士の指輪のおかげか、リーリエ国の〈少年騎士〉の存在が多少は国家連合にも知られているのか。幼児扱いされ身元特定に時間がかかった最初の裁定競技会と異なり、問題もなく通過を許可されたが――

「――年齢、十四歳」

聞こえてきたその声に、思わずえっと視線を向ける。

居館の大扉を入った先の、一階ホールの両端にすえられた両国の受付。リーリエ国と同じように並んだシュバイン国の列の先頭で、小さな騎士が審判部の確認を受けている。

年齢の若さにおどろいたニナだったが、あらためて目をやったシュバイン国騎士団の様子に違和感を覚えた。全体的に年若いものが多く、受付の順番を待つ態度も、まるで新人騎士が初の戦闘競技会に参加するようにぎごちない。去年参加した西方地域杯で直接の対戦はなかったが、ミラベルタ城の観覧台から見た同国の団員は、中年組ぐらいの年代の、大柄で頑健な騎士ばかりだった気がする。

ニナは少し先を歩いているトフェルに走りよった。

キントハイト国の女騎士フォルビナの武器が硬化銀《ウルリル》製の大剣にすり替えられた事件で、トフェルはニナとともに団長ゼンメルの検品に同行し、他騎士団の団長らの顔を見知っている。また新しい刺激を常に求める悪戯妖精のゆえんか、トフェルはやたらと観察力があり、往路での見張りや宿舎の点検も任されている。

シュバイン国騎士団員が西方地域杯と変わったかどうか。たずねると、トフェルは中央階段を挟んだ反対側、西の控室に向かう騎士たちを丸皿のような目で見わたした。

「玩具《おもちゃ》は持ち主に似て目端《めはし》が利《き》くってか。たしかに検品にいた団長連中はいねえな。競技場で見た顔は何人かいるが、まあ仕方ないんじゃね。シュバイン国としちゃ貴重な主力を、責任問題になる可能性のある競技会に、出したくはねえだろうしよ」

「え？　せ、責任問題って……」

予想外の言葉に、ニナは面食らう。なんのことかと頼りない顔で見あげると、トフェルはそばかすの浮いた鼻を軽く鳴らした。

「おまえだってゼンメル団長の話を聞いたろ？　例の街騎士団の事件について、シュバイン国はリーリエ国が犯人だって疑って、リーリエ国は無関係だって主張してるってよ」

「あ、は、はい」

「裁定競技会の勝敗はそれが〈事実〉として認定される。仮にリーリエ国が犯人でも、勝てば無実ってことだ。シュバイン国としちゃ不満だろうが、制裁をちらつかせる国家連合の決定には逆らえねえ。ほかに真犯人がいりゃいいが、なければ泣き寝入りだ。被害者の遺族への手前、騎士団員に形ばかりの責任とらせるしかねーってさ」

「泣き寝入り……」

ニナは眉《まゆ》をひそめてくり返す。

トフェルはおさまりの悪い髪を、がりがりとかいた。

「シュバイン国は〈赤い猛禽〉の件で使える団員の数を減らしてる。数少ない精鋭に尻拭《しりぬぐ》いさせるわけにいかねえし、団員だって勝ち目の薄い競技会で無駄に失石数《しっせきすう》を増やしたくねーだろ。検品で見たシュバイン国の団長連中、立ち回りが上手《うま》そうな日和見《ひよりみ》の奴らだったし、それもまとめて〈犠牲の騎士〉に丸投げじゃね？」

投げやりな言い方に、ニナはでも、と否定の声をあげる。

「ゼンメル団長は戦闘競技会に絶対はないと仰《おっしゃ》っていました。シュバイン国は西方地域杯でも第一競技は勝利したし、リーリエ国に勝つ場合だって」

「おまえそれ本気で言ってんの？　その西方地域杯でキントハイト国の破石王《はせきおう》から命石を奪ったのは誰だよ。優勝国の団長に土つけた〈隻眼の狼〉がいるリーリエ国騎士団に、確実に勝てる国はそういねえ。少なくともシュバイン国騎士団じゃあ無理だし、そもそもリーリエ国だって、勝利を確信してるから強引に裁定競技会に持ちこんだんだろ?」

「え――……」

「犠牲者が出たような重要案件で両国の主張が対立してるなら、時間をかけて慎重に調べるのが普通だ。それをリーリエ国はろくな調査もせずに国家連合に裁定を申し立てた。真実がどうでも、無実のお墨付《すみつ》きがもらえりゃ関係ねえしな。疑惑をかけられた街騎士団の領主が第一王子と縁続きだからか、うちに文句言うとこうなるぜって恫喝《どうかつ》なのか、理由は知らねえ。ともかくリーリエ国はおれたちを、〈都合のいい武器〉として使ったってさ」

――だったら、いままでの違和感は。

ニナの頭でさまざまな事象が組み合わさる。

団舎で競技会決定を知らされてから、奇妙に重苦しかった団員たちの雰囲気《ふんいき》。国家騎士団としてのみ込むべき不合理はあると語った団長ゼンメルや、ガルム国の強引な理屈は王家としては仕方ないと、リーリエ国にもなにかがあると匂《にお》わせた王女ベアトリス。

それはこのせいなのか。まるで〈赤い猛禽〉を利用していたガルム国と同じようなやり方をリーリエ国が、自分たちがやることになったから。

ニナの喉《のど》が音をたてて鳴った。

周囲の喧噪《けんそう》が遠くなり、身体から力が抜けていく。そんな姿にトフェルは片眉をあげると、虚脱した顔の前で手のひらを上下させた。

それでも反応のないニナの様子に悪戯妖精の血が騒いだか、頬《ほお》をついて耳を引っ張る。つまんだ髪の毛の先で鼻をくすぐっていると、先に受付を通っていたリヒトが姿を見せた。甘くととのった端整な顔が一瞬で険悪になる。リヒトは問答無用でトフェルを突き飛ばすと、ニナの手を引いて控室へと向かった。

――それからのニナの記憶は曖昧だ。

気がついたら身支度《みじたく》が終わり、大競技場の端に整列していた。

はっと我に返ると、がらがらの観客席が視界に入る。ヘルフォルト城は周囲に街もなく、地理的にもガルム国の東端に近い辺境だ。〈赤い猛禽〉の件で関係が悪化した参加両国のものが観戦に来るとは思えず、ガルム国民とてよほどの好事家《こうずか》でなければ、結果が見えているに等しい競技会に足を運ぶものは少ないのだろう。

乾いた北風が濃紺《のうこん》の軍衣と緑色の軍衣をはためかせた。

審判部の口上が終わり閑散《かんさん》とした拍手と歓声のなか、開始を告げる銅鑼《どら》の音が妙に大きく鳴りひびく。衆目《しゅうもく》を浴びているわけではないのに、ニナは嫌な汗が背中を流れるのを感じながら、リヒトにしたがい走りだした。

昨夜の食堂でゼンメルの指示は聞いていたが、すべて頭から抜けている。身体《からだ》と心がばらばらなような状態で、リヒトの呼び声の通りに、まずは一人目の命石《めいせき》を射ぬいた。相手はよく見れば、西方地域杯の観覧台で見かけた中年の騎士だった。

予想通りリーリエ国が優勢なのか、角笛の音が立てつづけに冬空に飛んだ。どこをどう走ったのか、やがてニナの前には受付にいた年下の騎士があらわれる。真新しい軍衣姿の騎士は、幼さの残る顔を緊張に青ざめさせ、それでも逃げることなく大剣を向けてきた。

未熟な攻撃をたやすく盾で受けたリヒトがニナの名前を呼ぶ。弓射をうながされ、矢の先端を少年の命石にさだめた青海色《あおうみ》の目にふと迷いがよぎった。

耳にした角笛の数からリーリエ国の勝利は確実だ。トフェルの言葉が本当なら、この少年も敗戦の責任をとらされることになる。まだ十四歳だと言っていた。望んで出場したのか、ヨルク伯爵杯での自分のように無理矢理なのか。せめて失石数を刻まなければ、不条理な罰を受けずにすむだろうか――

鳴らない弓音にリヒトがふたたび声をかける。

弾かれたように、ニナはあわてて矢羽根を離したが。

「!」

一直線に放たれた矢は、少年の兜《かぶと》の飾り布をかすめて空へと消えた。

特別な強敵でもなく、完璧《かんぺき》に足止めした状態でしかも至近距離。予想外の失敗におどろいたリヒトが思わず振りむき、その隙《すき》に拘束《こうそく》から抜けでた年下の騎士だが、行く手にはヴェルナーが立ちふさがる。

熟練の騎士はためらうことなく大剣を一閃《いっせん》させた。呆然《ぼうぜん》とするニナの視界で、シュバイン国騎士の細い身体が、砕けた命石の欠片《かけら》とともに宙を舞った——

「わしがなにを言いたいかわかるな?」

団長ゼンメルの問いかけに、ニナは短弓《たんきゅう》をにぎる手に力を入れる。兜のつばで口元が隠れるほど、首をすくめて下を向いた。

シュバイン国とリーリエ国の裁定競技会はあいだの休憩を待たずして、シュバイン国騎士団の総退場で決着がついた。審判部より勝敗が宣言され、陣所を引きあげて控室に戻ったリーリエ国騎士団だが、ゼンメルは団員をねぎらい怪我人《けがにん》の有無を確認すると、厳しい表情でニナの前に立った。

何事かと顔を見あわせる団員のなかには、事情を察したような様子のヴェルナーもいる。唇をきつく結んだニナの姿に、リヒトはえーっと、と視線をめぐらせた。やがて思いついたのか、微妙な空気を取りなすよう、つとめて明るい口調で言った。

「前回はおれで今回はニナって、怒られるのもいっしょの超仲良し恋人同士って感じ？　あの新人っぽい騎士の命石のことでしょ。たしかに珍しい外し方だったけど、でも失敗は誰でもあるじゃん。ニナだって一生懸命に戦ってるんだから、陰険な小姑《こじゅうと》みたいに粗探《あらさが》しして絡まないでよ、ね？」

「おまえの優先順位は承知しているが、ニナの今後のためにも軽口で紛《まぎ》らわせることはできん。本当に一生懸命やったのなら、わしとて陰険な小姑にならんわ」

鋭い眼差《まなざ》しで睨《にら》みつけ、ゼンメルはニナに向きなおる。

団員たちの怪訝《けげん》そうな目や咎《とが》めるような表情に囲まれ、華奢《きやしや》な身体を小刻みにふるわせる姿に、疲れた溜息をついた。

「……心当たりがあるのなら、内容まではあえて告げぬ。おまえがこの競技会でなにを見聞きし、どう感じたのかも知らぬ。だが弓は騎士たるおまえの意思だ。すれば無意識での行為にせよ、先ほどの結果そのものが、いまのおまえの心ということになる」

ゼンメルは静かな声でつづける。

「入団して一年足らずと経験の浅いおまえには、あらゆることをすぐに理解するのは難しいだろう。しかし気高き白百合《しらゆり》を知恵と勇気で支える国家騎士団とて、常に己の正義のまま剣を振るえるわけではない。おまえ自身の覚悟を踏まえた上で、国家騎士団の役割とはなにか、なんのために存在するのかを、いまいちど考えてみるといい」

教え諭《さと》すような言葉に、ニナはうつむいたままうなずく。

縮こまった細い肩を軽く叩き、ゼンメルは鼻の上の丸眼鏡《まるめがね》をかけ直すと、気まずそうに成り行きを見守る団員たちを見まわした。

競技会が前半で終了したことで予定を繰り上げ、昼の鐘を目安にヘルフォルト城を出立《しゅったつ》するとの指示を与える。副団長クリストフが審判部への挨拶《あいさつ》と立会人貴族への連絡に向かい、立礼《りつれい》で答えた団員たちは兜だけ脱いで片付けをはじめる。本来であれば騎乗時は鎖帷子《くさりかたびら》の軽武装だが、往路と同じ警備体制で帰るので、あらかじめ甲冑《かっちゅう》の使用が言い渡されている。

自分の兜を木卓に放り投げたリヒトは、ニナの兜を丁寧《ていねい》に外すと、身体が冷えないようすぐに外套《がいとう》を着せかける。か細い声でお礼を言い、矢筒《やづつ》と短弓を背中にかけたニナは、汗拭き布の木桶《きおけ》を手にした。

そのまま控室を出ていこうとする恋人に、井戸ならおれも、と同行しかけたリヒトの軍衣を、ベアトリスが控え目に引く。

少し一人にした方が、という顔で首をふった。リヒトは逡巡《しゅんじゅん》するふうに眉をよせたが、下を向いているニナの姿に、じゃあ厩舎《きゅうしゃ》でね、と手をあげる。予備の装備品を木箱におさめていたロルフは、扉の向こうに消える小さい背を無言で見送った。

廊下《ろうか》に出たニナは緊張から解放されて息を吐く。

その途端、ほろりと涙が零《こぼ》れそうになり、あわてて目をしばたいた。

——どうしよう、わたし、なんであんな。

自分がしたことはたしかだが、なぜそうなったのか上手く説明できない。

リーリエ国がガルム国と同じように、国家騎士団を都合のいい武器として利用したと聞かされて動揺《どうよう》した。責任を取らされるために競技場に立たされた、自分より年下の騎士を見て足がすくんだ。なにが正しいのか自信がなくなって、気がついたら弓が外れて——ちがう、外してしまっていた。

青ざめた顔で立ちつくすニナに、西の控室から荷物を抱えて出てきたシュバイン国騎士団が怪訝そうな視線を投げてきた。そのなかに例の年下の騎士を見つけたニナは、急いで目元をぬぐうと、物言いたげな少年の表情から逃げるように歩きだす。

居館の大扉からいったん外に出ると、建物ぞいに宿舎の東塔を通り過ぎ、人気《ひとけ》のない井戸へと向かった。

居館の裏庭にほど近い、木製の屋根があるだけの簡素な井戸。つるべを何度か引き上げ、地下水路から導水されている冷たい井戸水で、二十枚ほどの汗拭き布を洗う。

雑用をしていると気がまぎれたり、心が落ちつくのはニナの特性だ。冷静になると自分のやったことの意味が、たしかな重さとなって胸を苛《さいな》んでくる。

理由はどうであれ、先ほどの行為は真剣に競技をしていた騎士団員への裏切りに等しい。西方地域杯で不必要にリヒトに庇《かば》われ、対等の騎士でいたいと願ったのに、自ら公正さを捨てるような真似《まね》をしてしまった。あのときに協力してくれた団長ゼンメルや、不安を押し殺して自身の意思を尊重してくれたリヒトに対し、合わせる顔がない。

さっきはなにも言えずに逃げてしまったけれど、リヒトはもちろんほかの団員たちにも、正直に話して謝罪すべきではないだろうか。呆《あき》れて失望されるかも知れない。それでも騎士の指輪を許されたものの義務だと思うし、ゼンメルの言う国家騎士団の役目についても、あらためて向き合う必要があるのではないだろうか。

そんなことを考えながら、洗い終わった汗拭き布を固くしぼったニナの全身に、ふと影がかかる。

覚えのある気配を感じてニナが振りかえったのと、その顔を大きな手が遮《さえぎ》ったのはほぼ同時だった。

「!?」

一瞬で奪われた視界の隅に、猛々《たけだけ》しい赤い髪が不気味に躍った気がした。

——ニナの所在不明が判明したのは、それからまもなくのことだった。

急ぎの出立ということで、競技会用の装備品類は城壁近くにある厩舎の馬車にそのまま運ぶ手はずになっている。

ほかの団員たちと荷物の積みこみをしながらニナが来るのを待ったリヒトだが、さすがに遅いと井戸に向かうも姿はない。宿舎に戻ったかと最上階の部屋を確認してみたが入室の形跡はなく、にわかに胸騒ぎを覚えたリヒトは、すぐさま団長ゼンメルに事態を伝えた。表情を強《こわ》ばらせたゼンメルは全団員を招集し捜索の指示を出す。しかし競技場も食堂も、参加騎士が入れるすべての場所を探したがニナの姿はない。同じように出立準備をするシュバイン国騎士団にたずねたが、控室の前で見たあとの有力な目撃情報はなく、副団長クリストフが審判部に経緯を報告。居館でも国家連合職員のみが使用する場所への立ち入り許可をもらい、同時に城外へと捜索範囲を広げようとしたところ、庭を調べていたトフェルが大声で集合を叫んだ。

競技場とは反対側にあたる、居館の北側に広がる裏庭の奥。落葉した庭木が寂しげにたたずむ一角にある、西方地域を司《つかさど》るマーテルの像。誕生を寿《ことほ》ぎ大地を潤す女神像の足元に散らばるものに、駆けつけた団員たちは愕然《がくぜん》と言葉を失った。

ロルフは残された青海色の目を大きく見ひらき、ベアトリスが甲高《かんだか》い悲鳴をあげる。

「ニナ……？」

ふるえる声で名を呼んだリヒトの視線の先。

四角い台座に刻まれた国家連合章の前には、潰《つぶ》された木桶と汗拭き布と、ばらばらに折られた矢が落ちていた。

3

——ぴちゃん、ぴちゃんと水音がする。

雨かと思ったニナは薄く目をあけた。周囲は闇。しんと冷えた空気とかび臭《くさ》いにおいが鼻をつく。顔をしかめると、頬《ほお》や顎《あご》に何故だか痛みが走った。

水音は途切れることなく聞こえている。ここはどこで、自分はなにをしているのだろう。ゆらゆらと揺れる身体《からだ》と、腹部にまわされたのは誰かの腕。小脇に抱えて運ばれているのか、手足はぶらんと力なくたれている。

夢うつつのまま、ニナはわずかな灯にひかれて視線を向けた。

松明《たいまつ》をにぎる大きな手がまず見える。つづいて静かに流れる水路と獅子のたてがみに似た赤い髪。そして猛禽《もうきん》を思わせる鷲鼻《わしばな》と、耳の近くまで裂けた奇怪な口が——

「！」

——そうだ、わたし！

ニナは大きく身を跳ねさせた。

拘束《こうそく》がゆるみ、落下した身体が石造りの床面に投げ出される。痛みにうめき声をあげたニナは、けれどすかさず身を起こすと、距離を取りながら背中に手をのばした。急がなくては、早くしなくては。左手で矢筒にかけた短弓《たんきゅう》をつかみ、右手で矢羽根を抜こうとして──しかし指先に触れるものはなにもない。

恐ろしい事実がニナの記憶をはっきりさせる。そうだ。矢はぜんぶ折られた。ヘルフォルト城の裏庭で、地下水路に連れ込まれるまえに笑いながら。木桶も汗拭き布も踏みつけられた。逃げようとした自分は殴《なぐ》られて、そのまま意識を失って。

「あ……あ……」

あとずさるニナの歯がかちかちと鳴る。

冷たい壁に背中があたり、退路を断たれた小さな身体がへたりこんだ。

見ひらかれた青海《あおうみ》色の目に、巨大な影のような騎士がゆっくりと迫るのが映る。

松明の灯にぼうと浮かびあがるのは、地下水路の天井付近にある恐ろしげな顔だ。忘れたくても忘れられない。見まちがいであるはずもない。おぞましい残虐《ざんぎゃく》性で幾多《いくた》の〈騎士の命〉を競技場に散らせたガルム国の異相の騎士──ガウェインは、三日月に似た口をにたりとつり上げた。

「やっと目覚めたと思ったら、どうしたそのように怯《おび》えて。まるで親とはぐれた子兎《こうさぎ》ではないか。悪名高き〈赤い猛禽《ブルート・フォゲル》〉の命石《めいせき》を射ぬき、民の歓声を一身に受けたリーリエ国の誇り高き〈少年騎士〉も、牙を折られればただの小娘か。なんとも無様《ぶざま》な醜態《しゅうたい》だな。えぇ?」

低い哄笑《こうしょう》が深淵の闇にこだまする。

天井から落ちてきた水滴がニナの頬に流れた。得体の知れない感触が皮膚《ひふ》を伝うが、あまりの恐怖で身動きできない。

地上の光が届かぬ奈落の底で、化物のごとき強大な騎士と二人きり。まるで凄惨《せいさん》な悪夢そのものだ。逃げることも助けを呼ぶこともできず、そして自分には抗《あらが》う術《すべ》がなにもない。

——どうした……ら……。

手にした短弓を抱きしめ、壁を背に座りこんだニナの全身を、ガウェインは松明をかざして眺める。

黄色い目に愉悦《ゆえつ》が浮かんだ。肉食獣が捕らえた獲物を、どこから食べるか思案しているように。巨体を丸めてかがむと、不気味な顔をぬうとニナに近づけた。

「安心しろ。おれはいま実に気分がいい。忌々《いまいま》しい鳥籠《とりかご》をやっと抜け出て、木偶《でく》ぞろいの無能な騎士どもを、まんまと出し抜いて小娘を奪えたのだ。どちらからにするか、おまえに選ばせてやるとしよう」

「え、えらばせ、る……？」

　空間を満たす圧迫感に呼吸さえままならず、ニナは途切れ途切れにたずねる。

　ガウェインは卑《いや》しく舌なめずりした。

「おまえの目だ。くりぬいて、あめ玉のように舐《な》めてやるとまえに言っただろう？　……ああ、やはりいいな。恐怖に染まる冬空のごとき青が、たまらなく美味《うま》そうだ。右か左か。決められぬなら左目にして、兄と同じ隻眼《せきがん》にしてやるのも一興か」

　陶然《とうぜん》とつぶやき、ガウェインは腕を突き出した。

　頭部でさえ簡単に潰せるだろう太い指が、まぶたと目の下に触れた瞬間、ニナは反射的に持っていた短弓をつきあげる。

　わん曲した先端がガウェインの顔の横をかすめた。黄色い目をわずかに見ひらき、なんだ、と頬をなでたガウェインは、血がついた己の手を見る。ぶわりと殺気がもれ、巨大な拳《こぶし》が即座にニナを殴りつけた。

　細い悲鳴が飛び、あっけなく舞った身体が暗闇に消える。甲冑の金属音が、石造りの地下水路に反響した。

「餌《えさ》でしかない小娘が、このおれに傷をつけるとはな」

ガウェインは腹立ちもあらわに舌打ちする。

松明をかざすと、黒い川のような水路のそばに倒れる小さな影があった。大股《おおまた》で近づきのぞきこむが、鼻から血を流したニナはぴくりとも動かない。まさかこんな簡単に壊れたのか。長靴《ちょうか》の先で腹を蹴《け》ると、薄くあいた唇が微《かす》かにうめき声をもらした。

ガウェインは逆立った眉《まゆ》を訝《いぶか》しげによせる。

「なんだこの貧弱な身体は？　いくら子供とて軍衣を許された国家騎士団員ではないのか。軽く払った程度で気を失っては楽しむ間がない。くそ。傲慢《ごうまん》な正義感をふりかざす〈金の百合《ゴルト・リーリエ》〉ならもう少し歯ごたえがあろうし、小娘にはない遊び方もできたものを」

不本意そうにぼやき、昏倒《こんとう》したニナの首根っこをつかむ。

持ちあげるとがくりと首が折れ、ぶらんと垂れ下がった細い手は、それでも短弓のにぎりを離さない。ガウェインは嘲笑《ちょうしょう》した。落矢を拾って己の命石を射ぬいた過去に縋《すが》りついているのか。その気になれば一瞬で踏み殺せる存在が、最後の希望を必死に守ろうとしている姿は、腹がよじれるほど滑稽《こっけい》だった。

ガウェインはニナの身体を肩にかつぐ。

「まあいい。この小娘は〈隻眼の狼《アイン・ヴォルフ》〉が身を挺《てい》して庇《かば》った、やつの妹だ。競技場では表情ひとつ崩さない孤高の獣も、なぶり殺された小娘を見ればさぞや悲憤《ひふん》にくれるだろう。血《ち》眼《まなこ》になって追ってくるなら面白いが、さて狼の鼻はどこまで利《き》くか。なにしろおれとて〈連中〉の正体も、おれを逃がした目的も知らん」

うそぶくように言い、外套《がいとう》のポケットから地図を取りだす。ガウェインを古城から解き放ったものたちがよこした地図には、ガルム国領土内のある場所に印がつけられている。現在地から考えた方角とおおよその距離。ざっと計算してから松明をかかげたガウェインは、悠然《ゆうぜん》とあたりを見まわした。

街や城をつなぐ地下水路は縦横に入り組み、闇は方向感覚を失わせる。代わり映えのない円形の空間に水が流れるだけの通路は、慣れぬものには迷宮に等しい場所だが、異相を忌避《きひ》されていた幼少期になんどか利用したことがあった。また管理用の階段で自在に出入りができるという点で、人目を避けて逃走するのにこれほど最適な道はない。

ガウェインは地図を水路に投げ捨てる。

ニナを捕らえた巨体は、そのまま光のない深淵の果てへと姿を消した。

◇◇◇

「――以上の次第で、薪材を古城に定期搬入する商人の訪問日から算出すると、ガウェイン王子が地下牢《ちかろう》を脱出したのはこの三日間のうちかと思われます。襲撃された警備兵の生存者はなし。損傷が激しく検分には時間を要すると思われますが、多くが手足や首、なかには胴体を断たれた遺体も確認できました」

食堂が見わたせる中央の大扉の前。陰鬱《いんうつ》な顔つきのガルム国騎士団長は、硬い声で報告をあげる。

宿舎であるヘルフォルト城の東塔の二階。真夜中の冷気が重く忍びよる食堂には、護衛の兵を引き連れたガイゼリッヒ王子と、団長ゼンメルをはじめとしたリーリエ国騎士団が集まっている。

長机には食事をとるまもなくニナの捜索にあたった彼らのために、干し葡萄《ぶどう》のクーヘンや鹿肉と酢漬けキャベツのサンドイッチなどが用意されたが、手をつけるものは誰もいない。香料入りの温かな葡萄酒もすでに冷め、ガルム国旗のような深い赤色が団員たちの強《こわ》ばった表情を映している。奥の調理場では料理人と小姓《こしょう》が、茶器の木盆を手に所在なげに佇《たたず》んでいる。

地下の食料庫が荒らされて厩舎《きゅうしゃ》から馬が一頭消えていたこと、古城周囲の街や村に兵をやってガウェイン王子の目撃情報を集めていることを合わせて告げ、外套姿のガルム国騎士団長は立礼をほどこした。その傍《かたわ》らに控えていた副団長クリストフが、委細《いさい》にまちがいないというふうに、同じく右拳を左肩にあてる。

所在不明のニナは〈赤い猛禽〉に襲われたのではないか――

居館の裏庭で折られたニナの矢を発見したリーリエ国騎士団は、即座にガウェインの関与を疑った。しかし破壊された矢と木桶《きおけ》以外に物証はなく、窃盗《せっとう》目的で侵入した野盗と遭《そう》遇《ぐう》した可能性も否定できない。ともかくは早急にガウェインの所在を確認すべきだと判断し、団長ゼンメルはガイゼリッヒ王子に事態を報告して協力を願った。

参加両国の出立《しゅったつ》を見送ろうと城門前に待機していたガイゼリッヒは、ゼンメルの危惧《きぐ》を一笑にふす。ガウェインを幽閉《ゆうへい》した古城は戦火の絶えない古代帝国時代に建造されたもので、捕虜《ほりょ》を収容する主塔の地下牢と強固な城壁をそなえ、百名もの警備兵を常駐させている。いかな猛禽とはいえ病《やまい》を得た身体で、ガルム国でもっとも厳重な鳥籠《とりかご》から逃走は不可能です、と否定したが、一瞬の強力で芯から粉砕《ふんさい》したごとき矢の残骸《ざんがい》に顔色を変えた。

時を同じくして宿舎の屋根から参加国の国旗をおろしていた審判部が、リーリエ国側の東塔の旗の支柱に結ばれた縄を見つける。不審に思い周囲を調べたところ、ベアトリスが宿泊した最上階の部屋の窓には巨大な手の痕が残されていた。まるで何者かが、塔の屋根から縄づたいに侵入を図ろうとしたように。

断られても執拗《しつよう》に求婚をくり返すなど、ガウェインがリーリエ国の〈金の百合〉に執着していたのは周知の事実であり、そして同室を使用したニナは〈少年騎士〉として、ガウェインに敗北を与えた張本人《ちょうほんにん》だ。

ガイゼリッヒは前言を撤回《てっかい》してゼンメルの要請を了承。ガルム国騎士団長に兵をつけ、リーリエ国騎士団からは副団長クリストフが立会いとして同行し、午後の鐘が鳴るころにヘルフォルト城を出立した。

ガルム国の東南東の端に近いヘルフォルト城から、南東の端に位置する古城までは騎乗にて半日ほど。しかし一行は緊急事態ということで手提灯《てさげとう》を手に夜陰《やいん》を走り、日付が変わるまえに帰還を果たした。城内や付近を捜索していた団員らを急ぎ食堂に集め、外套を脱ぐまもなく報告の次第となったのだが。

「奴が……ガウェインがいない？　しかしまさか……いくら悪鬼のごとき怪力とて、あの丸太ほどの鉄製閂《かんぬき》を破壊し地下牢から出るなどありえない。投獄《とうごく》のさいに武器は取り上げ、近ごろは怒声も聞こえなくなったと報告では。……誰かが手引きを？　だが幽閉場所は、一部の重臣にしか明かしていないはずだ……」

西方地域が描かれた風景画が壁を飾る食堂の奥。

用意された飾《かざ》り椅子《いす》に座るガイゼリッヒは、宝玉が輝く指で口元を押さえる。場所にも手段にもよほど自信があったのか、そんな馬鹿な、と首をふった。赤い髪が背後の暖炉《だんろ》の炎を受け、毛皮で縁取りされた上着に美しく流れた。

むろんガウェイン逃亡の報告に衝撃を受けたのは、ガイゼリッヒ王子だけではない。長机を囲んで座るリーリエ国騎士団は呆然《ぼうぜん》としている。あるいはと疑い、心のどこかで確信しながらも、ちがっていてほしいと願っていた。ニナは〈赤い猛禽〉に拉致《らち》された——最悪の想像がにわかに現実味を帯び、ただ自失したように言葉をなくす。

重苦しい沈黙が落ちた食堂のなか、頭を抱えたリヒトがどん、と音をたてて机に突っ伏した。葡萄酒の木杯が揺れて赤い飛沫《ひまつ》がこぼれる。ベアトリスは両手で顔をおおって肩をふるわせ、ロルフは唇を引き結んでむっつりと腕を組んだ。

ゼンメルは目を閉じて何事かを考える。

やがて深い息を吐いて立ちあがると、暖炉付近の飾り椅子に座るガイゼリッヒ王子のもとへと向かった。なぜだ、どうして、と繰り言をつぶやく異国の王子に、一介《いっかい》の騎士団長が僭越《せんえつ》ながら、と断ってから語りだした。

「事実のみ申しあげれば、リーリエ国騎士団員ニナは昼前より所在が不明。破損した所持品が裏庭で発見され、宿舎には何者かが窓から侵入をこころみた形跡がありました。そのニナと因縁《いんねん》のあるガウェイン王子は幽閉先の古城を脱出したことが判明し、現在も行方《ゆくえ》が知れません」

食堂に集まったものたちの視線を一身に受け、ゼンメルは理路整然《と》とつづける。

「二つの行方不明を結ぶ証拠は現時点でありませんが、弾力性に富む硬質の矢を直角に折るには相応の強力を要します。両者の関係性を考慮《こうりよ》しても、偶然で片づける方がいかにも不合理。団員ニナはガウェイン王子に連れ去られた、と判断するのが妥当《だとう》でしょう。ならば猶予《ゆうよ》はそうない。つきましてはガイゼリッヒ王子に早急のお願いが」

「早急の願い、とは？」

「リーリエ国騎士団はこれより、ガウェイン王子が団員ニナを拉致していることを前提に行動します。しかし我らは同行した砦兵《とりでへい》をふくめても五十名足らずの寡兵《かへい》。土地勘のない異国の地で迅速《じんそく》な捜索と確実な救出を図るためには、本国より増援の兵を招集する必要があります。つきましては国家連合《リントヴルム》の規定にしたがいガイゼリッヒ王子殿下の名をもって、リーリエ国軍がガルム国領土内に侵入する許可を、すなわち〈行軍許可状《こうぐんきょかじょう》〉の発行を要請したい」

ガイゼリッヒは軽く目をみはった。

リーリエ国に行軍許可状を、と顎《あご》に手をやる。その言葉が持つ意味を吟味《ぎんみ》するように動いた視線が、いつの間にか傍《かたわ》らに控えていたガルム国騎士団長に向けられた。

影のごとく陰鬱な騎士は無言で顔を伏せる。わずかな所作《しょさ》でなにを伝え、なにを感じ取ったのか。貴公子然としたガイゼリッヒの容貌《ようぼう》に、猛禽《もうきん》を思わせる剣呑《けんのん》な表情がふと浮かんだ。

しかしそれも一瞬のこと。泰然《たいぜん》と返事を待つゼンメルに向きなおり、ガイゼリッヒは軽く咳払《せきばら》いする。ああなるほど、ええそうですね、と鷹揚《おうよう》にうなずいた。

「わたしが動揺《どうよう》しているあいだに筋道立てて思考された、ゼンメル団長のご見識は装備品だけにあらず。たしかにすべての情報を統合し考えれば、我が弟ガウェインが〈少年騎士〉の所在不明に関係している可能性は、極めて高いと判断できるでしょう」

「ご理解いただき感謝いたします。では明日の早朝にも増援要請の早馬を本国に――」

「お待ちください。しかしながらリーリエ国に〈行軍許可状〉を許すことは、いまの状況では……その、やはり難しいかと」

ゼンメルは白いものが混じる眉をひそめる。

想定外の返答だったのか、知性を感じさせる眼差《まなざ》しが探るように動いた。難しいとは、と低い声で問いかけると、ガイゼリッヒは穏やかな微笑を浮かべてつづけた。

「〈行軍許可状〉の要請には他国に逃亡した犯罪者の捕縛《ほばく》など、軍隊を動かすにたる正当事由が必要と聞きます。可能性が濃厚とはいえ〈少年騎士〉が弟に拉致された現場の目撃者もなく、確実なのは両者の所在が不明なだけ。国権の発動である重大な決定に、明確な根拠がないのでは」

「理屈の上では仰《おつしや》るとおり。しかしガウェイン王子関与の可能性は高く、古城の警備兵が惨殺《ざんさつ》された状況を考えても、最悪の結果を想定して対応すべき事態かと。なれどここはガルム国です。過去の〈不幸な事例〉を鑑《かんが》みれば団員捜索のためとはいえ、リーリエ国が自由に軍隊を動かせないことは、王子殿下もご存じのはず」

「行軍許可状を得ずして一定規模の軍隊を他国に侵入させることは、国家連合の禁じた軍事行動と判断される場合がある――もちろん承知しております。ですが慣例は慣例です。目撃者なり物証なり、弟が少年騎士を拉致した確信が得られなければ」

「リーリエ国軍をガルム国領内に入れることはならん、と」

「お心苦しいですがわたし個人と致しましても、幽閉《ゆうへい》処分に逆らい逃走した王子を追捕するために、他国の軍隊の力を借りては民にも諸外国にも面目が立ちません。また許可状の発行は当該国《とうがいこく》の王族のみ可能なれど、このように複雑な状況が絡む重大事案は、王都の国王陛下にご裁可をいただくが万全かと考えます」

言葉を紡《つむ》ぐごとに滑らかに、ガイゼリッヒはもっともらしく理屈を述べる。

すらりと席を立つと、後方に控える護衛の兵に何事か告げ、承知した数名が食堂をあとにする。調理場の料理人や小姓《こしよう》が動きだすなか、ガイゼリッヒは目の前のゼンメルをはじめリーリエ国騎士団員を見まわし、胸に手をあてて頭をさげた。

「過去の競技会での惨劇《さんげき》が示すとおり、〈赤い猛禽〉たる弟ガウェインは血に飢《う》えた化物です。捜索の過程で皆さまに危害が及べば、リーリエ国にとって取り返しのつかぬ損失。ただいま皆あの小さな〈少年騎士〉の行方についても、我らが責任をもって調査します。今日はともかくお休さまの部屋を暖めさせ、お疲れを癒《い》やす薬湯の準備をしております。今日はともかくお休みになり、明日からはこの城にて待機されて吉報を――」

ガシャン、と耳障《みみざわ》りな音が飛んだ。

言葉を遮《さえぎ》られる格好となったガイゼリッヒが視線を向けると、長机を囲んで座っていたリヒトが立ちあがっている。いきおいよく椅子を引いたせいか、足元には葡萄酒《ぶどうしゅ》の木杯と木皿がいくつか転がり、乾燥果実のクーヘンが散乱していた。

「さっきから黙って聞いてればぺらぺらくどくどうざいな。いい加減にしろよっていうかねえ、なんなのあんた？」

リヒトは小首をかしげる。

表情を強《こわ》ばらせた団員たちのなか、ゆらりとした足取りでガイゼリッヒに近づいた。

ただならぬ雰囲気《ふんいき》に、陰気な顔つきのガルム国騎士団長が警戒もあらわに剣帯《けんおび》に手をかける。控えろ、落ちつけ、と立ちふさがったゼンメルに正面から身体《からだ》をぶつけ、リヒトは反射的に後ずさるガイゼリッヒに言い放った。

「取り返しがつかないって、悪いけどこっちはとっくに現在進行形で最悪の展開なんだけど？　他人事《ひとごと》みたいに屁理屈ばっかこねて、あんたどういう状況か本気でわかってんの。おれのニナが、おれの大事なニナがだよ？　あいつに、いまこの瞬間だってあの化物といるって想像するだけで、王国も騎士団も国家連合も滅茶苦茶《めちゃくちゃ》にぶち壊したくなるんだけど真剣にさ！　それをなに。さっさと寝てのんきに待てって、喧嘩《けんか》売ってんならいますぐ買うしお釣りも返すけど？」

普段と変わらぬ軽薄な口調。唇の端をゆがめて笑いながら、けれど血走った新緑色の目は異様な熱をおびている。

いまにも飛びかからんばかりのリヒトの腕を押さえ、ゼンメルは腰を浮かせているトフエルに視線を飛ばした。

礼節を欠く発言にガイゼリッヒは不快そうに鼻白んだが、壊れた人形を思わせるリヒトの表情に気圧《けお》される。取りなすような微笑《ほほえ》みを浮かべ、いやしかし、と言いつくろった。

「どういう状況と申しましても先ほど説明したとおり、その〈少年騎士〉が弟に拉致された確証はありません。現時点ではただの所在不明に過ぎず……そ、そうです、今競技会は破石数《はせきすう》も一つと振るわず、至近距離で矢を外していました。騎士としての己を恥じ、自ら姿を消した可能性だとて」

「ニナが失踪《しっそう》？　おれと対等の騎士になりたくて必死に競技場に立ったニナが、責任も騎士団も放り出して逃げたって？　はは。すっげ。怒りを通り越して笑えるんだけどねえ超おかしい！　でもなんでそんな弟は無関係って主張するわけ？　もしかしてあんたが首謀《しゅぼう》者《しゃ》で、猛禽を使っておれのニナを盗《と》ったってこと？」

「は？　な、なにをいったい」

「あーいいよいいよ誤魔化《ごまか》さなくても。気持ちは痛いほどわかるから。あんたらみたいな上辺《うわべ》と体裁《ていさい》だけで生きてる連中には、真っ直ぐなニナは特別に綺麗《きれい》に見えると思うし。おれだっていつ拉致監禁犯《らちかんきんはん》になるか自信ないっていうかなればよかった。無理に我慢しないで正直に隠しとけば、盗られずにすんだのに馬鹿だなおれも。で、どこ？　どこだよマジで。さっさと出せよ。おれのニナをいますぐ返せって――」

低い声ですごんだ長身が大きく揺れる。

興奮の隙《すき》をつき、抜刀《ばっとう》したゼンメルがリヒトの腹に大剣の柄頭《つかがしら》を入れていた。博士めいた老顔からは想像できない的確な一撃に、すらりとした身体があっけなく崩れ落ちる。

身がまえていたトフェルが後ろからリヒトを抱え、投げ出された足をオドが持ちあげる。帰還したまま待機していた副団長クリストフが食堂の大扉をあけ、昏倒《こんとう》したリヒトが廊下《ろうか》に運ばれるのを待ち、大剣を剣帯に戻したゼンメルはガイゼリッヒに深々と頭をさげた。団員の非礼を詫《わ》び、団長としての管理不行き届きを謝罪する。

乱れた上着をととのえたガイゼリッヒは眉《まゆ》を寄せてなにか言いかけたが、ヴェルナーの合図で起立したリーリエ国騎士団がいっせいに腰を折ったのを見ると、気勢をそがれた様子で口ごもる。ゼンメルはすかさず寛大な対応に感謝を述べ、つづいて明日からの捜索活動への同行を願い出た。

現時点でほかに有力な手がかりがない以上、やはりガウェイン王子がニナの行方不明に関与していると考えざるをえない。安全に配慮した厚情はありがたいが、リーリエ国騎士団としても、行方不明の団員の処遇を他国に一任するわけにいかない――

ガイゼリッヒはいやいや、どうぞガルム国にお任せを、との返答に終始したが、同行に不都合あれば我らのみでも活動します、とのゼンメルの言葉に考えこむ。影のごとく控えるガルム国騎士団長が小さくうなずいたのを確認すると、曖昧《あいまい》に微笑んで了承した。

捜索活動の詳細については明朝に伝えることとし、騎士団長と護衛の兵をつれて食堂をあとにする。料理人と小姓は用意した薬湯を長机に置くと、床に落ちた食器やクーヘンを片付けてから立ち去った。

リーリエ国騎士団員のみとなったところで、ゼンメルはひどく疲れた顔で溜息をつく。

湯気を放つ薬湯ではなく、冷めた葡萄酒の木杯を手にした。耳の奥にこびりついた慇懃《いんぎん》な声音《こわね》ごと一息で飲み干すと、副団長クリストフが近づいてくる。強行軍で馬を駆けたうえ古城での惨劇を目《ま》の当たりにしたせいか、温厚な顔立ちには憔悴《しょうすい》の色があった。

ご苦労だったな、とあらためてねぎらい、ゼンメルは気遣わしげに眉をよせた。

「誕生を司《つかさど》る女神マーテルの司祭には、さぞや酷《こく》な光景であったろう。しかしガルム国があの調子では、おぬしが同行しなければガウェインの逃亡は我らに秘されたかもしれん。念のためにと、検分を願い出て正解だった」

「同感です。古城の構造と地下牢《ちかろう》の様子、遺体の状態や襲撃状況についての報告書はまとまり次第。……ですが残念ながら、雲行きがあやしくなってきましたね」

「まったくだ。ガルム国章の鷲《わし》は双頭だが、猛禽はもう一羽いたということだな。世辞《せじ》と追従程度なら毒もないが、奴の弁舌《べんぜつ》はなかなかに面倒な大剣だよ。陰湿な交渉ごとをするなら老体に鞭打《むちう》ち、砂時計九反転でも戦った方がまだしも気が楽だが」

うんざりと告げた老団長に、副団長は微苦笑を浮かべる。

やりとりが意味することがわからなかったのか、中年組の何名かは怪訝《けげん》そうに顔を見あわせる。ゼンメルは鼻の上の丸眼鏡《まるめがね》をかけ直すと、ゆっくりと食堂を見わたした。

「まず前提としてニナはガウェインに連れ去られた。状況証拠と両者の関係性。失踪などはむろん論外。それについては団長の責任において騎士団の共通認識とする」

団員たちがうなずいたのを確認し、冷静な声でつづける。

「ガルム国は戦闘競技会《せんとうきょうぎかい》で使えぬガウェインを用済みとして幽閉した。警備兵を手にかけ古城を脱出したガウェインは、己を捨てた国や王家に報復する可能性もある。ならばニナの件はむしろ好機だ。リーリエ国軍を公然と動かせる大義名分を手にし、猛禽の捕縛を我らに押しつけることができる。諸外国への面目などと、奴を利用しつくしたガルム国王家が、いまさら口にする言葉ではなかろうに」

暖炉《だんろ》の側に残された飾《かざ》り椅子《いす》を一瞥《いちべつ》し、ゼンメルは呆《あき》れたように首を横にふる。

「しかしガルム国は行軍許可状を拒否してリーリエ国の協力を求めず、我らの安全を理由に待機まで提案した。猛禽を狩る最高の武器だろう〈隻眼の狼〉をも使わぬなど、あまりに不可解だ。もっともらしい能書きを並べ立て、ニナの件にガウェインの関与を認定しなかったことも然《しか》り。……理由は不明だが、ガルム国が我らとガウェインを関わらせたくないのだとしたら、奴に捕らわれたニナを発見するのは容易でないやも知れぬ」

重々しく告げられた言葉に、食堂内の団員たちがいっせいにロルフを見る。

リーリエ国騎士団の一の騎士であり、西方地域で十指に入る実力だとされる〈隻眼の狼〉は妹の危機になにを思うのか。平素の仏頂面《ぶっちょうづら》で腕を組み、何事かを考えこんでいたロルフは唐突《とうとつ》に扉に向かった。

まさかこれからニナを探しに行くのだろうか。競技会終了後より休む間もなく捜索をつづけ、すでに日付も変わろうという時間帯に。気持ちは分かるがせめて仮眠をとれと告げたヴェルナーに、肩ごしに振りかえったロルフはあっさりと否定する。

「捜索ではなく打ち込みだ。日課は確実に継続してこそ意味がある。本来であれば今日のうちにリーリエ国の西の砦で、砂時計三反転はおこなう予定だった」

——この男は兄妹としての人並みの情愛を持ち合わせていないのか。

非難とも呆れともつかぬ表情の団員たちを一顧《いっこ》だにせず、ロルフは食堂を出ていく。

そっけなく閉まった扉に、ベアトリスは信じられないという様子で泣き腫《は》らした目をむいた。なんなのよ、ときつく唇を結んだ頬《ほお》には涙の痕が色濃い。ガルム国騎士団長の報告を聞いてから嗚咽《おえつ》をもらしていた顔には、豊かな金の巻き毛が無残に乱れかかっている。

ゼンメルは短い息を吐いた。重くたちこめた気まずい空気を払うよう、軽く手を打って団員たちの注目を集めると、明日からの行動について説明する。

副団長は審判部のもとへ行き、状況を説明して国家連合としての対応を再確認。事件が解決するまでのヘルフォルト城待機をふくめ、公認競技場での行方《ゆくえ》不明として可能なかぎりの協力を求める。騎士団が捜索中は後方支援として城に残留し、砦兵を使い本国との連絡や情報収集に努める。

立会人貴族には中年組を一人つけ、夜明けとともにリーリエ国の西の砦に向かわせる。王都に事態を報せると同時に軍を編成。逃亡したガウェインの侵入にそなえて国境周辺の警備を厚くし、状況次第で即座に兵を動かせるように準備させる。

自身は地図と防寒具、携帯食料の融通《ゆうずう》をガルム国と交渉する旨《むね》を告げ、最後に捜索活動中の細かな分担を決めた。ゼンメルは不利な状況で戦闘競技会にのぞむ、陣所で見せるのと変わらぬ険しい表情を浮かべる。

「いずれにしても行軍許可状がなければ、リーリエ国軍をガルム国内に入れることはできぬ。二十一人のために軍事侵攻と疑われかねぬ行動をとるわけにはいかない。現時点では団員と立会人貴族、三十名足らずの砦兵が我らの手足だ。そのうえでリーリエ国騎士団は、騎士団としてできる最善をつくすしかない」

困難な下知《げち》に、姿勢をのばした団員たちは承知、と立礼した。

◇◇◇

——ああ、また暗闇です。

ニナが目をあけると周囲は闇に包まれていた。

終わりのない深淵。奈落の果てのような冷たい常闇。

けれどニナはおどろかない。だってなんど目覚めても世界には闇しかないのだ。寂しい水音とともに延々とつづく暗い道。光を求めた手は虚《むな》しく宙をかき、息苦しさに吸いこむのは湿って淀《よど》んだ空気だけ。

ちっぽけな自分にはどうしようもない。この暗黒から逃れることはできない。力なく目を伏せた頬がふと風を感じる。次第にはっきりしてくる周囲に、満天の星と綺麗な満月が視界に入った。

「そと……？」

かすれた声でつぶやいた瞬間、ニナは口中の激痛に顔をしかめる。

鉄臭《てつしゅう》と血の味に嘔吐《おうと》感がこみあげ、身じろぐと関節に鈍痛がはしった。痛みは意識をはっきりとさせる。肌を刺す冷たい冬の夜気も同様に、曖昧だった記憶が次第によみがえる。

ヘルフォルト城の井戸でガウェインに襲われた。裏庭から地下水路に連れ込まれ、容赦《ようしゃ》なく暴力をふるわれた。笑いながら顔や腹を殴《なぐ》られ、そのたびに意識をなくした。

痛みと暗闇で数は覚えていない。何度目かのときに、すぐに昏倒《こんとう》してはつまらないと睨《にら》まれた。己の命石《めいせき》を奪った〈少年騎士〉には〈餌《えさ》〉として、存分に楽しませる義務があるだろうと。仕方ないから手加減してやると舌打ちされ、けれど叩かれた身体は吹き飛んでやっぱり気を失った。

そんな感じだったので現在の状況も、ここがどこなのかもわからない。星空をぼんやりと見あげたニナは、やがて地上にも光源があることに気づいた。

仰向《あおむ》けで横たわったまま顔をかたむけると焚《た》き火《び》が見える。

極寒の冬夜に頼りなくはぜる炎の先には、小山に似た大きな影があった。薄汚れた外套《がいとう》姿で寝転がるのはガウェインだ。耳まで裂けた口から聞こえてくる低い寝息に、ニナは〈赤い猛禽〉も眠るのだと漠然《ばくぜん》と思った。

そして唐突に顔をゆがめる。

「――……っ」

殴《おう》打《だ》され蹴《け》られた全身の痛み。どことも知れない異国の夜と化物と変わらぬ異形《いぎょう》の騎士。まるで悪夢のごとき状況だ。夢ならば悲鳴をあげて目を覚まし、朝の陽を浴びて額の汗をぬぐうだろうほどの。

――でもこれは、夢じゃありません。

ニナはうぐ、と小さな嗚咽をもらす。もらしてからすぐに手で口元をおおった。音を立ててはいけない。だって起きたらきっとまた殴られる。悲嘆《ひたん》にわななく身体《からだ》を必死に押さえ、泣くことさえできない現実によけいに涙がこぼれた。

いったいなぜいまの状況になったのかとニナは思う。こんな恐ろしい目に遭《あ》うだけの罪や失態を、自分はなにか犯してしまっただろうか。村でカミラに指摘されたように、出来そこないの案山子《かかし》の分際で国家騎士団員となり、リーリエ国王の庶子《しょし》リヒトと分不相応にも心を通わせたからか。〈少年騎士〉としてガウェインの命石を射ぬき、出場停止処分という形でその翼を奪ったからか。それともシュバイン国との競技会で迷いのまま矢を外し、国家騎士団として責務を果たしたほかの団員を、裏切るような真似《まね》をしてしまったからか。

青海色《あおうみ》の目から幾筋《いくすじ》も涙が流れる。すでに濡れた手で頬をぬぐうと、騎士の指輪が目に入った。

正格型の印台の下に知恵と勇気を意味するオリーブの葉を秘めた、リーリエ国騎士団の尊《とうと》い証《あかし》。焚き火を受けて輝く銀色に、この指輪に誓約のような口づけを落とした恋人騎士の姿が心に浮かんだ。

――リヒトさん、わたし……。

宿舎の寝台に並んで横たわり将来を語った。自分をもらってほしいとの言葉にうなずいて、大好きだと抱きしめられて胸の奥が甘くふるえた。楽しい約束をたくさんして、温かな腕に包まれて眠りに落ちた。

きっといままで生きてきていちばん幸せだった夜。それがほんのすぐ未来に、こんなにも辛《つら》く惨《むご》い闇夜が待っているなんて、誰が想像するというのだろう。あまりのちがいに気持ちが追いつかない。だけど身体の痛みが無慈悲《むじひ》に事実をつきつける。

残された温もりにすがるように、ニナは騎士の指輪に頬をすりよせた。

自分の不在を知ったリヒトはいまごろどうしているのだろう。控室を出るときに声をかけてくれたのに、自責と恥ずかしさで逃げてしまった。顔も合わせなかった言葉だけの別れ。もしも二度と会えないなら、盾と弓としての最後の機会もあの一矢なのか。リヒトに見出《みいだ》され変わるための翼を与えられ、対等の騎士でいたいと祈りに似た希望さえ抱いた。それがあんなにも情けなく後悔《こうかい》しか残らない競技会で終わるなんて。

ニナはあらためて星空を見あげた。

西方地域杯《せいほうちいきはい》の帰路でリヒトの馬に相乗りして星を眺めた。火の島《イグニス・インスラ》に生きるすべての騎士の覚悟のごとき星々の輝きに、この先にどんなふうに生きて死ぬのだろうと思った。自分はただリヒトのそばにいたいと願って、だけど実際はこんな形で、あっけなく離れて消えてしまうのだ。

切ないし悔《くや》しい。だけどどうしようもない。逃げたところで無尽蔵《むじんぞう》の持久力を誇るガウェインの足に敵《かな》うはずがなく、戦おうにも矢はすべて折られた。小さく非力な自分の使える唯一にして絶対の武器。弓矢がなければまさしく〈餌〉として、ただ手慰みに遊び殺されるだけだ。

──もう無理です。わたしには本当になにも。頭が朦朧《もうろう》として、なんだかすごく眠くて。

季節は冬の一月下旬《げじゅん》。厚布で裏打ちした甲冑《かっちゅう》に冬用外套でも凍《こご》えそうな寒さに、ニナは焚き火の方を向いて丸くなる。

くり返し殴打された損傷と疲労と、なによりも絶望だろうか。諦めが重く心を満たし、手も足も、不思議なくらい力が入らない。睡魔に身を任せてうつらうつらしていると、眠るガウェインの傍《かたわ》らに置かれた大剣が目に入った。砂塵《さじん》とともに競技場の大気を切り裂き、多くの騎士の将来を奪っただろう猛禽の牙は、よく見ると鞘《さや》に血のような汚れがある。

そういえばガウェインはどうやって幽閉《ゆうへい》されていた古城を脱出したのだろう。ぼんやりと考えるニナはいつしか、不思議な既視感《きしかん》に眉《まゆ》をよせていた。大剣の持ち手部分になんとなく、見覚えがある気がしたのだ。

「──……？」

空虚だった眼差しがわずかに動く。

柄の装飾や色、鍔《つば》の角度や中央の意匠《いしょう》。

奇妙な感覚に導かれ、そのまましばらく観察する。やがてニナは夢うつつのまま身を起こすと、横たわる大剣にはいよった。冷静に考えれば猛禽の武器に近づくなど無謀《むぼう》だが、半覚醒《はんかくせい》のおぼろげな意識と重い徒労感が、あるはずの理性を曖昧《あいまい》にさせる。

近くで眺めると、燃えさかる炎に似た柄の模様はやはり見た記憶がある。どこでだったか、誰が持っていたのか。柄頭《つかがしら》に手をかけたニナは、持ちあげた大剣が外見よりも軽いことに気づいた。自分が使うのは短弓《たんきゅう》だが片付けや運搬で、大剣の重さの具合は腕自体が知っている。

胸がざわめくのを感じながら、ニナは両手を使って大剣を鞘から抜いた。

しゃらんと出てきたのは灰銀色の刀身だ。とくに変わったところのない、騎士団員が日常的に扱うような大剣なのだが。

——なんででしょう。柄だけでなく切っ先の形にも、たしかに見覚えがある気がします。

鋭い先端を焚き火にかざして見る。夜闇に輝く灰銀色は、炎を受けるとまばゆい反射光が弾けた。ニナはふと思いつき、外套をまくると、腿《もも》を守る草ずりの部分に大剣をあわせてみる。

きん、と高音が飛んだ。

見た目よりも軽い重量、わずかに明るい灰銀色の刀身、そして澄んだ高い音——

青海色の目が大きく見ひらかれる。

──硬化銀《ウルリル》の……大剣……？

理屈ではない。漠然《ばくぜん》と感じた瞬間、既視感を抱いた理由に気づいた。そうだ。この大剣は、団長ゼンメルが自分に見せたものに似ているのだ。

西方地域杯のまえに万が一だと確認させられた硬化銀製の大剣。〈見える神〉たる国家連合は、戦闘競技会を安全に運営するため、使用装備品に制限を設けている。防具は火の島でもっとも固く丈夫な硬化銀製。武器は鋼《はがね》など硬化銀製以下の硬度のもの。制度を覆《くつがえ》す恐れのある硬化銀製の武器は製造、使用、所持が制限された、いわば禁忌《きんき》とされる存在だ。

例外なのが国家連合の〈制裁〉の時に貸与されるもので、戦時の混乱で所在が不明になった品もあると聞かされた。けれど古い知人に鑑定を頼まれたという大剣は、国家連合の散逸品《さんいつひん》ではないと、ゼンメルは言っていた。

それとガウェインの大剣がなぜ似ているのか。そもそもあのときは深く考えなかったけれど、国家連合が関与していないなら、それはすなわち。

──密造品……？　ゼンメル団長が見せてくれたのは違法に製造された硬化銀製武器で、それと同じだとしたら、じゃあこの大剣は。

高まる鼓動に背を押され、ニナはふたたび大剣を草ずりにあててみた。先ほどよりも強めに振りおろし、輪でつらなる細い板を確認すると、薄く線状の筋ができている。もしこ

の大剣が鋼製なら、非力なニナが打った程度で傷ができるとは思えない。やはりこれは硬

化銀製で――おそらく密造されたもので。それをガウェインが所持しているということは、

ならばガルム国が。

「――っ⁉」

闇からのびてきた手がニナの首をつかんだ。

持ちあげられ、そのまま容赦《ようしゃ》なく地面にたたきつけられる。持っていた大剣が転がって

悲鳴が飛び、甲冑が耳障《みみざわ》りな音をたてた。小さな身体を痙攣《けいれん》させて苦痛にあえぐ姿に、身

を起こしたガウェインは冷ややかに吐き捨てる。

「意外だな。恐怖し泣くばかりの小娘が、まだ刃向かう気力があったか。しかしなにをち

まちま遊んでいる。短弓しか使えぬ小娘は、おれの寝首をかくに、剣の手習いからはじめ

るつもりなのか？」

ニナは涙と土で汚れた顔をぬぐった。

腕をついて身を起こし、落ちた大剣に目をやってからガウェインに向きなおる。痛みは

全身を苛《さいな》んでいるけれど、いまはそれよりも。

「あ、あなたのその剣はどこで、その、ど、どうしたんですか？」

ガウェインはゆっくりと眉をひそめる。

たどたどしい質問の内容にか、それとも話しかけられたこと自体にか。

不自然なほど長い沈黙が流れ、困惑したニナがあの、と呼びかけると、圧迫感のある巨体がかすかに揺れた。

自分の反応に憤《いきどお》ったかのように、不気味な異相が憤怒《ふんぬ》にゆがむ。ガウェインはまなじりをつり上げると、怒気もあらわな低い声でたずねた。

「……どうした、とはどういう意味だ？」

「い、いえ、その、去年の裁定競技会《さいていきょうぎかい》で見たときのものと、ち、ちがう気がしたので。大きさとか、あなたが使うものにしては、少し短い気もする、し」

怒りの気配をぶつけられ、ニナは怯《おび》えながら答える。

ガウェインは軽く鼻を鳴らした。そういうことか、と大剣を拾いあげるなり、ニナの頭上を横に薙《な》ぐ。

刃のごとき剣風が夜気を裂いた。ひ、と首をすくめたニナの目の前を、数本の黒髪が力なく落ちる。青ざめて喉《のど》を鳴らした姿に嗜虐心《しぎゃくしん》が満たされたのか、ガウェインは黄色い目に愉悦《ゆえつ》を浮かべた。

「がんぜない小娘が、武具の専門家を気取る老いぼれ団長の受け売りか。たしかにこの大剣はあの裁定競技会当時の使用品ではない。剣丈もおれが使うに物足りぬが、警備兵どもが甲冑ごと輪切りになるほど、切れ味は奇妙なくらい上々だ。〈連中〉の思惑など知らんが、この大剣はまったく拾いものだな」

「れ、連中……って」

「おれを古城から逃がした酔狂《すいきょう》な奴らだ。地下牢《ちかろう》の閂《かんぬき》を開け放ち、この大剣をよこした。武勇の誉《ほま》れ高き〈赤い猛禽〉なら存分に使いこなせるだろうと。どんなつもりかは知らんが奴らの国とやらに行けば、戦闘競技会制度で翼をもがれた猛禽に、腹が膨《ふく》れるほどの〈餌《えさ》〉を与えてくれるそうだ」

「あなたを逃がして、武器を渡した……」

ニナは呆然《ぼうぜん》とつぶやいた。

予想外すぎる返答に頭が混乱する。幽閉場所からどうやって逃亡したかと思っていたけれど、まさか手引きしたものがいたなんて。それにいまの言葉から判断すると、硬化銀製の武器を渡したのはその〈連中〉で、奴らの国と言うからにはガルム国ではない。ならば硬化銀製武器を密造しているのは、その国なのだろうか。

——わかりません。でもなにか、恐ろしいことを聞いてしまった気がします。現在の火の島の根底を覆すような、途方もなく怖いことを。どうしましょう。こんなの、わたしはいったい、どうしたら。

「！」

ニナはぎょっと身を跳ねさせる。

気がつくと吐息の触れあう至近距離に、ガウェインの顔があった。膝をついて巨体を丸め、覆《おお》いかぶさるように頭を突き出している。

赤い髪が頰《ほお》にかかり、脂《あぶら》と汗の臭《にお》いが鼻をつく。嘔吐感に鳥肌をはしらせ、青海色《あおうみ》の目を見ひらいて硬直したニナを、ガウェインはじろじろと観察した。

小動物を思わせる小作りな顔立ちに外套を着てもわかる華奢《きゃしゃ》な手足。肉食獣が巣に持ち帰った獲物を品定めするふうに何度も。黄色い目をぎょろぎょろと動かしてたしかめると、前触れもなく唐突《とうとつ》に殴《なぐ》りつけた。

「！」

あっけなく飛んだ身体《からだ》は地面を転がって止まる。

目を閉じて半開きの口から血を流したニナの姿を見やり、ガウェインは首をひねった。

金髪や狼の背中に隠れて怯えていただけの小娘。己の命石《めいせき》を射ぬいたときとて、その瞳は潤み、身の内からの恐怖と必死に戦っていた。地下水路に連れ込んだときこそ当時のまで、けれどいまはその印象に、別人めいた違和感を覚えたのだが。

「……気のせいか」

ガウェインは乾いた声で言う。

小娘は小娘で化物は化物だ。誕生を司《つかさど》る女神マーテルの御心どおり、生まれついての存在が変わることはない。赤い猛禽は己の拳《こぶし》についたニナの血を、長い舌でぺろりと舐《な》めた。

◇◇◇

四方から身体を押し包まれたニナの頭上には、布の隙間《すきま》からのぞく冬空。

身動きの難しい状態で空を見あげるのは、初めてのことではない。裁定競技会の観戦で訪れたシュバイン国や西方地域杯で買い物に出たマルモア国の城下では、予想以上の人混みにまかれて苦労した。けれどいまのニナを取り囲むのは人ではなく旅用の道具だ。携帯食料や火打ち石、小刀に金貨袋に調理用の小鍋《こなべ》。ニナ自身がその一部として、ガウェインの荷物袋にこめられて運ばれている。

――窮屈《きゅうくつ》ですしなんとなく複雑です。でも寒さがしのげるし足も休められます。それにここに入っているあいだは、少なくとも暴力を受けずにすみます。

不自由することの多い小柄な身体が、いまばかりはありがたい。荷物袋のなかで膝を折って座り、ニナは鈍痛の残る顔をそっとなでる。

鏡で見たわけではないが何度も殴られた頬は腫《は》れて熱をもっている。熟れたプラムのように酷《ひど》い状態だろうが、ガウェインの強力を思えば骨や歯が折れないだけましだろう。お礼を言う気には当然ならないけれど、せっかくの獲物を簡単に壊しては面白くないという理由で、本当に最低限の手加減はしているらしい。

夜闇で殴打《おうだ》されて昏倒《こんとう》し、気がついたら朝になっていた。食事をすませ火の始末を終えたガウェインはニナを連れて出立《しゅったつ》する。意識があるなら歩けと指示されたが、ニナの背丈はガウェインの足程度だ。倍近く歩幅がちがい、もたもたしているうちに舌打ちされて殴られた。抱えるのも面倒になったのか荷物袋に突っ込まれていまにいたる。

むろん逃走を考えなかったわけではない。けれどガウェインは異相にたがわず獣じみた感覚をそなえ、後ろに目があるように隙がない。よしんば全力で逃げたとしても、砂時計三反転ともたないニナの足と赤い猛禽の身体能力を冷静にくらべれば、暴力の機会を無為に増やすだけだろう。

短弓と空の矢筒《やづつ》は雨用小天幕といっしょに荷物袋にかけられているけれど、親切ではなく〈餌〉に対する嫌がらせの一種らしい。命石を奪われた裁定競技会をよほど根に持っているのか、殴るたびに短弓を示して落矢を探さないのかと嘲《あざけ》る。こんな野天で矢が手にはいるはずもなく、涙目で唇を結ぶニナを見おろして哄笑《こうしょう》するのだ。

——それにしても、あの大剣は本当にいったい。

逃走も反抗もできず諾々《だくだく》としたがうだけのニナは、昨夜見た大剣に思いをはせる。

ガウェインに対する恐怖が消えたわけではなく、次の暴力や怒声を想像するだけで身体が縮みあがる。騎士団の仲間と離され〈赤い猛禽〉に捕まったという絶望的な現実から、無意識に目をそらすためかもしれない。それでも一瞬とはいえ状況を忘れて大剣の出所をたずねてしまったほど、ニナが見聞きしたことはやはり衝撃的だった。

国家連合が〈見える神〉として戦闘競技会制度を運営する火の島において、硬化銀製武器がどのような位置づけにあるかは、昨年の西方地域杯で当事者として痛感させられた。競技会前の検品で硬化銀製の大剣が見つかったことで、第二競技は中止となり各国の騎士団長が招集されて、対応を協議するほどの大騒ぎとなったのだ。その後の調査で国家連合からの盗難品と判明したと聞いたが、ガウェインの所持しているのは存在自体が許されない密造品だ。

ガウェインにそれを渡した〈連中〉とはなにもので、なぜ禁忌《きんき》をおかして硬化銀製武器を製造したのか。ガルム国が幽閉《ゆうへい》処分とした赤い猛禽をどういう目的で古城から逃がし、どこに導こうとしているのか。

けれど疑問ばかりでまったく見当がつかない。そもそも土地勘のない異国で地下水路を使って移動され、現在地さえさだかではないのだ。

――襲われてから太陽を見るのはこれが初めてです。とするとヘルフォルト城で裁定競技会があった翌日の、昼頃だとは思うのですが。

荷物袋の閉じ口からは中天に輝く冬の陽が見える。

ニナは少し考えると、隙間から手を出して革紐をそっとゆるめた。広がった布のあいだから首をのばして顔をのぞかせる。

鼻から上だけひょっこりと出した体勢。あたりを見まわすと、冬枯れの薄茶色い下草がまず目に入った。左手にはまばらに木々が茂る林で右手には茫漠《ぼうばく》たる地平。ガルム国では都市部をのぞいてこれが普通なのか、閑散《かんさん》とした周囲は団長ゼンメルと入国したさいに見た風景とそう変わらない。

ガウェインの進行方向に視線をやると村落のような建物群が見える。助けを呼べるかと考えるが、すでに廃村となっているのか、朽《く》ちた家屋や壊れた納屋《なや》の様子から人気《ひとけ》は感じない。

太陽と影の位置からすると行く手は北だ。

ニナは外国の地理に明るくないが、ガルム国の北東部は山岳地帯で、無数の峡谷《きょうこく》がある千谷山《せんたにやま》を越えると国家連合の〈制裁〉で滅ぼされた旧ギレンゼン国になる。その領土は西に位置するキントハイト国と東に位置するクロッツ国で分割され、現在は両国の一地方とされている。

ガウェインはどちらかの国を目指しているのだろうか。それともさらに先の、死と正義を司る女神モルスが守る北方地域。天然の壁として大地に雄大な根を生やす山脈を隔《へだ》てた、大国バルトラムに行こうとしているのか。

そんなことを考えるニナの鼻先を硬い感触がくすぐった。

目をやると麦穂を思わせる乾いた髪が風になびいている。相手騎士の流す血とともに〈赤い猛禽〉の由来の一つだろう赤い頭髪は長く洗っていないのか、近づくと脂の臭いが鼻をつく。ニナは同じ色合いながら絹の光沢に輝いていた、兄王子ガイゼリッヒの艶《つや》やかな赤髪を思いだす。

──あの王子と兄弟……。

いまさらながら認識した素性《すじよう》と事実。ニナはずし、ずし、と甲冑《かっちゅう》を鳴らして歩くガウェインの横顔を、こっそりと盗み見る。

戦闘競技会では兜《かぶと》で顔の大半が隠されるし、最中は基本的に命石に注目しているので、あらためて観察するのは初めてだ。耳近くまで裂けた大きな口と、ガルム国章の鷲《わし》の嘴《くちばし》に似た猛々《たけだけ》しい鼻。眼光鋭い黄色い瞳は目尻が上がり、逆立った眉《まゆ》は燃える炎を思わせる。

豊かな赤い髪は獣のたてがみのごとく巨体を飾り、冬用外套《がいとう》はよく見れば鞘《さや》と同じく血潮《ちしお》のような汚れがあった。背中の荷物袋越しだが、硬い感触から外套の下は甲冑で、襟元《えりもと》には軍衣らしい緋色《ひいろ》がのぞいている。

容貌《ようぼう》も体格もなにもかも。異形《いぎょう》の存在と説明された方が納得できる風体《ふうてい》は、貴公子然とした兄王子とまったくちがう。ニナ自身も小柄で貧弱な体格から、騎士人形と見まごう雄々《おお》しい兄ロルフとは似ていないと笑われていた。そんな自分が思うのも気が引けるけれど。

——申しわけないですが、兄弟にはやっぱり見えません。それにうろ覚えですが、まえより痩《や》せた気がします。幽閉生活で病気を得たと聞きましたが、そんなに重病なのでしょうか。

筋が目立つ喉仏《のどぼとけ》に浮き出た頬骨。皮膚《ひふ》は不健康にくすんで血色も悪い。背中の荷物袋から身を乗り出して確認していると、ガウェインが唐突に振りむいた。

「ひゃ！」

猛禽類が頭部だけ動かすようにぐりんと回転した顔。悲鳴をあげたニナの首根っこをつかみ、荷物袋から引きずりだす。子猫よろしく目の前でぶらさげ、ガウェインは怒気もあらわに言い放った。

「こそこそとわずらわしい。剣の手習いの次は観察か。命知らずの小娘は、おぞましい猛禽の顔がよほど面白いとみえる。手頃な餌《えさ》として無聊《ぶりよう》の慰みに遊びつくしたかったが、鼻を潰《つぶ》して口を裂き、いますぐおれと〈兄妹〉にしてやるか」

ニナの身体にぞっと戦慄《せんりつ》がはしる。

どうしよう、ついじろじろと。自分をつかんだ反対の手が拳をにぎったのを確認する。殴られることを覚悟しながら、ぎごちなく口を開いた。

「か、顔を見てたのは本当です。気を悪くしたらごめんなさい。でも、お、面白いとかじゃなくて。その、まえより痩せてたから、病気だと聞いてて、そんなに重い病《やまい》かと、思って」

「おれが病気？　なんだそれは」

「な、なんだって、あなたの兄王子が、ガイゼリッヒ王子がそう。弟は痩せ衰《おとろ》えて、は、春を迎えられない、とか」

城壁前で出迎えられたときを思いだし答えると、ガウェインは眉根をよせた。不審そうに考えこみ、けれど思い当たることがあったのか、なるほどな、と鷲鼻を鳴らした。

「我が兄王子は相変わらず、狡猾《こうかつ》な知恵も弁舌《べんぜつ》も実によくまわる。オルぺの街騎士団の一件が明るみになれば面倒な事態になる。万が一にも国家連合に疑念を抱かれぬよう、〈赤い猛禽〉は病気で動ける状態ではなかったと、ずる賢く先手をうったか」

「え、あの、オルペの街騎士団って……」

それはもしかして、裁定競技会の原因となった騎士団員殺害事件のことだろうか。だけど当該国《とうがいこく》ではないガルム国王家やガウェインの病気が、なんの関係があるというのだろう。

ニナは外套のフードをつかまれたまま視線をめぐらせる。不安げな姿をしばらく眺め、ガウェインは奇怪な口の端を耳までつり上げた。

「……そうだな。考えてみればおまえにはもう、なにを話しても問題ない。いいだろう。おれの飢《う》えを満たしてくれる獲物に、道行きの土産《みやげ》をくれてやる。シュバイン国とリーリエ国の裁定競技会の発端となった、オルペの街騎士団員を殺した犯人はこのおれだ」

ニナはえっと息をのんだ。

いま自分の耳はなにを聞いたのか。おどろきに気をとられた身体を、ガウェインは無造《むぞう》作《さ》に投げ捨てた。受け身もできず叩きつけられたニナを無視し、少し先の小川に向かって歩きだす。

半壊した家屋が残る廃村にほど近い水の流れ。川辺に苔《こけ》が生えた細い水流のわきに身を屈める。飲料には適さないだろう薄茶色い水をとくに気にせず、巨大な手ですくって飲んだ。

立ち止まりついでに昼食にするつもりか、荷物袋をおろして携帯食料を取り出す。堅焼きパンや乾燥豚肉。簡易の調理器具はあるものの、ガウェインは暖を取る以外に火打ち石を使わず、硬い保存食をそのままかみ砕《くだ》く。

一方で身を起こしたニナは、強打した肩を押さえガウェインに歩みよった。あの、いまのお話って、と急ぎたずねる。動揺《どうよう》もあらわな反応に満足げな顔をし、ガウェインは語りだした。

「おれが古城に送られたのは去年の秋だ。戦闘競技会の出場停止処分となった〈赤い猛禽〉を飼い続けるか捨てるかでガルム国内の意見は割れたが、諸外国への恫喝《どうかつ》手段を手放すのは惜しかったのだろう。だが〈幽閉〉はおれを危険視するものへの体裁《ていさい》で、実際には拘束《こうそく》されることもなく、おれは警備兵を相手に憂《う》さを晴らしていた──」

しかし辺境にある古城の周囲には、手慰みに襲える村も女で遊べる街もない。やがて無聊を託《かこ》つようになり、甲冑と外套で風体《ふうてい》を隠して国境周辺の野盗を狩るようになった。

飢えた猛禽も血と戦いを与えれば満足する。国に害をなす野盗ならば餌としても問題ないと、暴力に怯《おび》える警備兵たちは我が身かわいさに黙認していたが、偶然に鉢合《はちあ》わせたシュバイン国の街騎士団をガウェインが殺害して事態が急変した。

褒賞《ほうしょう》目当ての野盗の取り合いが揉《も》め事《ごと》の発端だったが、事が明るみになればガルム国は武器としての〈赤い猛禽〉を完全に失う。それを避けるため、事態を知らされたガルム国は街騎士団の遺体を、討伐《とうばつ》した野盗団から押収した略奪品――公務に属するものが身につける、リーリエ国章の指輪とともに遺棄《いき》したのだ。

やがて遺体を発見したシュバイン国は目論見《もくろみ》通り、リーリエ国に疑惑の目を向けた。両者の主張は対立し、結局は裁定競技会が開催されることになった――

「つまり国家連合もおまえらも、まったく無意味な競技会遊びをしていたのだ。どうせおれのときと同様に、申し立てを精査し実施の可否を決める調停部が、形ばかりの仲裁《ちゅうさい》しかしなかったのだろう。忖度《そんたく》と保身が横行する国家連合は、獣を保護し無辜《むこ》の騎士に罪を負わせる、実にたいした〈見える神〉だな」

ガウェインは嘲笑《ちょうしょう》を浮かべる。

規定の範囲内で存分に暴力性を満たしていた〈赤い猛禽〉は、戦闘競技会制度の不合理をも理解しているのだろう。乾燥豚肉の塊《かたまり》を手にし、これ見よがしに食らいつくガウェインに視線を奪われることなく、ニナは青海《あおうみ》色の目を混乱に迷わせる。

にわかには信じがたい内容で、正直なところ理解が追いつかない。虚言の可能性も否定できないけれど、リーリエ国とシュバイン国の主張は対立していたし、疑惑の発端となったのは白百合《しらゆり》紋章の指輪だ。辻褄《つじつま》は合うが、国家連合や他国を欺《あざむ》く偽装行為などまさか本当に。だってあの王子は賓客《ひんきゃく》として両国騎士団を歓待し、微笑《ほほえ》んで無事の健闘を。

「あの、い、いまのお話が事実なら、ガイゼリッヒ王子は、あなたの兄王子は、そのことを知って……」

「知っているもなにもない。その件で隠蔽《いんぺい》工作を実行したのは、兄王子の命を受けたガルム国騎士団長だ。そもそも〈赤い猛禽〉の存在を憂慮《ゆうりょ》する家臣たちに対し、国の発展をうたって利用を強弁したのは兄王子だからな。ガルム国がおれを使った悪事で、奴の関わらぬことなどないわ」

「関わらぬことなど……ない……」

呆然《ぼうぜん》とくり返したニナに、ガウェインは心底馬鹿にした顔で鼻を鳴らした。

「おまえも奴の見てくれと弁舌《べんぜつ》に騙《だま》されたか。幼少時に母王妃の小鳥を誤って死なせ、その罪を平然とおれになすりつけた、あの小利口なずる賢さは折り紙付きだ。外見こそ真逆だが、中身はおれとさして変わらん。忌《い》まわしい双頭の鷲の片割れだ」

「双頭の鷲の片割れ……」

「もっとも奴とて、街騎士団程度の問題で裁定競技会になるとは計算外だったらしいがな。狡猾な隠蔽工作でリーリエ国を犯人に仕立てた以上、いまさら真実は明かせず、露見《ろけん》すれば国家連合で問題になるのは必至だ。遅まきながらおれを実際に〈幽閉《ゆうへい》〉し、飲食を断って処分しようとしたのだろう」

「飲食って、だ、だからあなたは、そんなふうに痩せて」

「そういうことだ。裁定競技会の開催を報されてから籠《こ》められ、半月ほどか。〈連中〉が来るのがいま少し遅ければ、まんまと病死するところだった。正体も思惑も知らんが、おれは美味《うま》い餌が食えれば飼い主は誰でもいい。腹いせに警備兵を殺し、土産ついでに〈金の百合〉をさらって連中の国へ行こうと思ったが、生意気にも厳戒態勢だ。こそ泥まがいの真似《まね》までして、捕まえられたのは不用心な小娘ただ一人というわけだ」

ガウェインはどこか他人事《ひとごと》のように言う。

ニナは顔を青ざめさせ、口元を手で押さえていた。

――そんな……あのガイゼリッヒ王子が、まさか、そんなことを。

ヘルフォルト城の大門前で出迎えられたときの光景が心に浮かぶ。貴公子然とした風采《ふうさい》で口調も丁寧《ていねい》ながら、不思議なほど良い印象を感じなかった。ガルム国王家も赤い猛禽の被害者だとの弁明に複雑な思いを抱き、けれど王女としてのベアトリスの言葉通り、証拠のない〈噂《うわさ》〉として容認するしかないのかと思った。

でもそれはやはり〈事実〉で、しかもガルム国はオルペの街騎士団の事件にも関わっていた。ならばあの競技会はなんだったのか。自分たちは最初から最後まで、ガイゼリッヒ王子の掌《てのひら》で踊らされただけだ。真新しい軍衣を着て必死に大剣を振るったあの年下の騎士はむろん、敗北したシュバイン国騎士団は負う必要のない責任を取らされる結果になって。

やるせなさと不合理への憤《いきどお》り。ニナは泣きたい気持ちで唇を結んだ。

こんなのはひどい。戦闘競技会制度が完璧《かんぺき》ではなくても、いくらなんでもあんまりだ。古代帝国の〈最後の皇帝〉は、戦乱に奪われた妻子と荒廃する火の島のために、最善の選択肢《し》として制度の確立に生涯《しょうがい》をかけたと聞いた。尊《とうと》い名前を捨て、のちの破石王《はせきおう》アルサウのみを支えに、困苦をかさねて諸国を放浪したのだと。

そんな制度を都合良く使っているガルム国のことも、制度の根底を揺るがす硬化銀製武器のことも、このまま放っておいていいはずがない。なんとかしないと。国家連合やゼンメル団長や、報告すべきところに早く——

そこまで考えて、ニナはふと顔を強《こわ》ばらせる。

い、い、あることに気づき、おそるおそる視線を向けると、ガウェインはにやにやと口の端をあげていた。なぜこうも簡単に秘密を暴露したのか。意味ありげな表情が教える答えを察し、ニナの背筋を冷たいものが流れる。

それはわたしに——わたしにこの先、誰かに伝えられる機会が。

「のんきな小娘はやっと理解したか。おまえにはもうなにを話しても問題ないと言ったろう？　冷たい骸《むくろ》が奏でるのは空虚な風音だけだ。なんだったらもっと教えてやろうか。おれやガルム国が犯した罪は千夜でも語りつくせぬ。悪逆と不合理に満ちた〈笑い話〉は、死出《しで》への土産《みやげ》にふさわしかろう」

「あなたは……わ、わたし、を……？」

「……ああいいな。か細い悲鳴も美味いが、おまえの目は本当に最高だ。追従しながら影で悪態をついていた、警備兵どもの濁《にご》った瞳とまったくちがう。澄んだ青に満ちるのは曇りのない恐怖だ。おれがもっとも望む感情だ。……目玉をえぐるのは最後にするか。〈連中〉の待つ場所までは遠い。小娘以上に美味い餌が拾える保証もないのに、簡単に壊したらもったいないわ」

一人で納得し、ガウェインは食べていた乾燥豚肉の塊を引きちぎる。半分をニナに放ってよこすと、楽しむまえに死なれては興ざめだと、顎《あご》をしゃくって食事をうながした。

小川ぞいに繁茂《はんも》する苔の上を転がった乾燥豚肉は、荷物袋にかけられた短弓《たんきゅう》にぶつかって止まる。まるで近い将来の自分を思わせる乾いた肉塊《にっかい》と、虚しく横たわる己の武器を見おろし、ニナはごくりと喉《のど》を鳴らした。

――わたしは本当に、このまま。

〈赤い猛禽〉の残虐性《ざんぎゃくせい》は身にしみて知っていた。その自由を奪った張本人《ちょうほんにん》が〈餌〉になるのは当然だと暴力をふるわれ、圧倒的な強力と悲鳴をあげる身体《からだ》に、漠然《ばくぜん》とだが死の予感を覚えて絶望もした。それでもこうして露骨に害悪を告知されると、細く残っていたなにかが完全に断たれた気がする。

明日か明後日か、それとも数日後なのか。戦う術《すべ》のないちっぽけなニナは、獲物として遊ばれて食べられる。ガルム国の罪も硬化銀製武器の存在も、伝えるべきことを誰にも明かせずに。殴《なぐ》られ蹴《け》られて、最後には目玉をえぐられて殺される。

ガイゼリッヒ王子は猛禽の被害者として典雅《てんが》に微笑み、ガウェインは新たな地で忌《い》まわしい翼をふたたび広げる。物言えぬ骸となった自分の手には、果たせなかった覚悟や約束を抱えた騎士の指輪が、ただ虚しく残されて。

――そんな……そんなのは。

立ちつくしながら、ニナは己の左手を見る。

薬指に輝く銀の指輪。苛烈《かれつ》な暴風にも膝を屈せぬ白百合を支えるのは、豊かに茂るオリーブの葉だ。天を仰《あお》いだ国章を守る緑は、与えられた状況のなかで懸命にあらがう、知恵と勇気を尊《とうと》く秘めている。

胸の奥に生まれた思いのまま、ニナはぎゅっと目をつぶった。

――悪いことをしたのに許されてしまうなんて、そんなのは駄目です。

眉《まゆ》をきつくよせて、奥歯を強くかみしめる。

どうしていいかなんてもちろんわからない。状況が困難なのも、武器を失った自分が〈出来そこないの案山子《かかし》〉に過ぎないのも理解している。赤い猛禽も暴力も宣告された死も怖くてたまらない。本音をいえば悲鳴をあげて泣き叫んで、現実から逃げてしまいたい。

だけどニナは騎士だ。経験も知識も足りなくて、心の迷いから情けない競技会もした。国家騎士団としての役目も自信をもって答えられない未熟な存在で、それでも証《あかし》の指輪をその身に許された、知恵と勇気をそなえるべき騎士だ。

ただの村娘だったら投げ出したかもしれない。でもリーリエ国の騎士として、仲間や大切な人と対等の存在でいたいなら、指輪と誇りに背を向けてはいけないはずだ。どんなときでも最善をつくす知恵と勇気。たとえば今日の夜に殺されるとしても、生きているうちは懸命に戦わなければきっと駄目だ。

それに自分がここで絶望を受け入れたら、リヒトとのこともすべて終わってしまう。幸福な夢を語って未来を分かち合った。昨日はあんなに幸せでいまは苦しくて、もう二度と会えないかもしれなくて。約束したのになんでって、どうしてこんな辛《つら》い状況にって嘆《なげ》いたけどちがう。

――したのにじゃなくて、したから、です。

悲しみを感じさせる新緑色の目。過去の喪失《そうしつ》を秘めた微笑みを思いだし、祈るように強く願う。

――リヒトさんと約束したから、戦うことも生きることも、簡単に諦めたらいけないんです。

ニナはふるえる息をゆっくりと吐く。

目尻に溜まっていた涙をぐいとぬぐった。

乾燥豚肉の塊《かたまり》を拾うと、土汚れを払ってから口にする。硬すぎて薄皮をこそげ取るので精一杯だが、小さな歯を立てて懸命に食べる姿を、ガウェインは呆気《あっけ》にとられた顔で見ている。ニナはつづけて小川の脇に膝をついた。岩を支えに腕をのばし、濁った水をすくって、石と変わらない肉片を飲みくだす。

外套《がいとう》で濡れた手を拭き、ガウェインに向きなおった。食事をしろと命じたものの、放り投げた肉片を口にしたのが意外だったのだろう。探るような表情のガウェインを見ながら、ニナは思考をめぐらせる。

食べ物を与えるのは言葉通り、〈餌《えさ》〉としてのニナを長く楽しむためだ。終わりに待つのが同じ死なら、辛《つら》い思いが増えるだけになるけれど、いまの自分ができるのはせめて〈そのとき〉を引きのばすことしかない。時間が得られたら可能性だって生まれる。行く手に街や村があるかもしれないし、リヒトや騎士団が探しに来てくれる希望や、街道の近くなら旅人を見かける機会だって皆無じゃない。

そのためには。そのためには──

「あ、あの、さっきのお話、お願いできますか?」

「さっきの話?」

「えと、その、あなたやガルム国がいままでにやったこと、わたしにならいいって、もっと教えてやろうかって……」

縮こまるお腹に力をこめ、ニナは切りだす。

真っすぐに向けられた青海色《あおうみ》の目を見おろし、ガウェインは低い声で告げた。

「小娘は戯言《ざれごと》も理解できんのか。なぜおれがそこまでしてやらねばならん。だいたい知ったところでなんの意味がある。骸となり誰にも告げられず朽《く》ちるおまえが、それを知ってどうするというのだ」

「どうってわけじゃないです、けど。で、でもわたしは気になります。あなたやガルム国の噂《うわさ》はたくさん聞きましたが、本当のことはわかりません。もし、し、死ぬとしても、せめてなにが事実か知ってからがいいです。あなたを逃がしたという〈連中〉のことも、できたらぜんぶ、教えてほしいです」

「……やはり奇妙だ。おまえはおれが恐ろしくはないのか？　あのときの小娘ならば、絶望にすすり泣き餌に甘んじていたはずだ。それとも狼にはもう一人、おまえによく似た妹がいるのか？」

「え、あの、よくわかりませんけど、兄さまの妹はわたしだけで、わたしはわたしです。あなたのことだって普通に怖いです。でも裁定競技会でも言いましたが、自分より大きい人はみんな恐ろしいです。だからあなたも同じだし、だ、だいじょうぶです」

ニナはたどたどしく答える。

言葉では否定しながら、殴打《おうだ》に腫《は》れた顔は血の気を失い、胸元で拳《こぶし》をにぎった小さな身体はすくみ上がっている。

そんな姿をしばらく眺め、ガウェインはぞろりと並ぶ歯を見せて笑った。

壊れるまでの手慰みに過ぎなかった存在。怯《おび》えて涙するはずの獲物が思いがけない遊びを提供してくれたというふうに、獣じみた黄色い目をらんと輝かせる。

「短弓を得物《えもの》とするだけでなく猛禽に話をせがむとは、まったく酔狂《すいきょう》な小娘だな。いいだろう。不合理と悪事は死出の旅にふさわしい土産《みやげ》だ。ガルム国の〈赤い猛禽〉の名にかけて、その澄んだ目玉をくりぬき細い喉笛をつぶす瞬間まで、おまえの望み通りの〈笑い話〉をしてやろう――」

ガウェインはそれから言葉通り、ガルム国や己が過去におかした罪を存分に語った。

北へと向かう道すがら。ニナを小脇に抱えて歩くとき、荷物袋に入れて運びながら、あるいは野天に宿営した焚《た》き火《び》のそばで。

ガルム国が〈赤い猛禽〉を利用して強行した施策《しさく》の数々。古代帝国時代の書き付けを改変して証拠をねつ造し、ナルダ国との国境沿いにある鉱山の所有権を裁定競技会にて奪い取ったこと。シレジア国の王位継承争いに干渉し、自国と縁続きの第二王子を新王とするため、領土紛争を理由に裁定競技会で圧力をかけたこと。敗れた第一王子は王都を追われ諸侯《しょこう》は二分し、国情が荒れて昨今では内乱の噂があること。

ニナも耳にしたシュバイン国の麦の貸与をめぐる問題や、リーリエ国の王女ベアトリスへの求婚についても然《しか》り。些細《ささい》なことから国の経済基盤を脅《おびや》かす大事まで。団長ゼンメルが武器のもっとも適切な使い方だと評したように、ガルム国はここ数年、恫喝《どうかつ》手段としての〈赤い猛禽〉を使って国を潤していた。

そしてガウェインは威嚇《いかく》の材料である自分が、その悪名を高める過程で何人の〈騎士の命〉をどのように奪ったか、これでもかというほどニナに教えた。

公式競技会に親善競技から、遠征した南方地域の名もなき地方競技会まで。気取った青年騎士の顔をつぶして石榴《ざくろ》にした話や、猪のごとき屈強な騎士の手足を砕《くだ》いて血まみれの芋虫《いもむし》にした話。肉や骨の壊れる感触はむろん、絶叫と命乞《いのちご》いの嘆願《たんがん》まで事細かに。

予想以上に凄惨《せいさん》な内容に、ニナは涙目で青ざめ、嗚咽《おえつ》と嘔吐《おうと》感をこらえて必死に耳をかたむける。耐えきれずに悲鳴をあげ、両手で肩を抱いてうずくまることもあった。そんな様子を、ガウェインは黄色い目を輝かせて眺めた。嗜虐《しぎゃく》を好む猛禽は怯えた姿そのものにも快感を得られるのだろう。ニナが怖がるほど満足し、自分がどれほど恐ろしい存在か、圧倒的な巨体と強力を駆使しなんど残酷《ざんこく》なことをしたのか、嬉々として語って聞かせる。

話をねだった己を後悔《こうかい》するほど血生臭《ちなまぐさ》い逸話を耳にし、ニナはガウェインが異形《いぎょう》の外見というよりも、その心が〈赤い猛禽〉なのだと絶望とともに実感した。忌《い》まわしい異名は獅子のごとき赤い髪や相手騎士の血だけではなく、加虐に酔う精神そのものに依るのだと。

ガウェインの逃亡に加担した〈連中〉については、本人が正体も思惑も知らないと告げたとおり、最初に説明された程度の曖昧《あいまい》なことしかわからなかった。

外套のフードで顔を隠した複数人であることと、硬化銀製大剣と旅用道具、そして合流場所の地図を渡されたこと。殺戮《さつりく》の機会を与えるとの〈連中〉の申し出を受ける気があれば、そこへ来るよう告げられたこと。

地下水路で捨てたという地図を確認することは出来ず、荷物袋ではこばれるときに旅用道具も調べたが、リーリエ国内でも普通に流通している一般的なものだった。剣帯《けんおび》にさげている〈奇妙なほど切れ味がいい大剣〉が硬化銀製だと明かすかは迷ったが、恐ろしい結果になる気がしたので当面は伏せておくことにした。

連れ去ったものと捕らわれたもの。ガルム国の〈赤い猛禽〉こと王子ガウェインと、その命石《めいせき》を射ぬいた〈少年騎士〉であるニナ。

本来であれば交わらないだろう、あるいはニナの死によって簡単に終わったはずの二人の道行きは、三日目、四日目とつづいた。

ガウェインは飽くことなく己の残虐行為を語り、ニナは怯えながらもそれを聞く。

枯野に外套を舞わせる巨大な影と小さな影は故郷へ帰る渡り鳥のように北へと向かい、一歩一歩、地平の果てにそびえる千谷山へと近づいていった。

4

寒風が吹きすさぶガルム国の大地。

陰鬱《いんうつ》な色彩の風景ではその猛々《たけだけ》しさがより目立つ気がする、緋色《ひいろ》の国旗を掲《かか》げたガルム国騎馬兵や歩兵のなかを、ヴェルナーは居心地が悪そうに歩く。捜索活動に同行してだいぶ経つが、過去の競技会での因縁《いんねん》は根強く、どうにも慣れるものではない。

西方地域で嵐の通り道になることが多いという、地理的特性がもたらした風害の結果だろうか。朽《く》ちた柱や壁が残された村の跡地で、半壊した家畜小屋らしき建物のそばに目的の人物を見つけたヴェルナーは、団長、と呼びかけた声を思わずのみこんだ。リーリエ国騎士団長ゼンメルは、知的な老顔に険しい表情を浮かべて、人気や生活が失われた廃村をひっそりと眺めている。

近づくのが憚《はばか》られる雰囲気《ふんいき》に、ヴェルナーは豊かな顎髭《あごひげ》をかいた。少し迷ったが、手にしている書類の束を見ると、あらためて呼び声を放つ。同時になにか手がかりでもあったのかとたずねると、ゼンメルはいや、と軽く首をふった。

「ガルム国に入国したとき、ニナが周囲の風景を観察していたことをふと考えた。哨戒《しょうかい》の任を与えたいほどの注意力だったと思いだして、そんな感傷的な自分に呆《あき》れた。孫を奪われた祖父でもあるまいに、一国の命運をあずかる国家騎士団長がなんと無様《ぶざま》な醜態《しゅうたい》だと」

「無様な醜態って、そいつあ……まあ、その」

「団員が増えれば目がとどかず派閥《はばつ》ができ、少なければ手厚いが不必要な情が生まれる。おまえも知ってのとおり、リーリエ国騎士団には冬の時代があり、比べればいまは生温《なまぬる》い春だ。あのころの己なら一団員を救うためにここまで手をつくしたのか、騎士団と国を優先して切り捨てたのではないか、心地よさに甘えて判断を誤ったのではないかと……いやすまん、年寄りの愚痴《ぐち》だな」

自嘲《じちょう》を浮かべ、報告書か、とヴェルナーの手元に目をやる。連絡役の砦兵が届けてきた、丸められ括《くく》られた書類の束を受けとり、革紐をほどいてさっそく目を通した。

差出人はヘルフォルト城で待機する副団長クリストフだ。

今回の捜索活動で後方支援を任された副団長は、団舎《だんしゃ》と変わらぬ堅実な手腕《しゅわん》を発揮している。立会人貴族とリーリエ国の西砦に向かわせた中年組からの情報、王都と近隣諸国へ急使を送った次第、ガウェインが脱出した古城の管理状況と殺害された警備兵の詳細な記録。

丸眼鏡《まるめがね》をかかげて丁寧《ていねい》な記載をおっていたゼンメルは、審判部の会議結果を読み終えると溜息をついた。やれやれといった様子の老団長に、ヴェルナーは厳《いか》つい強面《こわもて》に似合わない気遣わしげな表情を浮かべる。

「もしかして悪い知らせ、ですか」

「悪いというか平行線だな。リーリエ国軍を動かすためにガルム国に行軍許可状の発行を促してもらえないか要請してみたが、中立たる国家連合《リントヴルム》は国権の発動には関与しないそうだ。公認競技場での行方《ゆくえ》不明ということで安全管理上の運営責任は一部認めた。しかし競技会時ではなく終了後であること、関与が疑われるガウェインが裁定競技会《さいていきょうぎかい》結果と無縁な第三国のものであることから、国家連合への妨害《ぼうがい》行為とは認定できないとの結論だ」

「……なんつうか、それってわざわざ会議した意味があんのか」

「まったく同感だが、審判部は自身の役割を記した国家連合憲章にしたがい動いている。因縁《いんねん》のあるガルム国で裁定競技会を実施する件も然《しか》り、制度を施行《せこう》するものが私情を挟めば公平性を害す恐れもある。ともかく前例がない事態とのことで、総本部に対応を問う早馬は出したそうだが、中央火山帯のテラの丘までは遠い。換え馬を駆使しても往復で半月程度はかかる。そこまでの時間的余裕が、果たしてあるかどうか」

ゼンメルは目を細めて太陽を見あげた。

薄青い空に寂しげに輝く冬の陽。ニナが姿を消した裁定競技会の日から、すでに四日目の昼となっている。

本格的な捜索が開始されたのは二日目の早朝からだ。付近の地方領主に兵の招集のふれを出すとともに、捜索範囲を広げて手がかりを探したが、城壁に侵入の形跡はなく城周辺での目撃情報もない。ニナの矢が発見された裏庭の地下水路が疑われ、古城から消えた馬が水路でつながる街付近で見つかったこともあり、ヘルフォルト城から地中で移動できる場所を中心とした捜索が決定した。

しかし北の水源地帯から引かれた水利施設は長大で、蜘蛛《くも》の巣のように枝分かれし、小さな村落への導水路をふくめると全容を把握《はあく》するのは容易ではない。集まった二千名程度の兵を複数の部隊にわけ、リーリエ国騎士団も団長ゼンメルとロルフを頭とした二つの集団をつくり、西と東に派遣した三日目は成果なく終わった。北と南に範囲を広げた四日目の今日、現在の施政を外れた廃村にまで部隊を向けているが、有力な手がかりはいまだ得られていない。

ゼンメルは指笛を吹いて自分の馬を呼びよせる。

鞍《くら》の脇にさげた荷物袋に報告書の束を入れ、羽ペンと携帯用インク壺《つぼ》を取り出した。副団長にあてる手紙を書きはじめたところで、肌がぴりぴりとその気配を知らせる。眼鏡をかけなおすふりをして視線をやると、屋根の飛んだ納屋《なや》のそばに、ガルム国騎士団長が陰鬱な顔でたたずんでいる。

ゼンメルは羽ペンを動かしながら、どう思う、と小声で問う。

なにかと確認するまでもない。ヴェルナーはわざとらしい欠伸《あくび》をすると、少しも表情を変えることなく答える。

「見張りでしょうね。裁定競技会で何度か見た男です。気配がつかみづらくて、腕はそこそこ？」

「おぬしがそこそこと判断するなら油断はできんな。表面的には協力者の立場だが、ガルム国の対応に不可解な部分がある以上は敵中と変わらん。個々の実力差は明らかだが、二千人規模の軍隊と二十名足らずのリーリエ国騎士団では、笑えるほどの多勢に無勢だ。下手《へた》な口実を与えぬよう、団員たちにも冷静な対応を徹底すべきだろう」

「冷静な対応って……いや、初日の段階で景気よくやらかした奴もいるんですけど」

ヴェルナーは太い眉《まゆ》をよせる。廃村の周囲を調べているガルム国兵のなか、放置された麦わらを無表情であさっているリヒトを遠く眺めた。

宿舎の食堂で乱闘寸前の騒ぎを起こしたリヒトは、翌日からは一転、奇妙なほど大人しくなった。

食事もとらず夜も眠らず、虚《うつ》ろな眼差《まなざ》しでニナの痕跡を探す。周囲が呆れるほどの執心《しゅうしん》をみせていた恋人が〈赤い猛禽《ブルート・フォゲル》〉に奪われたという事態に、心の均衡を保てなくなったのか。近くではゼンメルの指示を受けたトフェルが、捜索活動にあたりながらもその動向に注意の目を向けている。

だが不安定なのはリヒトだけではない。ロルフの隊に加わった王女ベアトリスは憔悴《しょうすい》が激しく、髪を振り乱して馬を駆けたり不意に涙ぐんだりと目が離せない。ガウェインとの因縁を考えれば無理もない状態で、オドと数名の砦兵が護衛をつとめている。中年組は表面的には与えられた捜索範囲を黙々と調べているが、その表情は硬く無駄口をたたくものはない。

暴力そのものを楽しむ〈赤い猛禽〉の非道により、裁定競技会で少なからぬ数の団員の騎士の命を奪われた彼らは、みなわかっているのだ。誰も口にしないが、そちらの可能性の方が高いと諦めとともに実感している。自分たちはニナと再会するのではなく、動かないニナを発見する結果になるのでは、と。

麦わらを風に舞わせ、壊れた農具を手当たり次第に投げ捨てて痕跡を探すリヒトから、ヴェルナーは顔をそむける。

顎髭をふるわせて溜息をつき、苦い感情を吐き出すように言った。

「……騎士としちゃ孵化《ふか》したての雛《ひな》ですが、素直な給仕が消えちまうのはおれも困る。騎士団を都合のいい道具として使った胸くそ悪いリーリエ国王家のせいで、ただでさえ美味《うま》い酒が飲めてねえ。命の水たる女神マーテルの恵みを陽気に楽しむために、小さいのなりに踏ん張ってくれりゃいいですがね」

その言葉にゼンメルは軽く眉をあげる。

薄く笑うと、書き終えた返事をくるりと丸めた。革紐で閉じてから手渡し、羽ペンとインク壺をしまいながら言う。

「〈赤い猛禽〉からは逃げずとも、理不尽に手を貸すことは納得がいかないか。シュバイン国との競技会でニナは動揺《どうよう》して自身を見失い、おまえや団員たちは己をおさえて騎士団の務めを果たした。及第点ではあるが、わしが安心して団舎の執務室を譲《ゆず》るために、おまえにはこういうときでも、命の水を堂々と楽しんでもらわんとな」

発言が意味するところを察したヴェルナーは、受けとった手紙を落としそうになる。あわてて押さえ、団長それは、と声をあげた。

ゼンメルは平然と言葉をつづける。

「もちろんすぐにとは言わん。古い知人に頼まれた件に片がつき、さまざまな道筋をつけてからの話だ。わしはいままでに二度、退団の機会を逃した。一度目は守秘義務にまつわる事件で後事《こうじ》を託すべき最初の副団長を失い、二度目は〈赤い猛禽〉の災禍《さいか》で騎士団自体が崩壊寸前に陥《おちい》った。現副団長にはすでに別の道がある。わしもせめて七十歳までには騎士の指輪を返上し、郷里の武器屋で弟夫婦のひ孫と店番がしたい」

「団長と副団長が、おれらの見てないところで苦労してるのは知ってます。だけど冷静沈着が条件だってなら、うちには一の騎士がいるでしょう。奴の精神は硬化銀《ウルリル》並に鉄壁だ。鬱々《うつうつ》とする団員を横目に王家の思惑なんかどこ吹く風で、実の妹が行方不明だってのに動じることなく日課の訓練を――ってなんです団長、渋い顔して」

「ハンナの度量に甘えさせて好き放題にやらせてきたつけか。表に出すか胸に秘めるかのちがいで、限界なのはリヒトだけではない。妹が雑用で心を落ちつけるなら、兄は普段と同じことをして己を保つのだ。……これでは駄目だな。老衰《ろうすい》で十字石に名を刻まれるのはぞっとせん。荒療治《あらりょうじ》をしてでも磨《みが》かねば――」

そこまで言ったゼンメルがふと視線を向ける。

周囲で捜索中のガルム国兵の動きがにわかに慌ただしくなった。見つかったぞ、との叫び声にゼンメルとヴェルナーは顔を見あわせる。弾かれたように飛び出したリヒトらにつづき、外套《がいとう》をひるがえして兵たちの集まる方へと走った。

廃村から少し北の地にある小川。

乾いた荒野には恵みだろう細い水の流れは、けれど飲料や耕作には不向きなのか、周囲に葦《あし》などの植物はない。川底がわずかに見える程度の茶色い水に、苔《こけ》の生えた岩が川辺をまばらに彩っている。

陰鬱な顔のガルム国騎士団長を中心に、兵士たちは小川にほど近い一角を囲んでいる。彼らの注目の先。短い下草の上には乾燥肉の破片らしきものが転がり、そばには巨大な足跡が——大人の肘丈くらいの長さの、長靴《ちょうか》の形が残されている。

ガルム国騎士団長は足跡の脇に膝をつくと、指を使って足長や足幅を測る。同じ騎士団に所属していたものとしてガウェインの体型は承知しているのだろう。さして時間をかけずに断定し、すぐさま兵士たちに指示を与えた。小川の周囲を徹底的に調べさせ、追跡の準備をするとともに、南を捜索中の別働隊を率《ひき》いるガイゼリッヒ王子に伝令を飛ばす。

ニナ、ニナ、とつぶやいたリヒトが、周囲を見まわしながら歩きだした。虚ろに濁《にご》った新緑色の瞳には恋人の幻影が映っているのだろうか。おさまりの悪い頭をかき、舌打ちしてあとを追ったトフェルだが、しかし数歩進んだところで唐突《とうとつ》に足を止めた。

川辺に向けられた顔がわずかに強《こわ》ばる。丸皿に似た目が慎重に動いた。トフェルは足跡から進行方向を割り出しているガルム国騎士団長をうかがうと、さりげないふうを装《よそお》いゼンメルに近づく。

怪訝《けげん》な表情をした老団長の耳元でなにごとかを告げ、視線でその場所を指し示した。細い川面《かわも》に岩が突き出たあたりには、緑の苔が抉《えぐ》られた部分がある。小さな手形だったのか靴形だったのか。まるでなにかの証拠を大急ぎで消し去ったような真新しい形跡を確認し、ゼンメルは深い息を吐いた。

「おまえは平時こそたちの悪い悪戯妖精《ニュンフェ》だが、西方地域杯《せいほうちいきはい》での検品も然り、緊急時にはまったく役に立つな」

「えーっと、それって褒め言葉っすか？」

「最大限の賛辞だよ。……しかしこれで明らかになった。ガルム国にはやはり我らに知られたくない、都合の悪い〈なにか〉がある。ガウェインがニナを拉致《らち》したと認めたがらないのも、残されていただろう同行を裏付ける根拠を消したのも、猛禽《もうきん》と接したニナがその〈なにか〉に触れた可能性を危惧《きぐ》したからだ。リーリエ国軍の協力を拒《こば》み、我らの手足を制限してなにを企《たくら》むのか。すればニナの敵は、猛禽だけではないかも知れぬ」

◇◇◇

ガウェインが扉をあけると、冷たくよどんだ空気の臭《にお》いがした。

中央に炉《ろ》があるだけの薄暗い室内。付近の農民が狩猟期に利用するだろう猟師小屋《りょうしごや》は、長く使われていないのか、抜けそうな床板には厚く埃《ほこり》が積もっている。薄雪に白く化粧《けしょう》されたような足元には複数の靴跡が残され、それをたどった壁際には大きめの木箱が一つ、ひっそりと置かれている。

人の気配は――――ない。

「……なんだ。奴らはいないのか。どういうことだ?」

ガウェインは訝《いぶか》しげな声をもらした。

油断なく周囲の状況を確認すると、床板を軋《きし》ませて木箱に近づく。屈みこんで蓋《ふた》をあけた巨体の背後で、ニナは首をすくめてあたりを見まわした。

ガルム国の北端にある千谷山《せんたにやま》の麓《ふもと》。ガウェインを古城から逃亡させた〈連中〉との合流場所だという猟師小屋には、しかし誰かが隠れひそんでいる様子はない。

代わりにあるのは戸口からつづく足跡と木箱だけ。ニナは落胆《らくたん》と安堵《あんど》がないまぜの複雑な気持ちになる。話に聞くだけだった〈連中〉が小屋のなかで本当に待っているのかと、扉を見た瞬間から緊張していた。ガウェインを古城から脱出させ硬化銀製の武器を与えた〈連中〉とは、いったいどんな相手なのか。外套のフードで顔を隠しているのなら、地下世界からの使者のごとき気味の悪いものたちかと、早まる鼓動で息苦しくなるほど身がまえていたのだが。

　ガウェインは木箱の中身を取り出している。なかには手提灯《てさげとう》の脂《あぶら》や炭材などの、旅で使用する消耗品《しょうもうひん》の類《たぐい》が入っている。無造作《むぞうさ》に並べられる品物を眺め、ニナはためらいがちに問いかけた。

「あ、あの、約束の場所はここで、本当に正しいのですか？　地図は捨ててしまったのなら、ま、まちがっている可能性とか」

「小娘の頭のなかは見た目以上の幼さか。年単位で使用されていないだろう、山道から離れた猟師小屋に補給物資と足跡がある時点で、正しいことは明らかだ。しかし〈連中〉は存外に腑《ふ》抜《ぬ》けか。拳《こぶし》を向けたおれを警戒しているのか」

「え？　こ、拳を向けたって……」

「なにをおどろく。地下牢《ちかろう》から出て最初に目に入った奴を〈餌《えさ》〉にしただけだ。通風口もない暗黒の世界で飲食を断たれ半月。力のかぎり暴れても忌々《いまいま》しい鉄製門《かんぬき》が破壊できず、おれの飢《う》えも限界だったのだ。何人か半殺しにしたあとで、古城の警備兵ではないことに気づいたが……これは新しい地図か」

　ガウェインは一枚の紙を手にする。

地図、と聞いたニナは目をみはった。もしかして連中の国が記されているだろうか。少し迷ったが、こちらに背を向けている巨体の脇から、様子をうかがいつつ手元をのぞきこむ。

広げられた地図には千谷山らしき大きな山系が描かれ、旧ギレンゼン国にあたる北側の地に、凹凸《おうとつ》や剣を模したような図案が書かれている。しかしそれだけで文字はない。ニナが戸惑いに眉《まゆ》を寄せると、ガウェインはち、と忌々しげに舌打ちした。

「まどろっこしい。今度はそこで〈合流〉するというのか。まさかこの調子で、北方地域の果ての永久凍土《とうど》まで行かせるつもりではあるまいな。こんな辺境では美味い〈餌〉とて手に入らん。補給ならば適当に遊べる玩具《おもちゃ》の一人や二人、転がしておけばいいものを」

「え、あの、目的地がわかるということは、あなたはこの地図に描かれている印の意味が」

「当たり前だ。これは戦場で使用する略号だ。十五年前のギレンゼン国の制裁に従軍したときに使った。国家連合の制裁的軍事行動に招集される兵には、文字の読めないものもいる。そして行軍経路を示す地図は敵に奪われないよう、頭に入れてその場で破棄《はき》だ」

ガウェインはそう告げて地図を引きちぎる。

小さな手をのばすまもない。あっさりと粉々になった〈連中〉を知る手がかりに、ニナは情けない顔で足元に落ちた紙片を見おろした。

ガウェインはさっさと物資の入れ替えをはじめている。旧ギレンゼン国の制裁に参加したという彼は、このあたりに土地勘があるのだろうか。目的地までの行程を計算し、用意された木箱から必要だと判断したものだけ、荷物袋に入れていく。

そんな姿に力ない溜息をもらし、ニナはあらためてガウェインの逃亡に加担した〈連中〉のことを考える。

合流のはずが新たな場所を提示した理由まではわからないが、幽閉《ゆうへい》されていた古城から千谷山の麓まで導き、次はガルム国を出て旧ギレンゼン国へ。地図が読み取れないニナにはそこが最終目的地かは判断できないけれど、よく考えたら連中はガウェインがその略号を理解できると知っているのだ。

ガルム国での現在の立場はむろん、暴力を好む嗜虐性《しぎゃくせい》から幽閉されている古城の場所まで、〈連中〉はガウェインの為人《ひととなり》や状況を詳細に理解している。それに先ほどの話だと、故意でないにしてもガウェインは〈連中〉に牙をむき負傷させたと言っていた。仲間が傷つけられ、それでもなお〈赤い猛禽〉を欲する理由とはなんだろう。兄王子をして国内でもっとも堅牢《けんろう》と言わしめた古城に侵入するのが容易なはずはない。場合によっては自分たちが警備兵に捕縛《ほばく》された可能性もある。けれど〈連中〉はそこまでしてガウェインを逃がし——飢えた獣を誘い出す猟師のように武器や食料を与え、手中におさめようとしている。

ニナはなんとなく寒気を感じた。

どこかから見られている気がして、誰もいないと確認した猟師小屋を不安げに見わたすと、ためらいがちに問いかけた。

「……あの、あなたは本当にこのまま、その〈連中〉という人たちのもとへ、行くつもりなのですか?」

携帯食料の包みを荷物袋に入れていたガウェインが肩ごしに振りむいた。

どういう意味だ、と黄色い目を細める。低くなった声音《こわね》に不穏な気配を感じ、ニナは反射的に首をすくめると、おずおずと言葉をつづけた。

「た、たしかにその〈連中〉は、あなたにとっては古城から逃がしてくれた恩人かも知れないですけど、で、でも仮にも一国が施政として幽閉処分とした王子を、善意だけで助けるとは思えません。正体も不明で、え、得体が知れないし。あなたの強さが目的なのだとしたら、たとえば大規模な野盗団の一味とか、現在の火の島《イグニス・インスラ》の制度に不満を持つ国のものとか——」

「意味がわからん。別におれは恩義を感じて行くわけではない。それに連中が誰でその目的がなんだとて、おれには関係のないことだ」

「え？」

「美味い餌がもらえれば飼い主など誰でもいいと、まえに言ったろう。おれは連中が殺戮《さつりく》の機会を与えると約束したから行くのだ。どこぞの王族でも地下世界の化物でも玩具を用意するなら同じだ。戦闘競技会《せんとうきょうぎかい》で果たせぬなら、犯罪でも見える神への反逆でもかまわない。〈赤い猛禽〉たるおれの力を存分に発揮し、虫けらどもの恐怖に満ちた瞳を堪能《たんのう》して、絶望の叫びと鮮血を味わえるならな」

ガウェインは奇怪な口の端をつり上げる。

ぞろりと並んだ歯をむき出しにし、長い舌が唇を舐《な》めた。連中が用意するという餌を想像しているのか。卑《いや》しい捕食者の姿に、ニナの背筋を冷たいものが流れる。

問答無用で拉致されて、二人旅の過程で図らずも寝食を共にした。体格こそ異種族のごとくちがうものの、食事や睡眠などの生活という意味で、ガウェインはニナとそう変わらない。夜になれば焚《た》き火《び》を起こして暖をとり、北風が吹けば外套《がいとう》のフードをかぶって、雨が降れば小天幕を張ってやり過ごす。存在としては等しく人でありながら、ガウェインの言動はたしかにニナの理解を越えている。

——やっぱり、このままでは。

ニナは大きな外套の裾《すそ》からのぞく大剣を恐ろしげに見やる。古城の警備兵を一刀のもとで輪切りにしたという、火の島の禁忌《きんき》たる硬化銀製の大剣。
聞かされた残虐《ざんぎゃく》行為もニナ自身で経験した恐怖も、あらためて考えればこれまでの〈赤い猛禽〉は、あくまで国家連合の規定内にいた。幾人《いくにん》もの騎士を遊び半分に壊したが、その命まで故意に奪うことはなかった。けれど現在のガウェインは〈相手を殺してはならない〉という、戦闘競技会制度の枷《かせ》から外れている。

　昨年の裁定競技会で兄ロルフはニナを庇《かば》い、ガウェインの一撃で肋骨《ろっこつ》を折られた。硬度に劣る鋼製武器を使ったとて、化物じみた強力は硬化銀の甲冑《かっちゅう》をも凌駕《りょうが》したのだ。もしいまのガウェインがリーリエ国騎士団と遭遇《そうぐう》したら、どれほど恐ろしい惨劇《さんげき》が起こるのだろう。殺戮の機会を約束した〈連中〉は、強力な武器をガウェインに与えて暴虐《ぼうぎゃく》のままに暴れさせ、命石《めいせき》ではなく文字通りの命を奪わせようとしているのだろうか。

　予告された終わりを少しでも先にのばすため、ガルム国や自身の罪を語ってもらうという苦し紛《まぎ》れの提案にのみすがってきたが、やはりなにか方法はないだろうか。逃げることも逆らうことも不可能なら、せめて自分の知り得たことを誰かに伝えられないだろうか。未熟でも指輪を許されたリーリエ国の騎士として、どういう形であっても、戦うことはできないだろうか――

　荷造りを終えたガウェインがぬっと立ちあがる。

戸口へ向かうすれちがいざまに、行くぞ、と当然の顔で顎《あご》をしゃくられた。ニナは〈連中〉とつながる木箱や付近に散らばる地図の破片を未練がましく眺める。

青海色《あおうみ》の目が自然と、ガウェインの荷物袋にかけられた短弓《たんきゅう》に向かうが、隣で揺れる矢《や》筒《づつ》には一本の矢もない。ニナはうつむいて唇を結ぶと、ガウェインにしたがい猟師《りょうし》小屋をあとにした。

人目を避けるためか、その後ガウェインは騎馬が通行できるかわりに大回りとなる山道には向かわず、山麓《さんろく》から崖《がけ》に穿《うが》たれた洞窟《どうくつ》へと入った。風と川の浸食にさらされた千谷山には、名の由来となった無数の峡谷《きょうこく》のほかに多くの洞窟がある。蟻《あり》の巣穴のように広がる洞窟は降雪期の安全な行路として、また慣れた旅人は近道として利用するらしい。

猟師小屋で告げたとおり、旧ギレンゼン国への〈制裁〉に従軍したガウェインにとっては、相応に経験のある場所なのだろう。ニナには迷路にしか思えない薄暗い通路をたがうことなく進み、外に出たかと思うとふたたび別の洞窟へ。

山麓部こそ木々に包まれた山系は、頂上に近づくにつれて緑が少なくなる。広めの洞窟にて一晩明かした早朝。ガウェインが火の始末をしているあいだに、斜面をのぼって穴から出ると、赤茶色に切り立った岸壁が視界いっぱいに広がった。

——これが……千の谷の山。

下方からの強い風がニナの髪を激しく舞わせる。

気を抜けば飛ばされるだろう峡谷からの風に、足を踏ん張って身を低くした。耳が切れそうな冷たさに外套のフードを深くかぶり、手で押さえて周囲を見わたす。

深く浅く、あるいは広く細く。自然の采配《さいはい》で描かれたさまざまな形の谷は、天上の神々が巨大な手で気まぐれにえぐったように、一つとして同じ形のものはない。そそりたつ岸壁は風の浸食にさらされ、太古《たいこ》の地層が見て取れる。狭隘《きょうあい》な地形をとおる空気の流れは、大地そのものが歌っているような音を奏でている。

悠久《ゆうきゅう》にして壮大。普通であれば絶景に魅入《みい》り、感嘆《かんたん》の吐息をもらしただろうが、いまのニナが考えるのは別のことだ。

——あの地図によると、略号だという印があったのは山を越えた旧ギレンゼン国の中央付近でした。目的地だとすれば、東のクロッツ国か西のキントハイト国のどちらかが〈連中〉の国という結論になります。猟師小屋と同じく中継点ならば、国境沿いには警備の砦があるはずですし、協力を求められる可能性があるでしょうか。

わずかに確認しただけの地図を思い描き、山頂部を見あげて目を細める。

訪問したことのない両国だが、西方地域杯での検品にまつわる不正事件で、それぞれの騎士団長とは面識がある。クロッツ国の騎士団長はえらが張った顔立ちの堂々たる騎士で、硬化銀製武器を公式競技会に持ちこんだことにつき声高に非難していた。騎士団長と国の姿勢が近しいなら〈連中〉とは思えないが、道理を分からぬ子供扱いされたりと、救助を頼める雰囲気《ふんいき》には思えない。

キントハイト国の騎士団長イザークとは前夜祭での不思議な出会いをはじめ、宿舎に見舞いに来てもらうなど、破石王《はせきおう》との勇名にそぐわぬほど気安くしてもらった。団長ゼンメルと懇意《こんい》であることを考えると、その生国が国家連合に背いているとは思えないし、為人《ひととなり》としては助けを求めやすい気もする。

そこまで考えて、ニナは唐突《とうとつ》にくしゃみをした。

季節は一月。西方地域の雪の時期は二月が本番だが、北の方ではすでに初冠雪を迎えているのだろうか。朝の陽に照らされた山頂付近は、薄白く輝いている。厚布で冬備えをした甲冑や外套で平地では耐えられたが、高度があがるほど気温が下がり、強い谷風は身体《からだ》の熱を無情に奪う。

かじかんだ手に息を吹きかけたニナは、帰省した村の教会で、同じように温めてくれた恋人騎士リヒトをふと思いだした。途端に切なさで喉《のど》がつまり、冷たい指をにぎって胸を押さえる。

離れた辛《つら》さを実感するだけなので、あえて意識を向けないようにしていたが、こうして国境を間近にすると別離の現実が心に迫った。いまごろリヒトはどうしているだろうか。宿舎で別れてから今日で一週間ほど。突然の襲撃から否応《いやおう》なく猛禽との旅路を強《し》いられた。恐怖と苦痛に満ちた状況に必死に対応するうちに、おかしな話だが、リヒトとの楽しい日々は別世界での出来事に感じるときもある。

祖国リーリエのある南の方角にぼんやりと視線を向けたニナの外套《がいとう》が、不意の突風にいきおいよくまかれた。ひゃっと悲鳴があがり、身がまえる余裕もなく浮いた小さな身体を、のびてきた大きな手がつかまえる。

ちょうど洞窟から出てきたガウェインは、呆《あき》れたふうに鷲鼻《わしばな》を鳴らした。

「小娘はなにを遊んでいる。落ちれば手足が四散するだろう、深き谷をその身で味わうつもりか。峡谷を戦場としたギレンゼン国の制裁では、幾人もの兵士が生きながら谷底へと消えた。岸壁にぶつかった身体がどのように折れ曲がるか、昨夜の寝物語で詳しく説明してやったろうが、まだ足りないのか？」

小脇に抱えたまま意味ありげに笑われ、青ざめたニナはあわてて首をふる。

ふたたび飛ばされては面倒だと思ったのか、ガウェインは背中の荷物袋をおろして閉じ口をあける。意を察したニナは、命じられるまえにおずおずとなかに入った。

荷物扱いで運ばれるのは何度やられても複雑な気持ちになるが、今回ばかりは正直なところありがたい。強風が怖いのもあるけれど、昨夜はその寝物語の恐ろしさに目が冴えて明け方まで眠れなかった。飽くことなく過去の〈餌《えさ》〉について話すガウェインは、千谷山での制裁で初めて命石ではなく敵兵の命を奪った過程を、ニナが嘔吐《おうと》するまで詳細に語ったのだ。ほんの少しでいいから、休みたい気持ちだった。

歩き出したガウェインの背に身をあずけ、ニナは溜息をついて力を抜く。いまのことや先のこと。とりとめもなく考えていると、自然と瞼《まぶた》が下がってきた。悩んだり緊張したり長時間歩かされたり、ただでさえ疲労の溜まっている身体に、寝不足と律動的な足音が追い打ちをかける。荷物袋の温かさに包まれ、誘われるようにうとうとしていると──

「！」

唐突に全身を襲った衝撃。

はっと気づくと鼻先に赤茶けた地面がある。

横たわった体勢で両手をついて身を起こし、ニナは首をすくめてあたりを見まわした。不意打ちでガウェインに殴《なぐ》られたのかと思ったが、威圧感のある巨体は数歩先に立っている。大剣を抜き払い髪を振り乱し、その外套を真っ赤な鮮血に染めて。

「――え？」

荷物袋から上半身だけ投げ出された姿勢のまま、ニナは啞然《あぜん》と目を見ひらいた。

なにが起こったのかまったくわからない。寝起きの頭は曖昧《あいまい》で、夢のつづきかと考える。

身体の右側面を無数の矢に突き刺され、ガウェインは獣のごとき雄叫《おたけ》びをあげている。

肌が戦慄《せんりつ》する咆哮《ほうこう》に生々しい血臭《けつしゅう》。切り立った断崖《だんがい》ぞいの細い山道の途中で、混乱しながらガウェインの叫ぶ方向に視線をやると、谷を隔《へだ》てた対岸に動く影が――舞台のように突き出た岩場に、外套姿の数十名ほどの人影が確認できた。

「ひと……？」

ニナは呆然《ぼうぜん》として谷の向こうを見やる。

距離は大競技場の幅程度。まじろぎもせず目を凝《こ》らすが、視力にすぐれたニナでも顔まで識別できる位置ではない。

山越えをする隊商かと考えたが、渦巻《うずま》く谷風が舞わせた外套の下に緋色《ひいろ》の軍衣が見てとれた。猛々《たけだけ》しい血の色はガルム国のサーコートだ。避けた山道の登り口には国境を守る砦《とりで》があるはずで、ならば彼らは辺境の治安を維持する砦兵だろうか。

弓を手に隊列を組むものたちの後方には騎馬の姿も見える。せわしく移動する人影のなかに金色が煌《きら》めいた。いきおいよく飛び出てきた外套姿の――あれは。

「……リヒトさん？」

頼りなくつぶやき、ニナはまさかと首をふる。

いつも隣で輝いた太陽の金。目に刻まれた髪色から自然とそう感じたが、場所と状況を考えればにわかに信じがたい。だってそばにいない現実を痛感したのは、別離の辛さに胸を痛めたのは、ほんのついさっきなのに。

けれど岩場の縁ぎりぎりまで走りよったその身体を、背後から押さえた茶髪の人物の背格好にも見覚えがあった。ひょろりと長い手足をした、あれはトフェルだ。それならやっぱり、あの金の髪は。

「リヒトさん……本当に……？」

嘘でもない。夢でもない。

トフェルに羽交《はが》い締めにされながら、リヒトはなにかを叫んでいる。だけど縦横に吹き荒《すさ》ぶ谷風の音でよく聞こえない。崖縁から身をのり出した長身が風圧にあおられ、外套とその下の軍衣が激しくひるがえった。

ニナの視界に飛び込んできたのは、凜《りん》と気高い濃紺《のうこん》色。あまりの懐かしさに喉の奥がつまる。身の奥からわきあがる感情のまま立ちあがり、ニナはまろぶようにして山道の端へと走った。

渦巻く風に足をとられそうになりながら、それでも必死に対岸を向く。口元に両手をやり、なにかを怒鳴っているリヒトに、応じるように声を張りあげた。

ただその名を呼ぶことしか思いつかない。ずっと呼びたかった恋しい名前。リヒトさん、リヒトさん、とありったけの大声で叫ぶと、鋭い風切音が頬《ほお》の横を貫いた。

「⁉」

ニナはとっさに身をひねる。

そのまま転倒し、なにごとかと顔をあげると、背後の岸壁に一本の矢が突き刺さっている。

おどろいたニナの周りで、次々に矢音が鳴った。

近くで怒声をあげるガウェインが大剣を振りまわす。数本の飛矢《ひや》が弾かれて断たれるが、矢は驟雨《しゅうう》のごとく降りそそぐ。周囲は人が並んで歩ける程度の細道で、後方に壁で前方には谷。身を隠す場所とてなく、上空から弧を描いて襲いかかる鋭い矢尻は、ガウェインの巨体を次々に射ぬいていく。

硬化銀の甲冑《かっちゅう》をまとってはいても、連結部や関節など剝《む》き出《だ》しの箇所《かしょ》もあり、とくに兜《かぶと》のない頭部は無防備だ。針鼠《はりねずみ》のように矢羽根を生やしたガウェインの姿に、ニナは対岸から弓射《きゅうしゃ》するものにあらためて目をやった。

ざっと見たところ百名以上はいる。警備兵を殺害し古城を脱出したガウェインを討伐《とうばつ》するために、ガルム国は大規模な軍隊を派遣したのだろうか。ニナは自分の行方《ゆくえ》不明がどういう形で、リーリエ国騎士団に認識されているか知らない。けれどリヒトらはなんらかの手がかりからガウェインの関与を疑い、招集されたガルム国軍に同行して探しにきてくれたのだろうか。

競技場という限られた範囲では遠距離武器としての利が生かせない弓矢も、このような状況ならその殺傷能力を存分に発揮する。ガウェインが野獣のごとき蛮勇《ばんゆう》を誇っても、逃げ場のない細道で矢を射かけられてはどうしようもなく、軽く見わたしても対岸に渡れるところはない。

本来なら一刀で切り伏せられるはずの相手に、届かぬ場所から攻撃される屈辱《くつじょく》が猛禽《もうきん》の逆鱗《げきりん》に触れたのだろう。奇怪な口を限界まであけて咆哮を放ち、闇雲に大剣を振るうガウェインの身体を越えた一本の飛矢が、壁際に座りこんでいるニナの前にぽとりと落ちた。谷風にあおられたのか、目標に届くことなく失速した矢には損傷がない。

「――！」

使えると判断した瞬間、ニナはその落矢をつかみ取っている。

ほとんど無意識だ。投げ出された荷物袋に飛びつき、横にかけられた短弓《たんきゅう》を急いで手にした。左手で中央のにぎりを持ち、小刻みにふるえる右手で矢筈《やはず》のくぼみを弦にかける。

城を出るまえに奪われた自分の牙。小さな身体でも使える唯一の。猛禽に対抗できる手段をやっと手にし、興奮と焦燥《しょうそう》に唾《つば》をのんだ。

――これで戦えます。いまなら、い、射ぬけます。

ガウェインは背後で弓をかまえるニナに気づかず、激高して大剣を振りまわしている。貴様ら、虫けらの分際で、と怒鳴り散らす血まみれの巨体に、ニナは静かに矢尻を向けた。

赤い髪に見え隠れする急所の首か、機動力を奪うなら足か。ある程度の傷を負わせてから逃げれば、自分はきっと助かる。ガウェインはおそらくガルム国軍に弓射されて死ぬだろう。幾多《いくた》の騎士の未来を奪った猛禽にはある意味で当然の報い。味方のはずの同国人の手により、追いつめられた害獣のごとく殺される。

ガルム国の罪の象徴である忌《い》まわしい存在は、禁じられた硬化銀製武器をその身に抱いて倒れる。ニナを嘲笑《あざわら》った自身こそが、物言わぬ骸《むくろ》として虚しい風音をただ奏で――

そこまで考えたニナの瞳が不意に揺らいだ。

低い姿勢で弓をかまえながら、手負いの獣のごとく荒ぶるガウェインと、鮮血に染まる巨体をとらえた己の矢を見やった。

――もしもこのまま、ガウェインを射ぬいたら。

その瞬間に苦痛に満ちた旅路は終わる。暴力や死の恐怖から解放される。自分は来た道を戻ってリヒトらと合流して、一度は諦めかけた祖国リーリエに無事に帰れる。

けれどガウェインが倒れたら、すべてがその死で曖昧になるのではないだろうか。オルペの街騎士団の事件をはじめとした、道中で聞かされたガルム国の罪の数々。生きた証拠であるガウェインの言葉なしに、事実だと認めてもらえるのだろうか。

それに硬化銀製武器を渡した〈連中〉との合流場所を承知しているのはガウェインだけだ。彼らはその死を聞いてどうするだろう。赤い猛禽を使ってなそうとした目的が潰《つい》えたとしても、〈連中〉の正体や存在は明らかになることなく闇へと消える。

火の島の平和を維持する戦闘競技会制度の根底を覆《くつがえ》すに等しい、禁忌《きんき》とされる硬化銀製の武器。それを密造する〈連中〉は、ある意味でガルム国やガウェイン以上の脅威《きょうい》のはずだ。放置したらいずれは国家騎士団やリーリエ国や、ほかの国にも害をなす危険性を秘めているのではないだろうか。

――どうしましょう。いまここで、射ぬいてしまっていいのでしょうか。すべてを知るガウェインを、死なせてしまっていいのでしょうか。

迷う心そのままに、完璧《かんぺき》に狙いをさだめた矢尻が揺れる。

騎士としての自分の心である弓矢。ニナはふと、つい最近も弓をかまえて心が乱れたことがあったと思いだした。

シュバイン国との裁定競技会で、リーリエ国が騎士団を都合のいい武器として使ったと聞いて動揺《どうよう》し、国の施政の犠牲《ぎせい》となった年下の騎士を前に矢を外してしまった。無意識であってもおまえの意思だと、団長ゼンメルに指摘され、国家騎士団員としての役目について考えろと諭《さと》された。

——リーリエ国騎士団の……騎士……。

ニナはいまさらながら思案する。ならばあの競技会で淡々と大剣を振るった団員たちは、騎士団としての務めを果たしたのだ。競技会が決定してからの重苦しい空気を思えば、その心に煩悶《はんもん》がなかったはずがない。それでも団長ゼンメルがのみ込むべき不条理と称したものを胸に隠し、すべてを承知で勝利をつかみ取った。

彼らは個人ではなく、リーリエ国騎士団の騎士として行動した。どんな嵐にも屈しない白百合《しらゆり》を支える、指に戴《いただ》いた知恵と勇気をよりどころに。凛と気高い濃紺の軍衣をその身にまとい、ただそのために競技場を駆けた。

そうだ。自分がじゃない。尊《とうと》い指輪を許された一人の団員として。リーリエ国を守る国家騎士団の騎士として。

——いまのわたしにできる最善は。

青海色《あおうみ》の瞳にたしかな光が宿ったとき、谷風が不意に強く吹きつけた。

対岸から放たれた矢がニナの外套《がいとう》をかすめて落ちる。視線を向けると、ガルム国兵と揉《も》めているリヒトと制止するトフェル。そして彼らに近づくゼンメルの姿が見えた。

敬愛してやまない老団長を目に、ニナの脳裏《のうり》をさまざまな事象が駆けめぐる。いくつかの光景が鍵《かぎ》となってかさなり、やがてはっと表情を変えた。

――そうです。ゼンメル団長なら、きっと。

ガウェインに向けていた短弓をおろし、ニナは急いで周囲を見まわす。

なにか、なにかないだろうか。眉《まゆ》をよせて必死に考え、やがて外套の裾《すそ》をまくった。腿《もも》を保護する甲冑の草ずりに手をかけると、裏打ちされた厚布を力任せにはずす。保温製にすぐれ、冬期の防具に使われるほか、武器の緩衝材《かんしょうざい》としても使用される厚布。

ニナは引きちぎった布片に矢尻の先端を通し、矢羽根まで引っ張ってととのえる。自分の短弓に対して長すぎる矢は、重心も感覚もいつもとちがう。そのうえで軌道に影響を及ぼす厚布をつけることが、正確な弓射を妨げることは承知している。

――うまくいくかなんて、わたしにもわかりません。

ニナはきつく唇を結んだ。

強風に外套と黒髪を躍らせながら、崖《がけ》の縁ぎりぎりまで進みでる。

右足を大きく引いて弓をかまえた。

鮮血をまき散らし暴れるガウェインを顧《かえり》みず、矢尻の先端を対岸のゼンメルに向ける。緊張に高まる鼓動を鎮《しず》めるように、ふーっと肩で息を吐いた。

自分の選択が正しいかまちがっているか、ニナには本当にわからない。経験も知識も足りないニナはあまりに未熟だ。国や王家の難しい事情は遠い存在で、たやすく流されることもあれば、心がさだまらず、動揺して失敗する場合もある。だからたとえば今日の夜、この決断を後悔《こうかい》しない保証はない。目的通りに弓射できたとしても、その意図がゼンメルに伝わる確信もない。あまりに無謀《むぼう》で確実性の低い賭《か》けだ。

だけどそれでも。

——これが最善だと信じます。リーリエ国騎士団の騎士として、いまのわたしがやるべきは、ガウェインを射ぬいて逃げることじゃない。

おそらくはシュバイン国の騎士団を不条理の犠牲にしても、精強な国家騎士団たる己を選んだ団員たち。どんな競技会でも勝利の結果を残す実績が、剣として盾として、現在と未来のリーリエ国を守る道につながると判断した団員たち。

同じ騎士の指輪を戴くものとして、彼らに恥じない選択は一つだ。対等になりたいという覚悟を果たすため、力だけではない強さを望むならば。国のために最善の対応をすることこそが、国家騎士団員の役目ならば。自分だけの安全と火の島そのものを脅《おびや》かす可能性のある危機の存在の、どちらを優先するかは決まっている。

　騎士であるニナがすべき選択——それはガルム国の罪の証拠であり、〈連中〉の正体につながるガウェインを死なせないこと。そして団長ゼンメルに、硬化銀製武器の存在を一刻も早く知らせることだ。

　ニナは青海《あおうみ》色の目を細めて狙いをさだめた。

　大競技場の幅ほどの遠距離と外套に隠されている的《まと》。吹き荒れる谷風が不規則に手足を揺らす悪状況のなか、短弓のにぎりを持つ指に力をこめて機会をうかがう。

　そのあいだにも対岸のガルム国兵は矢を射かけてくる。風に翻弄《ほんろう》されているのは同じか、ガウェインを狙うはずの飛矢が幾本もニナをかすめ、頬や腕を傷つけた。そのたびに身体《からだ》が動き、矢尻の先端が不安定に惑う。

　訓練でも競技会でも経験したことがない、こんな状態で正確な弓射が可能なのか。外れるならまだしも、ゼンメル自身に当てれば大怪我《おおけが》をさせてしまう。

　不安な気持ちが心に忍び込んだとき、それを覆《おお》い隠すように、陽気な猫を思わせる金髪がふわりと躍った。

　優しく細められた新緑色の瞳と、どこか甘いその声音《こわね》。ひざまずいて手を差しのべて、ためらう自分に力を与えてくれた。あれはそう初めて会ったころの。

――怖いなら、こいつの兜《かぶと》を車輪だと思えばいいよ。車輪はニナを襲わない。おれは絶対、こいつを君のもとへは行かせない。だから安心して狙って大丈夫。ね？

矢尻の先が静かに止まる。

渦巻く谷風が不意に流れを変え、ゼンメルの外套が舞った。見えた、と思った次の瞬間、ニナは矢羽根を離した。

断続的に降りそそぐ矢の雨を切り裂いた一筋の軌跡。弧を描いて放たれた矢が消え、そしてゼンメルの身体が大きく揺れる。

付近のガルム国兵がこちらを指さし、リヒトとトフェルがもみ合った姿勢で制止した。腰帯の大剣に手をのばしたゼンメルを確認し、ニナは目を閉じて深い息を吐く。

反撃を予期していなかったのか、突然の弓射を警戒したガルム国軍が陣形をととのえるあいだに、ニナはガウェインに駆けよった。

無数の矢を全身に受け、軍衣より赤く染まった外套の血臭にたまらず咳《せ》き込む。それでも目を血走らせた悪鬼のごとき形相《ぎょうそう》を、真っすぐに見あげて言った。

「いまのうちです。に、逃げましょう」

ガウェインは大剣を振り上げて雄叫びを放つ。

攻撃と負傷と自身の血の臭《にお》いで、極度の興奮状態にあるのだろうか。大気そのものがふるえる咆哮《ほうこう》に、ニナは首をすくめた。怖いけれど、でもここで負けたら意味がない。絞《しぼ》れば鮮血が滴《したた》りそうな外套に小さな手をのばし、ぎゅっとにぎって引っ張った。

「こ、この場所にいても、弓の的になるだけです。あなたがいくら強くても、谷を隔《へだ》てた向こうに大剣は届きません。ともかくここから、は、離れましょう」

ガウェインは虚をつかれたような顔をする。

ニナは散乱する荷物袋の中身を手早くまとめた。ぼんやりとしているガウェインをうながし、細道の先へと歩き出す。峡谷《きょうこく》を吹き抜ける風のなかに、リヒトの声が聞こえた気がしたが、ニナは歩みを止めなかった。

◇◇◇

「――なにそれ。ぜんぜん意味がわからないんだけど？　なんでニナをそのまま行かせちゃったの。だって生きてたんでしょ？　無事だったんでしょ？　なのにどうして、どうして助けてあげなかったのよ！」

ベアトリスはだん、と木卓をたたいた。

千谷山の南の中腹。風が避けられる岩場の裏に設営されたリーリエ国騎士団の天幕。次第を聞かされた王女ベアトリスは、柳眉《りゅうび》を逆立てて声を荒らげる。

地下水路でつながる村や町を調査するという方針のもと、ヘルフォルト城から南側を担当範囲としたガイゼリッヒ王子に同行したロルフの隊。北側を受け持ったガルム国騎士団長の部隊よりガウェインらしき足跡を発見したとの報せを受けた彼らは、すぐさま馬を北へと向けた。

痕跡をたどって北進をつづけたガルム国騎士団長の一行に遅れること一日。千谷山の麓《ふもと》にある国境砦で駐留の兵より報告を受け、先行隊を追い山道に入った。日暮れまえに山の中腹でようやく合流してみれば、もたらされたのはガウェインとニナの確認と、弓を射かけて急襲するも取り逃がしたとの、良い報告と悪い報告。

峡谷を吹き抜ける夜風が天幕を揺らした。

支柱が軋《きし》むほどの強い風に、戸口近くでお茶の用意をしていたオドが不安そうに顔をあげる。巨体の足元にすえられた携帯用の鍋《なべ》かけには鉄鍋がさげられ、ハーブの芳香と小枝のはぜる音が、冷えこみの厳しい山間《やまあい》の夜をささやかに温めている。

釈明を求めるように強い視線をめぐらせるベアトリスに対し、答えるものは誰もいない。丸椅子《まるいす》に腰かけた団長ゼンメルは、木卓に置かれたニナが射た矢を険しい顔で見おろしている。その周りに立つ団員たちも同様に、陰鬱《いんうつ》な表情で黙りこんでいる。

こういうときに場をつないでくれる如才《じょさい》ない副団長は、遙《はる》か南のヘルフォルト城だ。居心地の悪い静寂に、顎髭《あごひげ》をいじっていたヴェルナーが仕方ないという様子で口を開いた。

「だからなんども説明したけど、見てたおれらにも意味がわからねえって。遠目だから確実なことは言えねえけど、小さいのはたしかに団長に弓を向けて、そしてガウェインと山中に消えた。……正直、〈発見〉じゃなくて〈再会〉できたことが驚愕《きょうがく》だってのに、あれじゃまるで、ガウェインと示し合わせて逃亡してるみてえな」

馬鹿言わないでよ、ニナがあいつに協力するわけないでしょ、とすかさず怒鳴られ、ヴェルナーは強面《こわもて》をゆがめて首をすくめる。

ベアトリスは苛々《いらいら》と華やかな金髪をかきむしった。

深森色の目を悔《くや》しさで潤ませ、魅惑的な唇をきつく引き結ぶ。北の廃村付近でガウェインの足跡を見たとの情報に心が凍《こお》りついた。ニナは同行しているのか無事なのか。焦燥感のまま必死に馬を走らせ、ようやく生存をたしかめながら救い出せなかった現実に、喜びともどかしさが複雑にその身を翻弄《ほんろう》する。

それでも朗報《ろうほう》は朗報だ。闇夜に小石を探すがごとき困難な状況に、やっと光が差したのだ。豊かな胸を膨《ふく》らませて大きな息を吐き、ベアトリスは己に言い聞かせるように口にした。

「でもこれではっきりしたわ。〈疑惑〉じゃなくて、ニナは猛禽に連れ去られた。ガイゼリッヒ王子がリーリエ国軍の侵入に必要だと強弁した〈明確な根拠〉が得られたのよ。すぐに行軍許可状を出してもらうわ。連絡役に出立《しゅったつ》の準備をさせておいて。副団長に知らせて西の砦に待機させている増援の兵を、一刻も早く動かしてもらわないと」

靴音《くつおと》高く天幕を出ようとした後ろ姿に、王女殿下、と団長ゼンメルが声をかける。

ベアトリスは足を止めて振りかえった。白髭《しらひげ》をなでて思案し、ゼンメルは落ちついた声で切りだした。

「ガウェインとニナの姿は多くの兵と我らが確認した。夕刻に合流してまもなく、ガイゼリッヒ王子から弟王子の犯罪行為として認定と謝罪を受け、根拠の確実性を理由に判断が遅れた言いわけを延々とされ、贖罪《しょくざい》としてガルム国軍の総力を結集して救出にあたると大《おお》仰《ぎょう》に約された。この状態であれば行軍許可状を求めても、即座に首を縦に振るだろう」

「あれだけ屁理屈こねてころりと掌《てのひら》を返すなんて、リーリエ国もガルム国も本当に同じね。見た目通りの典型的な貴人の態度だわ。だったらその通りに――」

「しかしヘルフォルト城の協議段階での行軍許可状と、現在でのそれは意味が異なる。連絡役を即座に走らせたとしても、北の国境たる千谷山にリーリエ国軍が到着するのは最短で十日だ。掌を返しても問題ない。つまりガルム国の目的は、すでに果たされている」

「目的は果たされているって？」

「簡単にいえば時間稼《かせ》ぎだな。ガウェインの関与を頑《かたく》なに否定した件も城での待機を提案したことも、あらゆる方面で可能なかぎり、リーリエ国を遠ざけようとした。ガウェインが我らと接触し〈都合の悪いこと〉を伝えるまえに、おそらくはニナとまとめて処分するために」

天幕にいる団員たちが息をのむ気配がする。

処分、と頼りない声でくり返したベアトリスに、ゼンメルは淡々と言葉をつづける。

「我らの部隊を率《ひき》いていたガルム国騎士団長は、峡谷の対岸の細道にガウェインを発見するなり弓射を命じた。ニナの姿を認識したリヒトが制止しても、雨あられのごとく矢を降らせた。谷風にあおられ矢筋は不確定ながら、わしの目にはニナ自身をも標的にしていたように見えた」

「ニナを……標的……」

「ガイゼリッヒ王子は口と知恵が実によくまわる。あの状況ならニナを射殺しても、ガウェインを狙った矢による不幸な事故として処理できる。……ガルム国の対応は当初から不可解だった。北の廃村近くの小川でトフェルが〈なにかを消したような形跡〉を発見し、ニナの敵は猛禽だけではないと、疑いを強めてはいたが」

思いがけない告白に何名かは顔を見あわせる。ゼンメルは小さく嘆息《たんそく》し、経緯を説明した。

ガウェインの足跡があった小川沿いの苔《こけ》が、不自然にこすり取られていたこと。捜索の兵士が偶然に踏みいる場所ではなく、形跡は新しい。ガウェインとニナの体格は一目瞭然でちがう。水を飲む際に刻まれた小さな手形か足形を消したのかと考えたが、疑惑を抱いたことが知られれば適当な理由をつけて、捜索範囲から外される恐れもある。ガルム国の思惑が不明な以上、異国の地で行方《ゆくえ》不明の団員を探す無力な騎士団でいた方が賢明だと判断したこと——

リヒトの耳に入れば厄介《やっかい》だしな、と苦い笑いを浮かべたゼンメルに、団員たちはなんとも言えない表情をした。

心の許容量はとうに越えているのだろう。留具を外されたように興奮したり消沈したりするリヒトは、対岸に弓射したガルム国兵に殴《なぐ》りかかり、立ち去ったニナを追おうとして崖《がけ》から転落しかけるなど騒ぎを起こした。ニナの名前を呼びながら谷の向こうへ渡る道を探しまわったが、見つからぬまま日が暮れた。いまは崖縁に立ちつくして動かず、トフェルが監視役として付き添っている。

ゼンメルはあらためて天幕内を見まわし、重々しい声で告げる。

「ガウェインはおそらくガルム国にとって都合の悪い〈なにか〉を知っている。そしてガルム国はそれに触れた可能性のあるニナもろとも処分しようとしている。千谷山の先は旧ギレンゼン地方となり、位置的に西側のこの付近はキントハイト国領土となる。ガルム国は山頂の国境を封鎖したうえで、早朝より大規模な捜索をする予定だと聞いた。制裁時に行路として使用した洞窟《どうくつ》も調べるため、従軍していたわしにも情報提供を願いたいそうだ。自由に軍隊が動かせる自国内で、確実に片付けるつもりなのだろう」

「……片付けるってなによ。ガルム国がニナを殺そうとして、リーリエ国軍は間に合わなくて、じゃあどうしたらいいの？　一対一なら負けなくても、騎士団員だけで二千のガルム国軍に対応なんて不可能よ。こんな広い山に散開する全員の行動を監視するなんて無理だし、わたしたちの目の届かないところでニナが発見されたら、その時点で終わりじゃないの」

ベアトリスは大きく首をふった。深森色の目を潤ませ、声をふるわせて言いつのる。

「なんでこんなことになったの。わたしがあのときニナを手伝おうとしたリヒトを止めたから？　宿舎に侵入しようとしてたなら目的はわたしで、ニナは巻き込まれただけなの？……もう嫌よ。やっと終わったと思ったのに。もうたくさんなのに。ガルム国のせいで……自分のせいで騎士団員が傷つくのは——」

「——いい加減にしろ。リヒトの戯言《ざれごと》を越える煩《うるさ》さだ。感情的に騒ぎたてる暇があれば、ニナがなぜ団長の大剣を射ぬいたか、その意味を考えろ」

冷ややかな声が唐突《とうとつ》に聞こえた。

ベアトリスが視線を向けると、天幕の支柱にもたれるように立つロルフが、むっつりと腕を組んでいる。

騎士人形のごとく秀麗《しゅうれい》な容貌《ようぼう》に浮かぶのは常と変わらぬ仏頂面《ぶっちょうづら》。まるで動揺《どうよう》する己を否定する言葉と泰然《たいぜん》とした態度に、ベアトリスは声を強めた。

「いい加減にしろだなんて、ずいぶん酷《ひど》い言い草ね！　ていうか、その意味ってどういう意味よ。それこそわけがわからないわよ！」

「弓は妹の意思だ。打つべきものを打たず、狙うはずのないものを狙った。ガウェインを攻撃することより優先した事実をふくめ、必ずそこに意味がある。それがわかれば、ガルム国より先に身柄を確保する手がかりになるかも知れぬ」

「あのね、相手は競技会の対戦騎士じゃなくて〈赤い猛禽〉なのよ。あんな化物に一週間近く連れまわされて、ニナが普通の精神状態のわけないじゃない。矢芯に甲冑《かっちゅう》の裏打ちが通されてたのも奇妙だし、動揺して弓筋を誤った可能性もあるわ。ニナはたしかに強いときもあるけど、身体《からだ》は壊れそうに華奢《きやしや》で、わたしでさえ簡単に組み伏せられるのに、それがあんな、あんな凶暴な男といっしょだなんて！」

ベアトリスは〈金の百合《ゴルト・リーリエ》〉とうたわれる美貌に苦痛を浮かべる。

しかしロルフはあくまで冷静だ。ニナと同じでいて冬山さながらの厳しさを秘めた青海色の目。微塵《みじん》の揺らぎも感じさせない硬質の輝きに、ベアトリスは苛立ちもあらわに眼差《まなざ》しをきつくする。

「……まえから思ってたけど、あなたってどうしてそうなの？　良い意味でも悪い意味でも自分本位っていうか、実の妹がこんな状況になって、なんで平静でいられるのよ。行方不明になった当日だって日課の訓練をして、捜索中だって時間になれば打ち込みをしてたわ。いまもニナの身が危険だって聞かされたのに、やっぱり平然と対処してる。リーリエ国の誉《ほま》れたる〈隻眼の狼《アイン・ヴォルフ》〉は、心まで獣みたいに冷たい騎士ってことなの？」

「おれの心が冷たいかどうかは、おれにはわからない。ただ折られた矢を見た瞬間から考えてはいた。おれはいったい、どちらだと判断して対応すべきなのかと。そうしてようやく、結論を得た」

「結論を得たって……」

「ニナが団長に助けを求めたならそれは〈妹〉だ。そうであるならおれはいまごろ、ニナを救出に向かっている。ガルム国もリーリエ国も関係ない。軍衣を脱ぐことになってもかまわない。妹を守るのは、兄の当然の役目だからだ」

ロルフははっきりと断言する。

「しかしニナは救いを乞《こ》わず、団長に矢を射かけたと聞いた。弓を打つ以上、ニナは〈妹〉ではなく〈騎士〉だ。騎士であるならばその意思を尊重する。どういう結果になろうとも、それは騎士が己で負うべき当然の責任で、おれの関知するところではない」

「どういう結果って……ねえ、ニナはまだガウェインに連れられてるのよ。考えたくないけど、絶対に嫌だけど、でもたとえばいまこの瞬間に、殺されてる可能性だって！」

「仮にそうなれば、騎士としての思いを継ぐだけだ。ニナの意思がなにかは知らぬが、必ず果たしてみせる。その後にガウェインを討《う》ち取り、誇り高く倒れた妹を郷里へと連れ帰る。雄々《おお》しく戦った騎士として、村の祖《そ》であるアルサウのもとへ還《かえ》す」

ベアトリスは絶句する。

リーリエ国の一の騎士として、〈隻眼の狼〉の名を戴《いただ》くものとして。ロルフの生きる姿勢そのものの厳峻《げんしゅん》な物言いに、ただ次の言葉を失った。

夜の深まりとともに強さを増す谷風が、戸口の垂布を揺らした。

吹きこんだ冷気が長い黒髪をさらい、獣傷に潰《つぶ》された左目があらわになる。孤高の狼を思わせる凍《い》てついた半面を隠しもせず、ロルフはベアトリスに言い放った。

「王女としてのおまえがなにをどうしようと興味はない。常日頃から妹を振りまわす私生活については、迷惑だが否定する権利はない。しかしおまえが国家騎士団員であるならば、騎士として妹がなそうとしていることの邪魔をするな」

「邪魔……」

「妹を助けたいと言いながら、それはただその意思を無視し、助けたいという自身の感情を押しつけているに過ぎない。自覚がないぶん、ニナを対等の存在として見なかったリヒトよりなおたちが悪い。デニスの件も然《しか》り、団員たちが自身の意思でした選択を、己のせいだと信じている傲慢《ごうまん》な姿勢と同じだ。この先も騎士を名のりたいなら、感傷的な自己満足に他人を巻き込むのはやめろ。騎士たる妹は、助けてあげなければと哀れまれるほど、弱い存在ではない」

競技場での戦いぶりと同様の、命石《めいせき》を一閃《いっせん》で粉砕《ふんさい》するごとき容赦《ようしゃ》のない言葉。

さすがに言い過ぎだと思ったたか、ヴェルナーがあわてた様子でロルフに歩みよった。放心している王女をうかがい、その辺にしておけと首を横にふる。

まるで頰《ほお》を思い切りぶたれた子供のように。血の気を失ったベアトリスの顔が、やがてゆっくりと伏せられた。

波打つ金の髪の隙間《すきま》から煌《きら》めくものがこぼれ落ちる。

天幕内に陰鬱《いんうつ》な静寂が流れた。谷風が奏でた悲鳴のごとき音が、気まずいほど大きく聞こえる。

その静けさを溶かすように、ハーブの芳香《ほうこう》がふわりと舞った。

うつむいたベアトリスの前に、大きな手が木杯を差しだしている。温かな湯気に誘われて上を向くと、オドが巨体を丸めて微笑《ほほえ》んでいる。

労《いたわ》りに満ちた柔らかい声音《こわね》が響いた。

「王女殿下、小さい子供は大きく育ちます。だからニナは、だいじょうぶです」

――いま自分の耳は誰の声を拾ったのか。

呆然《ぼうぜん》と目を丸くした中年組が顔を見あわせる。驚愕《きょうがく》を浮かべた互いの表情に幻聴ではないと悟り、さらにおどろきを強くする。

ベアトリスは呆気《あっけ》にとられてオドを見つめた。

極端なほど口数の少ない大男。彼がまえに話したのはいつだったかとふと考え、思いだすなり眉根《まゆね》をよせる。あれはたしかデニスが亡くなったときだ。ガウェインを出場停止に追いやるため、その大剣に自ら喉元《のどもと》を差しだした仲間。十字石に刻まれた尊《とうと》い名前をなで、オドは優しい声で言葉を紡《つむ》いだ。

そして自分は変わらない。同じ猛禽に苦しめられ、やはり泣くだけの状況に、自嘲《じちょう》の呟《つぶや》きが悔《くや》しげにもれる。

「……リヒトの言うとおりね。人にはえらそうなことを言って、わたし自分はぜんぜんだわ。強くなりたいのに、ニナの半分だって果たせてない」

乱れた髪をかきあげた頬に涙の粒が流れる。

そんな自国の王女に、オドは外套《がいとう》のポケットから取りだした清潔な汗拭き布をわたした。農作業をしながら幼い弟妹の面倒を見てきた習い性か、彼の衣服にはむずがる子供向けの道具が仕込まれている。押さえるところはたしかに押さえてるなと、ヴェルナーが妙に感心した顔でうなずいた。

それをきっかけに、団員たちはやれやれといった様子でオドが用意したハーブ茶に手をのばす。精神的にも肉体的にも疲労が蓄積しているベアトリスは、団長ゼンメルの判断で先に休ませることになった。同行を指示されたオドが付き添い、二人は天幕をあとにする。

戸口の垂布をあけた途端、強い夜風が吹きこんできた。

狭隘《きょうあい》な峡谷《きょうこく》が生み出す谷風はときに突風ほどの威力を持つ。木卓に横たえられたニナの矢を急ぎつかんだゼンメルは、矢芯に通された厚布が風になびくのを見た。

この矢は小柄な体格と小型の短弓《たんきゅう》に合わせ、己が調整したものではない。慣れぬ形状のものでで余計な付属品をつけ、よくもあの遠距離を射ぬいたとあらためて感心したその耳に、金属音が聞こえた。

視線をやると団員たちの外套《がいとう》がひるがえり、剣帯《けんおび》にさげた大剣の鞘先《さやさき》がゆれ、長靴《ちょうか》とぶつかり音を立てている。

硬化銀製防具の奏でる独特の——高い音。

「音……」

ゼンメルはぽつりと呟いた。

ニナの射た矢を見おろして思案の海に沈んだ、その目が大きく見ひらかれる。

緩衝材《かんしょうざい》に使われる厚布、負荷を承知で矢芯に通された、狙われたのは自分の大剣、ガウエインを射ることよりも優先した、布と剣、弓は騎士としてのニナの意思——

導き出された〈回答〉に、ゼンメルは片手で老顔をおおう。

「まさか……いやしかし、わしはたしかに武具庫であれを見せた。緩衝材に包まれたあの大剣を見せて、音を聞かせて……仮にそうだとすれば、ならば古城で襲われた警備兵は」

声をうわずらせる姿に、団員たちは怪訝《けげん》な表情をする。

ゼンメルは丸椅子《まるいす》を鳴らして立ちあがると、天幕の隅に置かれた荷物袋から書類の束を取り出した。

連絡役の砦兵《とりでへい》がよこした副団長の書状のなかから、古城が襲撃された際の報告書を選び出す。丸眼鏡《まるめがね》をかけ直し丁寧《ていねい》な記述を慌ただしく追い、やがて目を閉じて上を向いた。

「……なんと迂闊《うかつ》な。答えはここにあったというに。〈胴体を輪切りにされた遺体もあった〉と。鋼製の大剣で硬化銀製甲冑を断つことはいかな猛禽でも不可能だ。武器屋の倅《せがれ》が、まったく聞いていたではないか。いいや考えたらガルム国騎士団長が最初から口にしていたではないか。呆《あき》れるではないか」

ただごとでない様子に、近づいてきたヴェルナーが団長いったい、と気遣わしげな声をかけた。

ゼンメルは身体の底からの深い息を吐く。訝《いぶか》しげに自分を見る団員たちをあらためて見まわし、そして告げた。

「これがガルム国の隠したい〈なにか〉かは現時点で断定できぬ。だが少なくとも、ニナが矢に託した意思は判明した。わしは西方地域杯のまえに出所が不明の硬化銀製大剣をニナに確認させた。緩衝材に包まれた大剣を直に見せ、甲冑を打って音を聞かせた。ニナが伝えたかったのはおそらくそれだ。ガウェインは硬化銀製大剣を所持している——」

谷底からの風が外套を舞わせる。

トフェルはぶるりと身をふるわせ、両腕で身体《からだ》を抱いて首をすくめた。ガルム国の最北である千谷山。冬も本番を迎えた一月下旬に、しかも夜間ともなれば、風が吹き荒ぶ崖縁に立っていること自体が拷問《ごうもん》に等しい気がする。

空には冬夜を煌々《こうこう》と照らす満月。

深淵を思わせる谷に突き出た岩場の端に立ち、トフェルは恨めしげな目を隣に向けた。傍《かたわ》らのリヒトは外套のフードをかぶることもなく、その金髪を谷風になぶらせ、月光が照らす対岸を見ている。

およそ一週間ぶりにニナの姿が確認された場所。

あまりに唐突《とうとつ》で衝撃的だった、そのときの光景の名残《なごり》に囚われているのか。日没頃からここに佇《たたず》むリヒトは、月が高く昇っても動こうとしない。目端《めはし》が利《き》くという理由でお目付役を命じられているトフェルだが、暖かな天幕にいる団員たちを思うと、貧乏くじを引かされた気持ちになる。

鼻水をずっとすすり、無口な大男のいれるハーブ茶をわびしく思いだしていると、リヒトが不意に口を開いた。

「ねえ、なんでおれには翼がないんだろう?」

トフェルは丸皿に似た目をさらに丸くした。

毛を逆立てた野良猫さながらに興奮したり、人形よりも無表情でうろついたり。ニナが行方《ゆくえ》不明になってから精神的に追いこまれているとは思ったが、とうとうここまできてしまったのか。

返答に迷っていると、リヒトが抑揚のない声でつづけた。

「翼があればこんな忌々《いまいま》しい谷なんかひとっ飛びなのにさ。やっと会えて、夢みたいに生きて動いてて、だけど届かない。可愛《かわい》い顔も澄んだ声も華奢《きやしや》な身体も、見えてるのにこの手で直接たしかめられないとか、なにこの非情で空気読まない現実は。格好悪いおれには翼はなくて、ただ地べたで指くわえて空を眺めるだけ。でもニナは持ってるんだ。あそこで弓が打てたニナには、知恵と勇気でできた特別な翼がある」

「小さいのに翼って……」

「悪いけどおれね、もしニナが殺されてたらリーリエ国の王位を簒奪《さんだつ》して戦争を起こして、ガルム国も火の島もなにもかも滅ぼしてやろうって思うほど絶望してた。でもニナは無事で、泣き叫ぶでも助けを求めるでもない。団長に矢を射て猛禽を連れて去ってった。……本当になんだろうね。おれ少しまえに、ニナにふられる将来の幻影を見たんだけど、いまは大き過ぎるニナの翼が怖くてむしり取るおれの姿とか、そんな自分が嫌でニナの手を離すおれの姿とか、そこまで見えてる」

言葉の内容と不穏な気配に、トフェルは引き気味に眉をよせた。

リヒトのニナへの好意は仮入団のころから、というより食堂に迷いこんだニナをリヒトが探しにきた時点から露骨《ろこつ》に表現されていた。過度な執心は団長ゼンメルをして兜《かぶと》の飾り布と評されるほどで、とくに恋人同士となってからは、二人が別々でいる時間帯を探す方が困難なくらいだが。

トフェルは少し考えると、思い切って問いかける。

「なあ、いまさらだけど、なんでそんな小さいのがいいわけ？　顔は悪くねえけど身体は子供だし、性格は真面目《まじめ》で情もあるけど垢抜《あかぬ》けねえっつうかさ。おまえが遊んでたの、いかにもって感じの華やかな美人系ばっかだったじゃん」

「……ここにも守秘義務の対象者がいたか。どっから耳にしたか知らないけど、悪戯妖精から〈早死にした無念の悪霊《イビル》〉になりたくなかったら、他言絶対厳禁でね？」

目を細めてすごまれ、トフェルの背を戦慄《せんりつ》がはしる。かぶる猫を相手によって変えるのは知っているが、どうやらいまはお気に入りの獲物を確保する野良猫のそれらしい。

リヒトは疲れた顔で風に乱れた金髪をかきあげた。まあ口止め料かな、とひとりごち、谷の対岸を見やってから言う。

「おれがニナを好きになったのは、ニナが誰も知らないところで輝いて消えちゃう宝物だったから」

「……悪い、ぜんぜん意味がわかんねー」

「だってそうとしか表現できないし。仮入団のときにさ、ニナに初めて会ったときのこと話したけど、覚えてる？」

「ああ、なんか街の坂道を転がる荷車の車輪を、路地から射ぬくとか冗談みたいなことしたって」

「それは三度目に見たときね。ああそうか。あれを入れたら三目惚《みつめぼ》れ？　まあ変になりそうなほど好きなのは同じだから何回でもいいけど。ともかく一度目に会ったときのニナはさ、中央広場の屋台で買い物をしてた……いや、させられてたんだけどさ」

懐かしい光景を思いだし、リヒトは語る。

親のお使いを頼まれた子供だと思って、小さいのにえらいなと思ったこと。騎士団員候補を探すためにヨルク伯爵杯を観戦していたら、その小さい子が出場していて、しかも短弓を使用していておどろいたこと。身体に合わない甲冑《かっちゅう》で相手は去年の優勝隊。なにもできずに命石を打たれたその子は観客に笑われて仲間に怒鳴られて、見ていて嫌な気分になったこと。

めぼしい騎士は見つからず、街から出る途中で悲鳴を聞いた。坂を駆けおりる荷車の行く手には子供の姿。すぐさま走ったが間に合いそうになくて、駄目かと思った瞬間に荷車が弾けたこと。

「最初はさ、なにが起こったか真剣にわかんなかったんだよ。壊れた車輪のそばに矢が落ちてて、なんでここにって見まわしたら路地に短弓かまえてる子が——ニナがいて。嘘だろとかまさかとか。だって命石より小さい車軸だよ？　そしたらさ、ニナが笑ったんだよ」

「笑った？」

「うん。すごい綺麗《きれい》な顔で笑った。良かったって、助かって本当に安心したって表情で笑って、そのまま路地に消えてった。なんて素敵で格好いいんだろうって、おれはすごいドキドキしてさ。だけど同時に、切なくなったんだよ」

　リヒトは辛《つら》そうに眉根《まゆね》をよせる。

「だって気づいたのはおれだけなんだ。助けられた子も母親も交易商も、ニナが弓を射たなんて知らない。運のいい不思議な偶然で片づけられて、きっとそのうち忘れちゃう。あんなに輝いてたのに、本当に綺麗な笑顔だったのに、誰にも認められることなく終わるのかなって。伯爵杯で笑われて怒鳴られてるのがその子の日常なら、それがこの先もつづくのかなって。思ったらすごい苦しくなった。おれ、そういうのたくさん見てきたからさ」

「リヒト……」

「必死で働いたのに褒められることなく売られた子。真面目に生きてたのに泥棒扱いされて死んだ子。世界に気づかれないまま消えた宝物を何度も見送ったから、だから同じようなニナの姿に辛くなった。おれに盾になってほしいって提案した、デニスの導きだって思ったのも本当だけど。おれは過去に失ったものの象徴のようなニナに心を惹《ひ》かれて、その輝きが誰にも知られずに消えていくのが、ただ嫌だっただけなんだ」

そう言って、リヒトは小さな息を吐く。

眉尻をさげると、情けない笑顔をトフェルに向けた。

「だから矛盾《むじゅん》してるけど、あそこで泣き叫ばないニナだから好きになったんだよ。再会した恋人を無視して団長だけ見てるとか、はあってなるよね正直ものすごく。こっちは文字通り死ぬほど心配してたのにって。だけど助けを求めるより、やるべきだと思ったことを選んだ。そんな綺麗なニナだから好きで、好きだから、いまはやっぱりどうしようもなく辛い」

胸の奥から絞《しぼ》り出された声を冷たい谷風がさらう。

どういう表情をしていいかわからず、トフェルはうつむいた。

普段の軽薄さからは予想もできなかった、どこか悲しみを感じさせる真摯《しんし》な思い。興味本位で聞くべきではなかったと少し後悔《こうかい》する。苦い思いのままおさまりの悪い髪をかき、やがて気を取り直すような明るい声で告げた。

「……気休めだけど、小さいのは大丈夫だって。おまえが変わってくあいつに焦ったみてえに、たしかに仮入団のころと全然ちがうし。図太くなったっていうか、いままではおれの悪戯《いたずら》に悲鳴をあげて腰抜かしてたくせに、最近じゃ生意気に反撃してきやがるしよ」

「反撃って、あの可愛《かわい》いニナがおまえに？」

「おれ、西方地域杯であいつ用の〈材料〉を仕入れてさ。真夜中に部屋に侵入して実行したら、最初は泣いて怯《おび》えて布団にもぐって普通に子兎《こうさぎ》だったんだけどよ。ある夜に忍びこんだら姿がねえんだ。だけど気配はあってさ」

トフェルは神妙な表情でつづける。

「カーテンの裏にも長椅子《ながいす》の下にもいなくて、まさかと思って鏡台の引き出しをあけたら、なんとそこに隠れててさ。なあ想像してみろよ？　あんな小さい箱の中で丸まってるあいつを見たおれの衝撃を。とんでもねえ反撃だよ。真剣に死体かと思った。心臓が口から飛び出て悪戯妖精はどっちだよ——ってなに。そんな地下世界の悪鬼みてえな顔して」

「心臓を取りあげるまえに確認していい？　真夜中にニナの部屋とかどういうこと？　お

れぜんぜん初耳だしつい最近やっと同じ寝台で眠ることに成功したばかりなんだけど。ただし義姉《あね》つきでね！　変なことしてないよね！」

「んなのするわけねーじゃん。だいたい鏡台の引き出しに入る時点で体格が対象外だって。おまえには悪いけどあんなの、十年どころか十五年後だって……って痛い、痛い！」

頭の両側を唐突につかまれ、トフェルが喚《わめ》く。耳元を押さえた指先にぎりぎりと力をこめ、リヒトは声を低くした。

「人の大事な恋人をあんな呼ばわりしないでくれる？　どこからどう見ても全身すべて怖いくらい完璧《かんぺき》に対象内でしょ。〈ゆっくり〉って約束した手前、あの夜だって必死に我慢したのにさ。甘い寝息とか髪の匂《にお》いとか、激怒したロルフと中年組の強面《こわもて》を、順番に想像するくらい大変だったのに！」

「んなの知らねえよ！　てかおまえ、おれの頭に厳し過ぎだって。そんな乱暴にして忘れちまってもいいのかよ。西塔のあいつの部屋への抜け道。古参の老僕頭《ろうぼくがしら》でさえ把握《はあく》してねえとっておきだぜ？」

リヒトがぴたりと動きを止める。

女性団員が使用する西塔の一階階段には鉄格子《てつごうし》の扉があり、就寝の鐘を合図に鍵《かぎ》がかけられる。男女が共同生活を送る団舎での防犯上の処置で、扉の横には門番よろしく、料理婦ハンナの部屋がある。団長ゼンメルに次ぐ団舎歴を誇る、経験と容赦《ようしゃ》のなさをそなえた料理婦の目を盗み、西塔の花を摘《つ》もうとする猛者《もさ》はまずいない。

新緑色の瞳が思案に動いた。

リヒトはやがてつかんだ頭から手を離す。乱れた髪と外套《がいとう》の襟《えり》を丁寧《ていねい》にととのえ、にこっと笑いかけた。

応じたトフェルがいい笑顔を見せる。

リヒトは瞬時にその肩に腕をまわした。さあ、というふうに耳を口元に差しだすと、ぼそぼそと小声がもらされる。交わされるのはある意味で騎士団の守秘義務を超える、恋人にのみ許される極秘情報だ。リヒトの頬《ほお》が興奮に紅潮する。え、うそ、そんなとこから？　てかそれ直通じゃん、最上階のベアトリスにも気づかれずに忍びこみ放題で――

「――なにやら場違いに不穏な内容だな。悪戯妖精に慰められるほど傷心しているのかと、呼びかけるのをためらっていたが」

唐突に聞こえてきた冷ややかな声。

リヒトとトフェルがはっと振りむくと、背後に団長ゼンメルの姿があった。

いつから聞いていたのか、老団長の顔には渋い表情が浮かんでいる。あーと頭をかいたリヒトと、唇を尖らせて視線をそらしたトフェルに、ゼンメルはしかしふと眉尻をさげた。

子供じみた悪巧《わるだく》みをするほど元気なら都合がいい、と苦笑し、細長い筒を差しだした。

リーリエ国章が彫られた銀製の筒は王族など、特別な貴人を対象とした文書のやり取りに使われる書簡だ。革紐で括《くく》られるだけの通常の書状とは異なり、団舎でも稀《まれ》に連絡役貴族が持ちこむことがある。

わけもわからず受けとったリヒトに、ゼンメルは問いかける。

「おまえ、休憩なしでどれほど走れる」

「どれほどって……まあ、競技会用装備で砂時計九反転くらい？」

「それでは厳しいな。分散した捜索部隊の伝令として移動するふうを装《よそお》えば、ある程度は誤魔化《ごまか》せるだろうが、半日ほどが限界だろう。ニナの援軍を得るためにガルム国兵に気づかれず往復するには、砂時計十二反転は欲しい」

「ニナの援軍って……」

声をうわずらせてくり返すリヒトの外套を、谷底からの風が激しく舞わせる。

ゼンメルは姿勢を正すと、老顔を険しく引きしめて告げた。

「リーリエ国騎士団長ゼンメルの名をもって、おまえをキントハイト国への使者に任ずる。行路は十五年前の記憶による曖昧《あいまい》なものだ。例年通りなら相手はそこに滞在中だが、雪の到来時期によっては砦兵のみの場合もある。つまりは保証のない賭《か》けだが、ニナの意思とその身を守るにはこれしかない。ガルム国が猛禽とニナを見つけるのが早いか、おまえがこれを届けるのが先か。あとは慈悲《じひ》深き女神マーテルの御心のみだ」

次第を説明するゼンメルに、呆然《ぼうぜん》とした新緑色の瞳にみるみる光が宿っていく。

リヒトは暗闇にそびえる千谷山を見あげた。満月を受けて雪の山頂部を仄白《ほのじろ》く輝かせる雄大な山系。翼のない自分にはあまりに大きい、決して越えられない壁。茫漠《ぼうばく》たる枯野に鷲《わし》にさらわれた一羽の小鳥を、手探りで探した日々の象徴のような。

「……だけどそんなおれでも、みっともなく地上を走るくらいはできるか」

自嘲《じちょう》でもなんでもない。誰にも知られずに消えていただろう宝物。切ないほど愛《いと》しい少女を、自分のこの手で救うことが叶うのなら。

リヒトは書筒を強くにぎりしめる。

ゼンメルに向きなおり、承知、と力強い立礼《りつれい》を返した。

5

——ここは、さっきも通った分かれ道です。

千谷山《せんたにやま》の内部に広がる洞窟《どうくつ》。

黒々とした岩肌の形や色合い、天上からぶら下がる氷柱石《つららいし》や木の根の様子。たしかに見覚えのある周囲の状態に、手提灯《てさげとう》を手にしたニナは眉《まゆ》をひそめた。

傍《かたわ》らのガウェインをちらりと見あげると、のっそりした巨体はさして考えることなく右の通路へと足を進める。

耳近くまで裂けた唇からもれるのは奇怪な呟《つぶや》きだ。おれは、強い、虫けらども、おれは強い、強い——似たようなことをぶつぶつとくり返す。虚《うつ》ろに濁《にご》った黄色い目はなにを映しているのだろう。道がまちがっていないか、控え目に問いかけたニナを無視し、甲冑《かっちゅう》の金属音を鳴らして闇へと消えていく。

ふたたび同じ場所に戻ってくるかも知れないが、しかしどうしようもない。自分の背丈と変わらぬ荷物袋を背負いなおし、ニナはただその後を追った。

──ガウェインに異変が生じたのは、ガルム国軍と遭遇《そうぐう》した翌日からだ。

襲撃された細道から逃れ、しばらくは虚脱状態だったガウェインは、その後一転して暴れ出した。自国の兵に弓を射かけられた事実が獣の逆鱗《げきりん》に触れたのか、大剣を振りまわしながらガルム国や王家を悪《あ》しざまに罵《ののし》る。とても近づける状態ではなく、力尽きて昏倒《こんとう》するまで距離をとって見守るしかできなかった。

いかな猛禽《もうきん》といえども身体《からだ》は人だ。頭部を中心に数十本の矢を受けた損傷と多量の出血の影響だろう。ガウェインは甲冑が熱くなるほど発熱しうなされ、翌朝起きたときには行動に異常をきたすようになっていた。

見えない誰かと会話して闇雲に歩きまわり、ニナを小脇に抱えたかと思うと唐突に放り出す。ためしに離れてみたときは、奇怪な叫びをあげて飛びつかれた。意思の疎通《そつう》も曖昧なまま、血まみれの巨体で山中をうろつく姿はまさに手負いの獣だ。

ニナがガウェインを助けると決めたのは、嫌な言い方だが彼の命そのものを惜しんだわけじゃない。ガルム国の罪の証《あかし》であり、硬化銀《ウルリル》製武器を与えた〈連中〉とつながる存在を消されないようにすることが、リーリエ国騎士団員としての最善の選択だと考えたからだ。

意識を失っているあいだに身体に刺さった矢は抜いた。しかし甲冑を外して患部を確認するには至らず、念のために荷物袋の中身を調べたけれど医薬品の類《たぐい》は見つからなかった。

きさま、と唐突な怒声があがった。

おどろいて立ち止まると、ガウェインが足元に向かって大剣を振りあげている。毒性を持つ洞穴生物でもいたのかと手提灯を動かすと、水面が光に反射した。どこをどう通ってきたのか、奥まった一角に池のような場所がある。岩肌には明かり取りの窓を思わせる隙《すき》間《ま》があり、そのお蔭《かげ》で周囲はほの明るく、ガウェインはどうやら水面に映った自分の姿に反応したらしい。

透明な水は地中からの湧水《ゆうすい》だろうか。ニナはあらためてあたりを見まわした。山頂に向かっていたのに湧き水の溜まりがあるのなら、逆に山を下っている可能性が高い。

千谷山を越えるには山道で三日、近道の洞窟を使えば一、二日程度とガウェインは言っていた。二日目に崖《がけ》の対岸からガルム国軍に襲われ、今日は四日目。本来ならとうに国境を越えているはずが、いまだどことも知れぬ洞窟のなかにいる。

氷室《ひむろ》のごとき暗闇にふるえ、暖を取ろうにも枯枝一つない。飲食さえ忘れたガウェインの代わりに荷物袋を背負い、斜面を休みなく歩かされた足先からは感覚が消え、疲労が極まった状態はほとんど遭難《そうなん》といえる。

追手のガルム国軍の気配は幸いないが、手提灯の脂《あぶら》も残り少なく、いずれは二人とも倒れて動けなくなりそうだ。

おまえら、化物、まだ足りぬと。ガウェインは意味不明なことを叫びながら、湧水の溜まりに大剣を突き刺している。ニナはもちろん医者ではないし、〈赤い猛禽《プルート・フォゲル》〉の為人《ひととなり》について深い理解があるわけでもないけれど。

——どう見ても普通じゃありません。受傷や出血で極度の興奮状態とも考えられますが、身体から嫌な臭《にお》いもするし、矢傷が化膿《かのう》しているのでしょうか。小さな傷でも感染症を起こすと、悪い熱が思考にまで影響を及ぼすと聞いたことがあります。

それとも同胞《どうほう》たるガルム国兵の攻撃が、理性を失わせるほど衝撃的だったのだろうか。食事を断つという間接的な方法で処分されかけたとはいえ、実際に弓を射かけられるのは重みがちがう。威嚇《いかく》の手段として国を潤していた〈赤い猛禽〉には、恩を仇《あだ》で返されたごとき裏切りに思えたのかもしれない。

問答無用で連れ去られてから、ガウェインにはニナ自身も手酷《てひど》い暴力を受けた。負傷が前提の戦闘競技会《せんとうきょうぎかい》を悪用した、数えきれぬ騎士の将来を奪った残虐《ざんぎゃく》行為を考えても、同情する気にはとてもなれない。〈赤い猛禽〉は恐ろしい異相だけでなく心そのものが蛮勇《ばんゆう》に酔う獣で、けれどその嗜虐《しぎゃく》性を利用しながら不要となった途端に掌《てのひら》を返した、ガルム国の身勝手な態度には割り切れなさをやはり感じる。

――でも、このままだときっとまた。

暴れるガウェインに目を細め、ニナは手提灯を持つ手に力をこめる。

旅の途中でガウェインは、自分を逃がした〈連中〉が殺戮《さつりく》の機会を約束したから行くのだと話していた。けれどそれは要するに、ふたたび利用される存在になるということだ。硬化銀製武器を与えた〈連中〉の目的は現時点で不明だが、〈赤い猛禽〉の強さを欲して逃亡に加担したなら、仮にその力が使えなくなった場合、ガルム国のように〈処分〉するのではないだろうか。類希《たぐいまれ》な切れ味を理由に武器を求め、錆《さ》びて鈍ったからと簡単に捨て去るように。

そこまで考えて、ニナは首を横にふった。

ともかくはまず目先の対処だ。綺麗《きれい》な水があれば冷やしたり消毒はできるし、熱が下がれば多少は落ちつくかもしれない。

ニナは荷物袋をおろした。保存食の包みを外して手当て用の布とし、湧き水に近づく。血染めの外套をまとう巨体に怖々《こわごわ》と声をかけた。

「あ、あの、矢傷をいちど洗いませんか？　甲冑を脱いでもらえたら、手が届かない部分はわたしがやります。それに水分と食事をとって、少し休んだ方がいいです。携帯用の鍋掛けがありますし、枝葉があればお腹に優しい汁物を――」

いだした。

「――小鳥を殺したのは奴だ」

ガウェインが唐突《とうとつ》に口を開いた。

虚をつかれた顔で小鳥、とくり返し、ニナはやがてまえに聞かされた幼少時の逸話を思いだした。

弁が立ち風采《ふうさい》もいい兄王子ガイゼリッヒは、母王妃の小鳥を死なせた罪を易々と自身にきせたのだと。受傷翌日から支離滅裂《しりめつれつ》なことを告げるガウェインは、記憶も混濁《こんだく》しているのか、己の過去やニナの知らない人名を脈絡もなく口にすることがある。

「母王妃の小鳥、兄が無理に、餌《えさ》を食わせようとして、おれじゃない、死んだ、おれがやったと、城のものはみな、おれが、化物だから、恐ろしい、怯《おび》えた目で、おれを」

ガウェインは濁った眼差《まなざ》しで言葉をつづける。

おそらくは生来の外見的特徴に起因する不条理な誤解だろう。小綺麗な顔の兄王子に罪をなすりつけられ、弁明しても信じてもらえない奇怪な風体《ふうてい》の弟王子を想像し、ニナの胸がわずかに痛む。

同時にいまさらながら疑問も感じた。ガルム国が〈赤い猛禽〉を利用した外交施策のほとんどは、兄王子ガイゼリッヒが関与していると聞いた。詳細は不明だけれど言葉のはしばしから、ガウェインの幼少期や王城での生活が、幸福や温かさとは無縁だったろうことも想像できる。

それなのに彼はなぜ嘘をついて己を貶《おとし》めた兄王子や、それに踊らされたり自身を恐怖したものに、〈赤い猛禽〉として使われることをよしとしたのか。殺戮の機会が得られれば飼い主は誰でもいいと言っても、否定的な感情を向けてくる存在に利することに、普通なら抵抗を覚えないだろうか。

ニナは少し迷ったが、言葉を選びながら問いかけてみる。

「その、いまのお話を聞いて思ったのですが、自分を陥《おとしい》れたり悪く思う人たちに〈赤い猛禽〉として活用されることを、あなたは嫌ではなかったのですか？　傷つける行為自体に楽しみを感じても、結果として利益を得ているのは兄王子やガルム国です。騙《だま》されたとかではなく、自覚していて、あえて利用されるなんて――」

「小娘の頭のなかはやはり見た目以上に幼いな。利用されるからこそ、意味があるのではないか」

「え？」

「おれは小鳥殺しの罪をきせた兄王子を恨んでなどいない。むしろ感謝している。異形《いぎょう》の姿を厭《いと》われ王城でも離れの塔で、目の見えぬ乳母《うば》に育てられた。存在自体が王家の恥《はじ》だと捨て置かれ、外出にも地下水路での移動を余儀《よぎ》なくされた。そんな化物に〈恐怖〉という名の翼を与えたのは兄王子だ。あの事件があったからこそおれは、ただ忌《い》まれ無視される存在ではない。不気味な外見そのものに残虐な、畏怖《いふ》すべき〈赤い猛禽〉だと認識されるようになったのだ」

よどみない口調でそう答え、戻ったのかとニナが思ったのも束の間。

瞬間的に光を帯びた黄色い瞳は、すぐさま靄《もや》がかかる。緩慢《かんまん》に首をかしげ、ガウェインはふたたび湧水の池に大剣を振りおろす。

「不気味だ。おぞましい。王家に生まれた呪いの王子。産褥《さんじょく》の母王妃は悲鳴をあげて昏倒《こんとう》した、血をわけた息子に一度として触れず心を病み衰弱《すいじゃく》死した。誰に見向きもされず、いないものと扱われ、だが恐怖の対象となってからはちがう。強さは武器だ。怯えた目は、価値を見出《みいだ》した視線はたしかにおれを映す。おれを、このおれを、圧倒的な剣としてのおれを、恫喝《どうかつ》手段としてのおれを」

言語を司《つかさど》る機能に支障をきたしているのか、おれを、おれを、と途切れ途切れにつづける。言葉を発するたびに、水面に映った自分を大剣で薙《な》ぐ。

「だから殺す。利用される化物となるために、より残忍に、惨《むご》たらしく、騎士の命を奪う。奪わねば、ならない。ガルム国の〈赤い猛禽〉。その名だけで絶望し怯え、恭順《きょうじゅん》するほど強大な武器でなければ、無意味、なのだ」

「……待ってください。あなたは傷つけること自体が楽しいと言いました。競技会でも制裁でも、相手の悲鳴を味わい、肉や骨を断つ感触が心地いいのだと。だけどいまの言葉だとまるで――」

「そうだ。楽しい。騎士を潰《つぶ》し野盗や警備兵を殺すのは楽しい。絶叫も命乞《いのちご》いも、恐れられるのは強いということだ。恐怖に満ちた虫けらの目。それこそがおれの価値を証明する」

「価値の証明……」

「逆らえば無残に壊されると畏怖される。国を守るに欠かせぬ道具。異形の風体を忌みながら、おれを失いガルム国は立ちゆかない。〈赤い猛禽〉が罪の翼を広げるほど、強要手段としての利用価値が高まるほど、国はおれを必要とした。〈連中〉も同じだ。ゆえにおれは行く。利用されるために。化物。おれは強い。必要。強い、強い……」

ぶつぶつと、己に言い聞かせるように。

ニナは息をのんで口元をおおった。

――このひと、は……。

目の前のガウェインは普通の精神状態ではない。言葉の組み立てもぎこちなく理解できない部分もあり、熱に浮かされたがゆえの発言かもしれない。でももしもこれが、彼の本心だとしたら。

昨年の裁定競技会《さいていきょうぎかい》でも拉致《らち》されてからも、ガウェインは殊更《ことさら》に自身の力を誇示し、嗜虐的な言葉を口にした。容赦《ようしゃ》のない暴力でニナを痛めつけ、過去の残虐な仕打ちを語っては怯えるニナを楽しんだ。だからニナはガウェインが見た目ではなく、その心が猛禽なのだと思った。生まれながらに血と悲鳴を好む、忌まわしい化物なのだと。

けれどいまの発言が真実なら、目的だと思ったのは手段だったということだ。ガウェインは利用される武器としての有益性を高めるために、過剰《かじょう》なほど強さを見せつけて怨嗟《えんさ》の声を浴び、多くの騎士を競技場の残骸《ざんがい》としていたのだ。

そして利用とはたしかに彼の言葉どおり、ある意味では必要とされることだ。恫喝手段であってもその能力を求められ、国の発展に不可欠の存在だと頼られる——認められること。そこまで考えたニナは胸の奥に浮かんだある予感に、信じられないと首をふった。

まさかありえないと、自分はきっとどうかしていると。

否定しても早鐘を打つ鼓動が告げている。思いは確信となって心をいっぱいにする。だってニナにはわかるのだ。ニナだからこそ理解できるのだ。ガウェインが誰にも顧《かえり》みられぬまま、薄暗い地下水路に隠れていた異形の王子だったなら。どんな方法でもどんなことでもいい。誰かの役に立ち、認められる存在になりたいと願っていたのなら。

それはあまりに懐かしく心に刻まれた過去の——

「ガウェイン王子、あなたもわたしと、同じだったのですか……？」

ニナは頼りない声でそう告げた。

問うように訴えかけるように、言葉を絞《しぼ》り出す。

「あなたは利用されたかった。利用されることで役に立てると、認められると思っていたのですか？　ガルム国の王子として王家や民に。強さを頼みに多くの人を傷つけ、〈赤い猛禽〉として忌み嫌われるほど。威嚇の手段としての価値を高めるほど、自分自身が受け入れられると、そう、思っていたのですか……？」

そんな馬鹿なとは思う。ニナとガウェインはあまりにちがう。生まれも年齢も、素性《すじよう》も身体能力もなにもかも。だけど誕生を司《つかさど》るマーテルに与えられた己自身で苦労したという点では、ふたりはまったく同じだ。

破石王《はせきおう》アルサウの子孫としてふさわしくない、出来そこないの案山子《かかし》だと笑われたニナ。小柄で非力な自分は騎士として役に立たないと諦めて絶望していた。それでもリヒトと出会い、変わるための手段を与えられ、誰かを助けられる自分になれた。

一方のガウェインは化物と等しき異形に生まれた。母王妃に忌避《きひ》され存在すら黙殺された己を、やがて他者を傷つけ強さを見せつけることで認めさせるようになった。小鳥の死で濡れ衣をきせられ、嫌悪ではなく、恐怖の目が自分に向いたのをきっかけに。

圧倒的な巨軀《きよく》と尋常《じんじよう》ならざる強力は皮肉にもその行動に拍車をかけた。ガウェインに利用価値を見出したガルム国は、〈赤い猛禽〉としての彼を必要とし、残虐行為を助長する対応をとった。外交施策での恫喝材料に使い、痩《や》せた土地に財政基盤たる産業にも乏《とぼ》しい王国を潤す、もっとも有効な手立てとして扱った。

つまりガルム国は認められたいというガウェインの心につけこんだのだ。粗暴な競技会運びが道義に反すると承知しながら止めず、ガウェインが〈赤い猛禽〉となるのを見過ごした——むしろ望みさえした。

〈少年騎士〉がリヒトにつくられたように、ガウェインは最初から化物ではなく、赤い髪を逆立て競技場を血に染めた〈赤い猛禽〉は、ガルム国により生み出されたのだ。ニナと変わらぬその本心を理解していたものはいたのかどうか。おぞましい嗜虐性《しぎやく》を生まれ持った異相の王子と、ただ一方的に思われて。

だとしたら——なんて。

ニナの心によぎった幻影。

死んだ小鳥を手に呆然《ぼうぜん》と立ちつくす異形の少年。自分ではないと首をふり、けれど向けられた恐怖の視線に心のどこかの枷《かせ》が外れる。見てもらえた喜びと興奮。歓喜にわななく大きな手は、小さな小鳥をぐしゃりと握りつぶして。

なんて……このひとは……──

やり切れなさに唇を結んだニナの顔に、ふと影がかかる。

肌を刺すのは冷たい殺気。

弾かれたように上を向くと、ガウェインが目の前に立っていた。逞《たくま》しい肩は異様なほど盛りあがり、荒々しい呼吸がニナの黒髪を揺らした。獣じみたその目は猛禽の黄色ではなく、激高の赤が炎と燃えて。

「ああああああ──!」

ガウェインが雄叫びを放った。

ニナの鼓膜《こまく》がしびれ湧き水の池にさざ波が立つ。

圧迫感に気圧《けお》されて身をすくめた視界の隅で、巨大な足が荷物袋ごと短弓《たんきゅう》を踏みつけるのが見えた。そこにいるだけで戦慄《せんりつ》に身体《からだ》がふるえるのは、洞窟《どうくつ》に充満した激しい怒りの気配。

ニナは自分が、触れてはならないなにかに手をのばしたことを感じた。おそらくはガウェイン自身も気づいていなかった、人としての彼の心の奥底の。

「まえに教えて、やった、だろう」

ガウェインはぞっとするほど低い声で告げる。威にのまれ身動きができないニナを見おろし、湧水《ゆうすい》に濡れた大剣をゆらりと掲《かか》げた。

「おれは脆弱《ぜいじゃく》な存在が、賢《さか》しらに意見するのが、許せん。遊びは、終わりだ。約束通りおまえのその、左目を。冬空に似た曇りのない瞳。おれの価値を教えてくれる、純粋な恐怖に染まる、その海色の目を――！」

言うやいなや、ガウェインは大剣を一閃《いっせん》する。

光芒《こうぼう》より速い銀の軌跡。

ニナはただ無我夢中で顔をそらした。

左頬を風音がかすめる。散った鮮血と焼けつく痛みはほぼ同時。のけぞったいきおいのまま、洞窟の地面に転がった。

落下の衝撃で骨が軋《きし》む。ごつごつと硬い岩肌が外套《がいとう》を切り裂き、剝《む》き出《だ》しの腕や足を傷つけた。普通の競技会ならしばらく身動きができない損傷に、それでもすぐに両手をついて身を起こす。

ガウェインは本気だ。暴力はなんども受けたけれど、これはちがう。怯《おび》えを味わうための行為ではなく、いまここで本当に、ニナを殺そうとしている。

「！」

ふたたび牙をむいた大剣の強撃。かろうじて避けたニナは体勢を崩すと、大きな水音をたてて背後の湧水に落ちた。

水に足をとられて攻撃を受けたら逃げようがない。手をばたつかせ必死にもがくが、湧き水が溜まった池は予想以上に深く、甲冑《かっちゅう》の重さで沈んでいく。息苦しさに耐えかねて水底を蹴《け》り、指が引っかかった狭い岩場のなかを通ると、ようやくそこで身体が浮上した。

「――――！」

ざばりと顔を出したニナは、すぐさま身がまえる。全身から水を滴《したた》らせ次の攻撃にそなえるが、周囲にガウェインの姿はない。

――どういう、こと……です、か？

肩で荒い呼吸を吐き、ニナはあらためてあたりを見まわした。

黒々とした湧水の水面に岩肌の隙間《すきま》から射しこむわずかな光。ぼんやりと曖昧《あいまい》な視界だが、洞窟の広さや岩壁の感じは、先ほどまでと明らかに異なっている。

細長くつづく薄闇の先は外なのか、たしかな光源が見えた。湧き水の溜まった池は地下水路のごとく内部でつながり、別の場所へと出られるのだろうか。偶然だが助かったと安《あん》堵《ど》したニナの耳が、猛々《たけだけ》しい雄叫びを遠くに拾った。

怒りに満ちた咆哮《ほうこう》が誰のものか考えるまでもない。ともかくここを離れなければと、ニナは濡れた外套をしぼる。小さな光を目指し、足場の悪い洞窟内をよろめきながら走った。

やがて白く輝く外へ出ると。

「――!」

ニナは思わず足を止めていた。

目の前にはところどころに雪が積もった冬枯れの森。枝葉を落とした焦げ茶色の大樹が、足元を白く彩られて寒そうに天を仰《あお》いでいる。

――ここは……いったい。

久しぶりに見る太陽に輝く白銀をほうけた顔で眺め、ニナは背後の山を振りかえった。

ガルム国軍と遭遇《そうぐう》した谷では薄白い山頂部が確認できたが、千谷山に入るまえの南の山《さん》麓《ろく》はいまだ雪が降っていなかった。とするとここはガルム国から国境を越えた、旧ギレンゼン地方となる千谷山の北側なのだろうか。

そんなことを考えていると、獣じみた怒声が大気を裂いた。

距離は先ほどより近い。ニナはあわてて駆け出したが、水分をふくんだ外套は重くまとわりつく。緩《ゆる》やかな斜面にまばらに凍《こお》りついている積雪に足をとられ、何度となく転んだ。

叫び声は徐々に迫り、このままでは追いつかれると判断したニナは、ふと目についたブナの大樹に走りよった。

太い幹に穿《うが》たれた洞《うろ》に手をかけ、なかに入りこんで身体をちぢめる。

――発見されたらきっと殺されます。どうにかこのまま。

一心に懇願《こんがん》するが、びしょ濡れの状態で極寒の森を走った手足は凍《こご》え、甲冑が鳴るほどふるえている。音を聞かれたら終わりだ。ニナは両手できつく身体を抱き、歯を食いしばってひたすら気配を殺した。

静寂の時間は砂時計一反転だったのか、それとも三反転だったのか。

息をひそめるニナの耳に足音が聞こえてくる。

華奢《きやしや》な肩がぴくりと揺れた。大地を踏みしめるのは長靴《ちようか》の金属音だ。

どうしよう。見つかった。抱えた膝のあいだに顔を埋め、きつく目をつぶると、やがて大樹の前に人影が――

「――なんだ。どんな獣が隠れているかと思ったら、リーリエ国の子兎《こうさぎ》か」

かけられたのは覚えのある低い美声。

え、と目を開いたニナはゆっくりと顔をあげる。おそるおそる洞の外を見ると、毛皮の襟巻《えりま》きをまいた外套姿の男性が、長身を屈めるようにのぞきこんでいる。

ニナはおどろきに息をのんだ。浅黒い肌の精悍《せいかん》な顔立ちに琥珀《こはく》色の目。前髪を立たせたふうな黒髪に堂々たる体躯《たいく》の偉丈夫《いじようふ》。昨年の西方競技会で印象的な出会いをし、第二競技で対戦した高名な破石王《はせきおう》――

キントハイト国騎士団長イザークは、洞のなかに隠れるニナをしげしげと眺める。

小作りの顔立ちは傷だらけで、左頰の横には血を流す太刀傷《たちきず》。肩までの髪は濡れて皮膚《ひふ》に張りつき、泥に汚れた外套はあちこち切れ、剝き出しの腕には幾《いく》つもの痣《あざ》がある。

手負いの獣さながらの姿に、イザークは口の端をあげてにやりと笑った。

「可愛《かわい》い顔に似合わず派手にやらかしているが、今度こそ本当に迷子か?」

◇◇◇

「――じゃ、じゃあ、あの大剣の鑑定を依頼したのは、イザーク団長だったんですか?」

「そうだ。事が事だけに迂闊《うかつ》な相手には頼めない。武器屋としての知識に騎士団員としての経験。ゼンメル団長の武具についての識見は審判部の検品係より確実だ。ちなみに知り合ったのはこの地だ。十五年前のギレンゼン国への〈制裁〉で、おれはまだ騎士団に入ってまもない若造だった。ゼンメル団長はいまとはかなり……まあなんだ、年を取れば誰しも丸くなるの典型だろう」

イザークは意味ありげに告げて肩をすくめる。

千谷山の北側の山麓。枝葉を落とした樹林帯のなかに設けられたキントハイト国騎士団の野営地で、焚《た》き火《び》のそばの倒木に座るイザークは、蜂蜜酒《はちみつしゅ》の木杯をかたむける。

団長ゼンメルがイザークに宛《あ》てたという手紙を持ったまま、同じく対面の倒木に腰かけたニナは、はあ、と吐息をもらした。借り物の外套をまとった膝の上には銀製の書筒。剝き出しの足はお湯を張った木桶《きおけ》で温め、水気をふくんだ黒髪は炎を受け艶《つや》やかに煌《きら》めいている。

西方《せいほう》地域杯《ちいきはい》で宿舎に見舞いに来てもらったときの様子から、両団長が親しい間柄だとは想像していたが、まさか団舎《だんしゃ》の武具庫で見せられた硬化銀製武器の鑑定を求めたのがイザークその人だとは思わなかった。

陶製《とうせい》の酒壺《さけつぼ》から蜂蜜酒をなみなみとつぎ足し、イザークは目を細める。

「ゼンメル団長に預けたあの大剣は、ギレンゼン地方の北部で討伐《とうばつ》した野盗団の収奪品から発見されたものの一本だ。大量生産を匂《にお》わせる様相で、密造品ではないかと出所を探っていた。西方地域杯では〈空振《からぶ》り〉だったが、まさかガルム国の猛禽が同型らしい大剣を所持していたとはな。まったくおどろきだ。木の洞で子兎を拾った件もふくめ、どこでにがつながるか実に〈面白い〉」

薄く笑う破石王に、ニナは曖昧にうなずく。

この数日間を考えれば面白いと表現されるのは複雑な気持ちになるが、それでも現在の自分の状況については、想定外がもたらした幸運な偶然の一言につきると思った。

時刻は陽が落ちてまもない夜のはじまり。

ニナがあらためて周囲を見まわすと、整然と並ぶ天幕のそばには篝火《かがりび》が赤々とはぜ、歩哨《ほしょう》らしきキントハイト国騎士団員が油断なく周囲を警戒している。

端の方では炊事《すいじ》の煙と思われる細い筋が立ち昇り、荷車の脇では冬用馬着《ばちゃく》をかけられた馬が飼葉《かいば》を食《は》む。寝袋や装備品を抱えた騎士たちがひっきりなしに移動するが、無駄口をたたくものとてなく、ただ甲冑と長靴の音が山間《やまあい》にこだまする。人里離れた夜闇にありながら、冬夜の野営の頼りなさを微塵《みじん》も感じさせない整然とした活気は、国家騎士団というより軍隊と評した方がいい物々しい雰囲気《ふんいき》だ。

ガウェインから逃れて大樹の洞に隠れたニナを発見したイザークは、思わぬ再会に呆然《ぼうせん》とするニナを抱えあげ、話はあとだと指笛を吹いた。

付近を哨戒《しょうかい》中の騎士団員に状況を知らせ、警戒態勢への移行とガウェインの追跡を指示。ニナを森のなかの宿営地に連れ帰ると、まずは医療班に身体《からだ》を診《み》させた。

凍傷《とうしょう》になりかけた足のほかは重篤《じゅうとく》な怪我《けが》がないことを確認すると、湯を沸かして傷を清め、手当てをしてから食事をとらせる。濡れた衣類と甲冑は焚き火で乾かし、落ちついたところで団長ゼンメルから渡されたという手紙を見せた。

千谷山の峡谷《きょうこく》で見かけたきりのゼンメルが、なぜイザークと連絡を。わけがわからないニナだったが、説明するより早いとうながされ、見覚えのある癖字《くせじ》を読み進めた。

銀製の書筒に納められた手紙には、古城に幽閉《ゆうへい》されていたガルム国の〈赤い猛禽〉がリーリエ国騎士団員ニナをさらって逃げたことを皮切りに、ガルム国は自国に不都合な情報をにぎる猛禽の処分を目論《もくろ》んでいることや、猛禽が硬化銀製大剣の密造品を所持している可能性が高いこと。猛禽を拘束《こうそく》してニナを救出するため、キントハイト国騎士団への協力を要請する旨《むね》が記されていた。

ニナが団舎の武具庫で見た硬化銀製武器を包んでいた緩衝材《かんしょうざい》は、冬用甲冑の裏打ちに使われる厚布だ。とっさに思いつき、それを通した矢でゼンメルが剣帯《けんおび》にさげた大剣を射ぬいた。あの場ではほかに知らせる手段とてなく、駄目もとの賭《か》けだったが、弓に託した意思がたしかに伝わったことに、ニナはただ心の底からの深い息を吐いた。

千谷山の北側にある国境砦で書筒を受け取ったイザークは、すぐさま行動を開始する。ガウェインが自国の領土内に入った時点で捕獲するため、制裁時に行軍路として利用した洞窟《どうくつ》を端から確認していたところ、たまたまニナを見つけたとのことだった。

聞けばキントハイト国騎士団は定期的に、野盗の頻発《ひんぱつ》するギレンゼン地方の治安維持活動をしており、冬期には新人騎士の雪中訓練をかねて実施しているらしい。団長ゼンメルが普段は駐留の兵のみが守る国境砦へ使者を出したのも、件《くだん》の事情を認識していたからだ。わずかな手がかりから自分の心を理解してくれた事実もふくめ、ニナはいまさらながら、ゼンメルが団長たる所以《ゆえん》を知ったような気がした。

ニナは団長印の捺《お》された手紙を丁寧《ていねい》に丸める。銀製の書筒に戻しながら、薪《まき》のはぜる音に惹《ひ》かれたふうに視線をやると、木杯に口をつけているイザークが目に入った。

焚き火の灯にちらちらと照らされるのは、野性味を感じさせる精悍《せいかん》な顔立ちだ。西方地域には珍しい浅黒い肌に、見事な黒毛皮の襟巻きで首元を飾り、漆黒《しっこく》の軍衣を外套《がいとう》の下に秘めて悠々《ゆうゆう》と酒を飲む。

王城の大広間にいても違和感がないだろう姿は、つい昨日まで炎の向こうにいた異形《いぎょう》の王子とまったく異なる。垣間見《かいまみ》てしまった〈赤い猛禽〉の心を思いだし、なんとなくうつむくと、天幕の向こうから木盆を手にした外套姿の団員が近づいてきた。

文官風の容貌《ようぼう》に細い目の青年は、キントハイト国騎士団の副団長ユミルだ。

足を止めて立礼《りつれい》したユミルは、倒木に腰かけたイザークに捜索結果を報告する。ガウェインのその後の動向については昼間の段階で、洞窟から出たことは確認されていた。発見された足跡は北に向かったとの情報に、イザークは顎《あご》をなでて考えこむ。

千谷山の北側は勾配《こうばい》の厳しい南側に比べてなだらかで、峡谷のある緩《ゆる》やかな斜面が扇状《おうぎ》に広がる。入り組んだ地形は天然の要害として、十五年前の〈制裁〉では攻防の拠点となった。現在も残されている城塞《じょうさい》や砦の跡は、祖国の復興をはかる旧ギレンゼン国の残党をはじめ、大規模な野盗団の潜伏場所となることもある。

報告を終えたユミルは木盆の食事をニナが座る倒木に置いた。疲労している身体に急な食事は負担だとの判断で、保護直後は少量の薄い麦粥《むぎがゆ》だけだったが、今度はチーズと肉厚の鶏肉が入った見るからに濃厚な一品だ。

細やかな対応に恐縮するニナだが、じっと見おろしてくるユミルの視線に気づき、木桶に浸した足をもぞもぞさせる。

西方地域杯での第二競技の際、ニナの左足首に容赦《ようしゃ》のない強打を落としたのはこのユミルだ。戦闘競技会という場では当然の行為だが、底冷えするような細い目は、思い返しても背筋が寒くなるほど怖かった。

そんなニナをしげしげと観察し、ユミルはほうと溜息をつく。

「……大樹の洞に隠れていたなんて、あなた本当に妖精だったんですね。わたしあのとき、金髪さんへの嫌がらせのつもりで言ったんですが」

妖精、と首をかしげたニナに、ユミルは曖昧《あいまい》に微笑《ほほえ》んだ。

凍傷《とうしよう》になりかけた足の加温はつづけ、寝るまえには薬湯を届けがてら医療班が再診すること。騎士団の予備品である短弓と矢を用意した旨《むね》を告げ、過不足があれば遠慮《えんりよ》なく申し出るようにと伝えた。

思わぬ言葉を聞いたニナの目が輝く。

西方地域杯のさい、キントハイト国騎士団ではさまざまな武器を習得し、短弓や長弓などの弓類も例外ではないと教えられてはいたけれど。戦う牙を欠いては騎士として不安だろう、と口添えしたイザークに向きなおり、ニナはあらためて頭をさげる。

「あの、なにからなにまで手厚い配慮を、本当にありがとうございます。他国の騎士団員に過ぎないわたしに、こんなに良くしていただいて、却《かえ》って申しわけない気が」

「なにを言う。硬化銀製武器の件は戦闘競技会制度を遵守《じゆんしゆ》するため、またキントハイト国の安寧《あんねい》を考えても放置できぬ重大事案だ。ガウェインにその大剣を渡した〈連中〉の正体や密造の証拠がつかめるなら、破石王の名を捨てても釣りがくる。猛禽から子兎を助ける騎士を気取るのも悪くないし、それにこれで仏頂面《ぶつちようづら》の〈狼〉に貸し一つだ。どう返してもらうか、いまから楽しみでならん」

イザークは軽く鼻を鳴らした。

ニナの膝に置かれたままの銀の書筒に目をやると、含みを込めた声で告げる。

「……まあ、礼をするならおれじゃなく、この書筒を届けた男にしてやれ。おまえの盾──誠意と言葉をつくすより、恋人ならではの行動の方が喜びそうだが」

「おまえの盾って……あ、あの、リヒトさんですか？　リヒトさんがゼンメル団長の手紙を？」

唐突《とうとつ》に報された恋人の動向。声をうわずらせたニナに、イザークはそうだ、とうなずいて言葉をつづける。

「砦に到着したのは昨日の昼だ。ガウェイン討伐のためにガルム国軍と山を捜索する途中で離脱し、ゼンメル団長に指示された近道を走ってきたらしい。不在が露見《ろけん》するまえに帰還しなければならんと、返書を受けとるなり出立《しゅったつ》した。その近道はかつてギレンゼン国軍が奇襲に利用した、崖《がけ》やら尾根やらを越える悪路でな。ろくな休憩もなく駆けたせいか心労が限界か、まあかなりの〈色男〉になっていた」

薄く笑い、どこか楽しそうにユミルと視線を交わす。

リヒトさんが、とその名を口にしたニナの胸が切なく痛んだ。本当だったらあの場で駆けよりたかった、谷の対岸で必死に叫んでいた姿が心によぎる。

あれからのリヒトがどんな過程を経て使者の任を受けたのかはわからないが、イザークが団長ゼンメルの手紙から自分を発見するに至ったなら、それは前提となるリヒトの行動があったからだ。ガルム国兵の目を盗み、狭隘《きょうあい》な山系でも悪路だという道を休息もなく走るなど、気を張った困難な試みだったろう。

知らないところで助けてくれていた恋人の、朗《ほが》らかな声音《こわね》や甘い微笑みを思い浮かべ、ニナの指が自然と膝の上の書筒にのびる。冷たい銀製の筒を、ほんの昨日まで触れていただろう愛《いと》おしい名残《なごり》を探すように、なんどもなでた。

そんなニナに対し、ユミルは冷めるまえにと食事を促した。食べながらでいいので拉致《らち》されてからの詳細な経緯を説明してほしい、と請《こ》われ、ニナは目尻に溜まったものを急いでぬぐう。

書筒をイザークに返し、お腹に沁《し》みる濃厚な麦粥を口にしつつ、語りはじめたニナだったが――

「――寝てしまったか。ゼンメル団長へ弓を使って情報を伝えたなど、ちょうど面白いところだったがな。状況を考えれば無理もないが、それにしても無防備なものだ。大樹の洞で見つけたときは、血まみれで身を固くし、追い詰められた小動物さながらの姿だったが」

イザークは苦笑をもらす。

転がった食器を脇にどけ、木桶《きおけ》から投げ出された小さな足を外套《がいとう》の裾《すそ》でくるむ。毛皮の襟巻《えりま》きをはずすと、丸くなって寝息をたてるニナの首元にかけてやった。

たった一人で〈赤い猛禽〉との同行を余儀《よぎ》なくされた、およそ十日間の緊張状態から解放され、蓄積していた疲労が一気に出たのだろうか。食事をとりながら道中の経緯を説明していたニナは、ゼンメルに弓を射たくだりで目を閉じ、そのまま崩れるように眠ってしまった。

月の明るい冬夜《ふゆよ》。焚《た》き火《び》が浮かび上がらせる横顔には、左目に近い頬《ほお》の横に太刀傷《たちきず》が赤く刻まれ、殴《なぐ》られた痕なのか薄茶色に変色した箇所《かしょ》が複数ある。

痛々しい痣《あざ》になんとなく触れたイザークは、なにかに気づいたふうに目をみはった。興味深そうな表情で肌をつつく姿に、地図に視線を落としていたユミルが眉《まゆ》をひそめる。

「……さっきからなにをやってるんですか。ご自分の人相と体格と両者の年齢差を考えてくださいよ。絵的に犯罪なんでやめてもらえます？」

「いや、麗《うるわ》しいご婦人方の皮膚《ひふ》とはあまりにちがうと思ってな。ふっくりと滑らかで、実に新鮮な感触だ。それにしてもここまで無警戒だと〈遊び心〉が騒ぐ。昼間の姿を見るかぎり、見た目は子兎《こうさぎ》でも最後の最後まで地に膝をつかぬ誇り高い獣だろう。猛禽の懐《ふところ》から生還した一点をもっても希少価値がある。なあ、奴に殺されたことにして、こっそり持ち帰るのはどうだ？」

「どうだじゃないですよ。あの金髪の彼、昨日の様子じゃ地下世界まで探しに来ますよ。無節操《むせっそう》に手を出す〈花〉の件でも前々から注意してますが、私的な面倒ごとは騎士団の管《かん》轄外《かつがい》です。ちなみにいちおう聞きますが、お持ち帰りしてどうするんですか？」

じっとりとした声でたずねられ、イザークは片眉をあげた。

足元で眠るニナをあらためて見おろす。

あどけなく開いた桜貝の唇や、血管が青く透ける華奢《きゃしゃ》な手首を無遠慮に眺め、あっけらかんとした口調で答えた。

「そうだな。無邪気な子兎のうちは頭をなでて可愛《かわい》がる。警戒心をもつようになれば〈食う〉のもやぶさかではないが……やはり薄いな。外套姿でこれでは、どこから味わえばいいのか見当もつかん」

「絵的だけじゃなくて頭の中身も犯罪でしたね。あなたの場合、本気と冗談の境目が曖昧だから厄介《やっかい》なんですよ。なにしろ普段の素行が素行なので。急ぎの書類に団長印をもらうために我ら団員がどれほど苦労しているか。仮にも〈獅子の王冠《レーヴェ・クローネ》〉を戴《いただ》く正騎士《せいきし》が夜の王都をうろうろと、赤毛の子爵夫人の邸宅にも黒髪の未亡人の家にもいない、ならば銀髪か栗毛かとさまよい――」

「……もろもろおれが悪かった。夜間の外出はせめて行き先を告げるよう心がける。遊び心はこれくらいにして本題に入るか。猛禽を誘い出した〈連中〉とやら、〈竜〉の尻尾《しっぽ》につながると思うか？」

わかりやすく話をそらされ、ユミルは細い目をさらに細めた。
けれど不埒《ふらち》な軽口に付き合わされるのも疲れたのだろう。誤魔化《ごまか》されてあげますよ、という顔で地図を見る。

ギレンゼン地方が描かれた地図には、ニナの証言をもとに推定されたガウェインと〈連中〉の合流場所と、そこに至るまでの進路が幾《いく》つか記されている。

千谷山を入るまえの猟師《りょうし》小屋で彼女が目にしたという地図の情報は、制裁時の略号で示されていたうえ短時間の視認という事情もあり、残念ながら詳細な場所を特定するには不十分だが。

「猛禽が目指しているのは位置的には旧ギレンゼン地方の東側にあたるので、我が国でなくクロッツ国の領土内です。鑑定を依頼した件《くだん》の大剣が同国の隊商からの強奪品だった経緯を考えると、猛禽の目的地としても辻褄《つじつま》は合います。しかしその強奪品の持ち主を裏付けるのは、討伐《とうばつ》した野盗の証言のみです。品物の機密性を考慮すれば、密造の首謀者《しゅぼうしゃ》がクロッツ国の隊商を装《よそお》い荷を運んでいた、という場合も否定できません」

ユミルは地図に記載された丸印を指先で示し、そのまますっと北側に動かした。ギレンゼン地方から山脈を越えた地には、地図の上半分を悠々《ゆうゆう》と支配する、大国バルトラムの領土が不吉に広がっている。

「バルトラム国は行軍許可状にまつわる一件で当時の国王を失い、怒りと悲しみを氷の凍土《どうど》で眠らせた巨大な〈竜〉です。現在の戦闘競技会制度に不満を持つとされ、それゆえの硬化銀の隠し鉱脈の疑惑です。合流場所も隊商の件も、クロッツ国が隠れ蓑《みの》にされている可能性もあります。いずれにしてもガウェインの身柄はもちろん、猟師小屋の遺留物と地図の破片も回収したいですね」

「身持ちの固すぎる女は興ざめだが、ある程度は焦らされた方が〈竜〉の身も美味《うま》くなるか。しかしその〈連中〉がバルトラム国のものだとて、妙にまどろっこしいことをすると思わんか。硬化銀製武器を密造して戦闘競技会で使用する、あるいは裏で販売して利益をあげる。おれは前者だと考えていたが、今回の件を大局的に見ると様相がずいぶんと変わる。猛禽のように国の施政からあぶれたものを囲いこみ、硬化銀製武器を与えてさせる〈なにか〉が、競技場でやる遊戯《ゆうぎ》とは思えん」

「国家連合《リントヴルム》の三百年の歴史において、戦闘競技会制度の矛盾に泣いた国は少なからずあります。制度に翼をもがれた騎士も、猛禽一匹ではありませんしね」

西方地域のなかで名実ともに最強の誉《ほま》れ高いキントハイト国騎士団。歴代と比較しても傑出《けっしゅつ》した武勇を誇る団長と、切れ者との評判が高い副団長は黙りこんだ。

山頂からの夜風に焚き火が揺らめく。

燎原《りょうげん》の炎に似た赤い輝きが胸の奥で不穏にざわめいた。眠れる北の竜と国境を接するキントハイト国の民が、乾いた北風を感じるたびに心のどこかで嗅《か》ぎとる戦塵《せんじん》の香り。

イザークは小さく息を吐く。

甘い麦酒《ビール》に似た味の蜂蜜酒《はちみつしゅ》を、漠然《ばくぜん》とした焦燥《しょうそう》感とともに飲み干した。

「まあとりあえずは〈黒い狩人《シュバルツ・イェーガー》〉の仕事だな。捕らえた〈赤い猛禽〉の歌はさぞ耳に心地いいだろう。医療班の見立て次第では王都に搬送することになろうが、むざむざと地下世界には旅立たせん。千谷山のこちら側に迷い込んだ以上、無駄に饒舌《じょうぜつ》な猛禽の兄王子も好き勝手に手は出せない。むろん、〈出させる〉つもりもないが――」

そこまで言ったとき、ニナが不意にくしゃみをした。

気づけば夜は深まり、積雪に彩られた山中は吐いた息が氷の結晶になるほど寒い。イザークは近くの歩哨《ほしょう》に声をかけ、眠るニナをそのまま天幕に運ばせる。明日の段取りについてユミルと最終確認し、終わったところで立ちあがった。

居住まいを正して西の星空を見あげると、立礼して目を閉じる。

不敵な狩人《かりゆうど》にそぐわない敬虔《けいけん》な姿に、ユミルは軽く苦笑して言った。

「王太子殿下に捧げる祈りですか。そういえば王都を出立するまえにご挨拶《あいさつ》した折り、お風邪《かぜ》を召されていましたね」

「国王陛下をはじめキントハイト国王家は蒲柳《ほりゆう》の質だ。今年は雪が遅く幸いに暖冬だが、年若く身体《からだ》が完成していない王太子殿下には堪《こた》えるだろう。回復され、お心安く過ごされていればいいが」

「……ご婦人方にも同程度の殊勝《しゆしよう》さを見せれば、無駄な揉《も》め事《ごと》が半分になるんですけどね」

ぼそりともらされた声に、なにか言ったか、とイザークが問う。

副団長ユミルは線のような目を弓なりにさせて、慇懃《いんぎん》に首をふった。

◇◇◇

千谷山の北側。扇状に広がる緩《ゆる》やかな斜面を闊歩《かつぽ》する騎馬の上で、ニナは手綱《たづな》を操る団長イザークの腹に背後から腕をまわしている。ようやく乾いた自前の防具をまとい、背には予備品の矢筒《やづつ》と短弓《たんきゅう》をさげ、細い首元には防寒用にと貸し出された黒毛皮の襟巻きが揺れている。

外套や甲冑《かっちゅう》を通しても伝わるのは、騎士として羨望《せんぼう》すら覚える強靱《きょうじん》な体軀《たいく》の感覚。ニナはガルム国に入った当日、団長ゼンメルの馬に相乗りしたことをなんとなく思いだす。あのときは十日ののちに、キントハイト国領土内で団長イザークの馬に乗せてもらう状況になるとはまさかに思わなかった。

いまさらだが〈赤い猛禽〉ことガウェインも、かつてはガルム国騎士団長だった男だ。騎乗こそ共にしなかったが、荷物袋に入れられ小脇に抱えて運ばれた。境遇と年齢と人柄。同じ役職ながらあまりに様相がちがう三人の団長との不思議な縁を実感しつつ、ニナはイザークとの会話をつづける。

「――えと、つまりガルム国は逃亡したガウェイン王子が自国の罪を喧伝《けんでん》することを恐れ、誰かと接触するまえに処分しようと、行軍許可状を認めずにリーリエ国軍の派遣を拒否した、ということですか」

「おそらくはな。いくらリーリエ国騎士団が精強とは言っても、たかが数十人では対応が限られる。まして土地勘のない異国の地だ。数千単位の軍隊ならば部隊を分け、リーリエ国騎士団が気づかぬうちに、発見したガウェインをおまえもろとも処分することも可能だ」

肩越しに振りかえり、イザークは不穏に笑う。

千谷山の峡谷《きょうこく》で対岸から弓射されたときを思い返したニナは、幾本かの矢が自分に向かってきたことを考えた。

あのときは遠距離と谷風にまかれた偶然だと判断したが、ガルム国は実は、ニナをも標的にしていたのだろうか。遅まきながら戦慄《せんりつ》に唾《つば》をのむ。けれど察知していたら気を取られて弓筋に影響した可能性もあるので、逆に良かったのかも知れない。

ニナは少し考えると、遠慮《えんりょ》がちにたずねる。

「あの、でも国家連合が禁止したのは〈戦争〉です。わたしのことは抜きにしても、たとえば異国で襲われた自国の民の救出とか、要人が行動する際の護衛とか。そういう場合にもどうしてわざわざ、行軍許可状が必要なのでしょうか」

「理屈ではそうなんです。ですが〈戦争〉の定義は、まったく腹立たしいほど曖昧《あいまい》ですからね」

隊列を組んだ騎士団の中央付近。馬を並べていた副団長ユミルが答えた。

腹立たしいと告げたとおり、特徴の薄い文官風の顔立ちには皮肉な表情が浮かんでいる。

「国王が一人の兵を伴《ともな》って他国に入っても軍事侵攻とは見られません。ですがそれが十人だったらどうなのか。百人なら千人なら。九千九百九十九人はお咎《とが》めなしで、一万人ならば戦争と判断されるのか。不確定な認識のもと、実際に悲劇が起こったので」

「悲劇……ですか？」

「とある大国の国王が、内乱の起こった小国に助けを求められたんです。心優しい国王は快諾《かいだく》して軍隊を派遣しましたが、いざ国に到着しても争いの気配はなく、それどころか小国は大国の軍事侵攻だと騒ぎたてた。表面的な事実は〈大国の軍隊が小国に攻め入った〉ですからね。小国の訴えを聞いた国家連合は制裁を決断し、大国の王は失意のうちに自死を選びました」

「自死……」

「真実は大国の反体制派と組んだ小国の計略で、幸いにも制裁前に判明し、大国は滅亡の危機を逃れました。当該国《とうがいこく》以外には喜劇ですね。無為に国王を奪われた大国はそれ以来、国家連合と距離を置いています。そこで国家連合の法務部が考えたのが行軍許可状の制度です。なんらかの正当事由に依り一定数以上の軍隊が他国に侵入する場合は、当該国の王族の許可を得ること。面倒ではありますが、余計な悲喜劇を二度とくり返さないための措《そ》置《ち》ですね」

　どこか突き放した説明に、ニナは眉《まゆ》をよせて考えこむ。

たしかに実際、戦争の構成要件を問われても明確に回答できる自信はない。同じ軍隊の侵入でも、侵略の意図を外見から判断することは難しいし、ましてその代償が国家連合の制裁とあっては、多少の手間や負担は甘受《かんじゅ》すべきなのかもしれない。

けれど同時に不安にもなった。キントハイト国がもしガルム国に行軍許可状を出したら、ガルム国軍はガウェイン討伐を正当事由に、国境を越えても自国と同様に軍隊を動かせるということだ。

イザークは団長ゼンメルの要請に応じ、国家騎士団として協力を約束してくれたが、ガイゼリッヒ王子が直接、キントハイト国王家に働きかける可能性はないのだろうか。今回の治安維持活動は新人騎士の訓練として組まれたため、団員と主力である正騎士の半数は王都の守備に残し、見習い扱いで同行させたものを含めた数はおよそ二百人と聞いた。十倍にあたる二千のガルム国軍が自由に行動できるようになったら、リーリエ国騎士団が寡《か》兵《へい》で苦労したのと同様の状況になるのではないだろうか。

心配になって質問すると、イザークは少しおどろき、琥珀《こはく》の目をふっと細めた。

「子兎《こうさぎ》は臆病ゆえに知恵がまわるか。悪くない指摘だが、その心配はとりあえず無用だ。滅多《めった》に着ない上品な服も、時と場合によっては役に立つ。国家騎士団の団長ではなくこのおれ、〈イザーク〉の名をもって約束しよう」

「イザークの名をもって……？」

「それよりもおまえはどうする。猛禽が怖ければ後方に控えていてもかまわない。ああ、もちろん護衛の騎士もつけるぞ？」

思わぬ言葉に、ニナはあわてて首を横にふった。

「えと、お心遣いはありがたいですが、短弓も貸していただいたし、お邪魔でなければ参加させてください。リーリエ国騎士団の騎士として、ガウェイン王子は生きて捕らえるべきだと思います。それに……」

脳裏《のうり》に浮かぶのは心の奥底に触れられ、激高の雄叫《おたけ》びをあげたガウェインの姿。〈赤い猛禽〉ではなく、ガルム国の王子としての。

うまく言えないけれど、このままガウェインが死んでしまうのも、〈連中〉のもとでふたたび利用されるのもちがうと思う。同情のみがあるわけでなく、必要があれば自身の罪に対して処罰されるべきだろう。だけどそれでも——

不自然に黙りこんだニナの姿になにを感じたのか。ふーんと興味深そうに鼻を鳴らしたイザークが、不意に馬首の方を向く。

隊列の先頭から駆けてきたのは哨戒《しょうかい》の騎士。

ガウェインを発見したとの報告を受けたイザークは大きくうなずいた。雪がまばらに積もった樹林帯の先。重苦しい曇天《どんてん》が覆《おお》いかぶさる赤茶色の峡谷を遠望して言う。

「戦場に立つなら子兎といえど自己責任だ。せっかく拾ったんだし、死なぬ程度にやってくれ。さて、それでは猛獣狩りをはじめるか」


千谷山の北側。緩やかな勾配《こうばい》の斜面がつづく峡谷の、険しい谷沿いにそそりたつ城塞《じょうさい》。

かつての〈制裁〉で使用されたギレンゼン国の防衛拠点は、敗戦時の陥落《かんらく》と経年劣化で損傷が進み、断崖《だんがい》そのものを利用して造られた威容《いよう》は昔日《せきじつ》の半分程度しか現存していない。

屋根の飛んだ主塔や朽《く》ちた防壁、内部が剝《む》き出《だ》しになった居館らしき建物が、亡国の民の無念のごとく谷風にその身をさらしている。

正門跡らしい半壊した壁のあいだをニナが通ったとき、すでに小さな塔の周囲をキントハイト国騎士団員が包囲していた。

過去の制裁時の記憶から、昨日の時点でガウェインの居場所をある程度予測したイザークは、騎士団を複数の部隊に分けて追跡。発見するなり断続的な攻撃をしかけ、確実な捕獲のため、逃走経路を断てる城塞へと誘いこんだ。

誘導した先遣隊から現状報告を受けたイザークは、すかさず指示を出す。立礼《りつれい》を返して散っていく漆黒《しっこく》の軍衣の団員たちは、戦闘競技会のときと同様、狩人《かりゅうど》の命令にしたがう忠実な猟犬だ。

イザークが到着するまでの足止めとして、ガウェインと交戦中の部隊もいるのか、小塔の方からは獣じみた雄叫びと怒号が聞こえてくる。防壁の基礎が迷路のごとく入り組んだ内部を進んでしばらく、小塔の入り口に近づいたところで、先を歩くイザークが不意に大剣を抜いた。

背後でずん、と地響きがする。

はっと振りかえると石畳《いしだたみ》にめり込むようにして、ガウェインが巨体を屈ませていた。

「！」

殺戮《さつりく》を予感させる赤い髪が砂塵《さじん》に流れる。

イザークはとくに動揺《どうよう》を見せず、小塔の上階から声をあげた団員たちに、大丈夫だというふうに片手をふった。上手《うま》く追いこんだものの、屋上から飛ばれてしまったらしい。抜けられたら足を止めるよう、イザークはニナに言いつける。うなずいて借り物の短弓を手にしたのを確認すると、どこか楽しそうに鼻を鳴らした。

「〈赤い猛禽〉には天駆ける翼があったか。これは忘れていた我が騎士団の失態だ。久しいなガウェイン。いつぞやの西方地域杯ぶりか？」

気安い問いかけにガウェインは答えない。

血まみれの外套《がいとう》をまとった巨軀《きょく》を激しく上下させ、荒い呼吸を吐く。ぬうと立ちあがると、濁《にご》った目が赤く輝いた。

イザークは大剣を無造作《むぞうさ》にかまえる。

「子兎から聞いたが、おまえもガルム国もずいぶんと不味《まず》い餌《えさ》を食っていたらしいな。罪で肥《こ》えた鳥は料理するしかない。だが過去の所業もおまえを逃がした〈連中〉とやらのことも、素直に歌うというなら鉄格子《てつごうし》の鳥籠《とりかご》を用意するぞ？」

ガウェインは不自然に身体《からだ》をゆらした。

頭部を前方に突き出した姿勢で腕をだらりとさげ、大剣をからからと引きずり近づいてくる。

ニナの全身が戦慄に総毛立《そうけだ》った。

ぎごちない身動きに異様な気配。肉食獣の被毛《ひもう》のごとき赤い髪を振り乱し、奇怪に裂けた口からは涎《よだれ》が卑《いや》しく滴《したた》っている。自我はあるのか己が何者かわかっているのか。昨日の時点ではたしかに人の心の欠片《かけら》を感じた姿が、いまは異形《いぎょう》の化物にしか見えない。

あるいは矢傷の悪い熱が、すでに身体の奥底までも侵しているのだろう。尋常《じんじょう》ならざる雰囲気《ふんいき》に、イザークは微《かす》かに眉をよせる。けれど一筋縄《ひとすじなわ》ではいかなそうな獲物に、〈黒い狩人〉としての本能が刺激されたか、口の端をあげて不敵に笑った。

「おれのことがわからんか？　まあいい。獣との対話は、言葉よりもこっちだろう！」

声を放つなり地を蹴《け》ると、猛獣さながらに咆哮《ほうこう》をあげたガウェインに斬《き》りかかる。

短弓《たんきゅう》のにぎりを強くつかみ、ニナは息をつめて二人の攻防を見やった。

破石王《はせきおう》としてのイザークの強さは西方地域杯での対戦で思い知らされたが、間近で観戦するとその剣技は、見惚《みほ》れるばかりに圧倒的だ。

腕力ならば巨軀を誇るガウェインに分があるのは明白なものの、兄ロルフと対戦した際も笑う余裕があったように、荒ぶる化物と等しき猛禽を相手にしてなおイザークには危なげがない。骨をも粉砕《ふんさい》する強撃を紙一重《かみひとえ》で交わし、下段から大剣を振り抜いたかと思うと、後方に飛んで足首を打ちにかかる。

優秀な騎士を輩出《はいしゅつ》する村に生まれ、国家騎士団員として公式競技会に参加するようになり半年余り。己がいままで見たなかでまちがいなく一の騎士だろう、獣の反射神経をも凌駕《りょうが》する動き。

状況も忘れて感嘆《かんたん》の吐息をもらしたニナの目の前で、イザークは突進してきたガウェインの頭に足をかけて跳躍する。

くるりと回転したいきおいでガウェインの右腕を切り裂き、片膝をついて着地した。

利《き》き手の自由を奪うための一撃は、角度も深さも完璧《かんぺき》だったが――

「！」

腕から血しぶきをあげながら、しかしガウェインは気にするでもなくイザークに向きなおる。

すでに痛みを判断する感覚さえ失われたのだろう。目を赤く光らせた異相には負傷への怒りの色さえない。ただ目先の相手を倒すことにのみ執心する姿に、唖然《あぜん》としたイザークの動きがわずかに遅れた。

距離をつめられ上段から振るわれた一撃を剣で受ける。

イザークはち、と舌打ちした。

「その身の嗜虐《しぎゃく》性に自身が食われたか、それとも同胞《どうほう》の矢で人としての意識を奪われたか。忌《い》まわしい猛禽の末路としては、ふさわしくも哀れだな！」

暴風のごときガウェインの勢いに押されるまま数合。激しく交わされる刀身に火花と金属音が散り――そして。

「！」

悲鳴のような高音が弾ける。

中央から真っ二つに折れたイザークの剣先が、回転しながら上空へと飛んだ。

ほぼ同時、武器を失った破石王の頭部に鋭い一閃《いっせん》がくだされる。身を沈めて交わしたイザークは、瞬時に脱いだ外套でガウェインの視界を奪うと、折れた剣の根元を小塔の壁に突き刺した。振り子のごとく反動をつけて跳躍し、上階の窓枠《まどわく》に手をかける。

下方で咆哮をあげたガウェインを見おろし、イザークは琥珀色の目を輝かせた。

「はは。本物だ。鋼《はがね》の大剣がかち割られた。奴の得物《えもの》はまさしく硬化銀の大剣じゃないか。これはすごいぞ。愛《いと》しい猛禽が咥《くわ》えてきたとびきり上等の土産《みやげ》だなあユミル！」

いつからそこにいたのか、屋上から顔を出した副団長ユミルが冷ややかな表情でイザークを見やる。

喜んでる場合じゃないでしょう、と呆《あき》れ、自身の大剣を屋上から落とした。互いの距離も考えも了解しているのだろう。一瞥《いちべつ》すらせず腕を掲《かか》げたイザークの手のなかに、大剣の柄が収まったとき、轟音《ごうおん》がひびいて小塔が揺れる。

ニナは思わず口をあけていた。

届かぬ獲物に焦れたのか、ガウェインが小塔の壁を激しく殴打《おうだ》している。劣化した石壁は理性を失った猛禽の強力に呆気《あっけ》なく壊され、均衡を欠いた小さな塔は音を立てて崩れはじめた。

誰の声なのか退避、との指示が飛び、もうとあがった土煙がニナを包む。

「！」

地震のごとき震動と峡谷《きょうこく》にこだまする轟音。

足をもつれさせて倒れたニナの耳に、覚えのある雄叫びが付近で聞こえた。イザークたちの所在は不明だが、ともかくはこの場を離れた方がよさそうだ。身を起こしたニナは短弓を手にしたまま走り出す。

壊れた防壁が石柱のように残る一帯を通り、何度目かの角を曲がった。土煙が薄白く残る視界の悪さに、後ろを振りかえりながら進んでいたニナの身体が、横手から来た人影と出会い頭《がしら》にぶつかる。

崩落に巻きこまれ逃げてきたキントハイト国騎士団員かと、すみません、とあわてて謝ったが。

「……リヒトさん」

小さな唇からもれたその名前。

驚愕《きょうがく》に丸くなった青海色《あおうみ》の目と、ひゅっと鳴った喉《のど》。次第に晴れていく白い煙のなかで、懐かしい金髪が輝いた。

「……ニ……ナ……？」

掠《かす》れた声はたしかに愛おしい恋人のもの。

唐突《とうとつ》すぎる再会にただ互いを見つめる。

時が止まり世界からすべてが消えた。長靴《ちょうか》のひびきも騎士たちの怒声も、先ほどより遠くで聞こえる猛禽の咆哮も、なにもかもが曖昧《あいまい》に過ぎ去っていく。

ニナはリヒトさん、ともういちど口にした。

力なく首を横にふる。

土煙で汚れた小作りな面立《おもだ》ちには、喜びではなく、いまにも泣き出しそうな表情が浮かんでいて。

「リヒトさん、なんで、そんな……」

目の前のリヒトはぼろぼろだった。

長毛種の猫に似た金髪は艶《つや》を失い、新緑色の目の下には黒々とした隈《くま》。骨が浮き出るほどやつれた相貌《そうぼう》に、皮膚《ひふ》は乾き、口元には薄く無精髭《ぶしょうひげ》が生えている。睡眠も食事も満足にとっていないのだろう。すらりとした長身は一回り細くなり、そのくせ眼光だけはぎらぎらと、果てなき荒野をさまよう獣のようだ。

耐えきれずに顔をゆがめ、ニナは目を潤ませる。

あまりに痛ましい姿に言葉が出ない。ヘルフォルト城の控室で別れておよそ十日。峡谷の対岸で遠く姿を確認してから三日。道もわからぬ広大な異国の地で野天に飛び立った猛禽を追うなど、どれほどの困難があったのか。喪失《そうしつ》の傷を抱える心を、どれほど苦しませたのか。

わたしのせいで。わたしのために。

奥歯を嚙《か》んで見あげてくるニナの頰《ほお》に、リヒトの手がのばされる。

小刻みにゆれる指先が肌に触れた。その体温をたしかに感じ、けれどそれでも頼りない声でたずねる。

「ニナ……本物？」

「はい、はい、リヒトさん」

「うそじゃない？　本当にニナ？　おれ、だまされてない？」

「わたしです。ちゃんとわたしですリヒトさん。ニナです。ごめんなさい。本当にごめんなさい。わたし、みなさんに迷惑をかけて。リヒトさんにそんなに、心配させてしまって」

涙声で告げたその顔を、リヒトは両手で包みこんだ。

ニナ、ニナ、とくり返し名を呼びながら、鼻先から口元をぎごちなくたどる。呼吸を確認しているのだと察したニナの目から、あふれた涙が幾粒《いくつぶ》もこぼれた。

弧を描いた温かな筋を親指でぬぐい、リヒトの手がニナの後頭部にまわる。たしかめさせて、と吐息まじりの声がもれた。

うなじに触れた指に力が入り、ニナがえっと思ったときには、リヒトの唇が自分のそれにかさなっていた。

「!」

小さな身体がおどろきに跳ねる。

声をあげかけ、緩《ゆる》んだ唇に乗じたように、リヒトは口づけを深くした。

ニナは一気に混乱する。反射的にリヒトの胸を押すが、頭を持ちあげる形で両手に包まれ、つま先立ちの足では力が入らない。長身で覆《おお》いかぶさり顔をかたむけ、ただひたむきに熱を分け合う。鼻と鼻がぶつかり、無精髭がざらりと肌をこすった。生々しさと息苦しさにニナはきつく目をつぶる。

拳《こぶし》をにぎった小さな手から力が抜けていく。持っていた短弓はとうに足元に落ちている。対応も抵抗も諦めたニナに、リヒトは思いのたけをぶつけた。いちど離れても終わらない。角度を変えてより深く。

ニナの頭のなかは放心状態だ。なにがなんだかわからない。息継ぎができず目尻に涙がたまった。全身が不思議なほど痺《しび》れ、早鐘を打つ心臓の音だけが聞こえる。

そうしてどれほどの時間がたったのか。

柔らかい水音とともに唇が解放され、ニナはおそるおそる目をあけた。この状況にはそぐわないだろう、子供じみた情けない表情をして見あげると、リヒトはにこりと笑った。

新緑色の目を細めて幸せそうに。

とろけるような甘い声でニナ、と名を呼び、そして――

「え？　ちょ、リヒトさん！」

唐突に倒れてきた身体《からだ》に、ニナはあわてて腕をのばす。

けれど体格差を思えば支えきれるはずがない。数秒ともたずに膝が折れ、そのまま後方に尻もちをついた。

痛みに呻《うめ》いた顔の横にはリヒトの頭。憔悴《しょうすい》しきった様子を考えると、再会したことで緊張の糸が切れたのだろうか。必死に呼びかけるが、昏倒《こんとう》した恋人は答えない。誰かを呼んできた方が、と周囲に向けられたニナの目が、近くの防壁のそばに立つ漆黒《しっこく》の軍衣の集団を見つける。

え、と硬直すると、屈強な風体《ふうてい》の男たちが気まずそうに視線をそらした。その中央には頬をかいている団長イザークと、空を眺めている副団長ユミルの姿もある。

いつからそこに――いったいどこから見ていて。

ニナの全身が気の毒なほど赤くなった。

羞恥《しゅうち》と動揺《どうよう》で手足がふるえる。なんでもいいから逃げたいけれど、のしかかるリヒトの身体が重くて身動きがとれない。健《すこ》やかな寝息が耳をくすぐった。されたことと現在の状況。意識もなにもかも手放したいのは、むしろ自分の方ではないのか。

唇を引き結び、ニナは涙目で下を向く。

いまにも消え入りそうな姿に、イザークは隣のユミルを肘でつついた。ユミルは嫌な顔をする。なんでわたしが、というふうに鼻で息を吐いたが、やがて一言。

「──まああれですね。前回に引きつづき今回も、胸焼けしそうな甘い酒の肴《さかな》を、どうもありがとうございました？」

昏倒したリヒトはその後、キントハイト国騎士団により運ばれた。

物言いたげな、けれど口に出してはなにも告げない異国の騎士たちの微妙な視線にさらされ、ニナは目をつぶって首をふる。いろいろな意味で自分の知識を越えていたし、いまだによく理解できない。考えるのはあとにして精神の安定のために、先ほどの出来事を一時的に頭から追いだした。

小塔の倒壊にまぎれて姿を消したガウェインを追跡するため、イザークが副団長ユミルに指示を出す。黒衣の騎士たちが長靴を鳴らして散開するなか、小さいの、と覚えのある呼び名が聞こえた。

はっと正門付近に顔を向けると、片手をあげて走ってくるトフェルと、黒髪をなびかせる兄ロルフの姿が見える。ニナは表情を輝かせた。やっと会えた。困らされても憎めない悪戯妖精《ニュンフェ》と、大好きな兄。

胸をいっぱいにした嬉しさのまま駆けよると、トフェルは長い腕が届くなりニナを脇のあいだに抱えこむ。黒髪をぐしゃぐしゃにかき回し、手間かけさせやがって、こんな新鮮さはいらねーんだよ、と舌打ちされ、ニナは泣き笑いの顔でうなずいた。

それにしてもリヒトをはじめ、彼らはどうしてこの城塞《じょうさい》に来たのだろう。耳を引っ張られ鼻をつままれながらたずねると、トフェルはもういちどニナの頭をかき混ぜて答える。

使者となったリヒトよりイザークの返書を受けとったリーリエ国騎士団は、ガルム国の捜索を可能なかぎり妨害《ぼうがい》し、ガウェインが国境を越えるのを助け、待ち構えるキントハイト国騎士団の捕獲に任せる、という方針をたてた。

制裁時の経験から土地勘がある団長ゼンメルは、抜け道や近道の情報を求めたガイゼリッヒ王子に対し、山頂から遠ざかる洞窟《どうくつ》や迷いやすい隘路《あいろ》をあえて教えて時間を稼《かせ》いだ。キントハイト国への協力要請を気取られぬよう、表面的にはあくまで寡兵《かへい》にて必死に団員を探す騎士団を装《よそお》い。ヴェルナーらは山中に広く展開すると、それらしい焚《た》き火《び》の形跡をつくり偽《にせ》の目撃情報を流しては、部隊の注意を攪乱《かくらん》した。

そうしてじっと時を待ち、千谷山の北側からガウェイン発見の狼煙《のろし》をようやく確認したが、本来なら時間をおいてひそかに離脱するはずが、合図を見るなりリヒトが捜索部隊から飛び出してしまったとのこと。

次第を聞き終えたニナはうつむいた。

イザークからだいたいの状況は教えられてはいたが、いまさらながら自分一人のために、騎士団に迷惑をかけたのだと痛感した。もとはといえば〈赤い猛禽〉への警戒態勢のさなか、不用意に単独行動をしたのが原因だ。ガウェインを助けると決めた一件にしても、いくら騎士団の役目だと判断したとはいえ、本来ならば団長に裁可を求めるべき重要事案だ。

ニナは乱された髪をととのえると、姿勢を正して感謝と謝罪の意をのべた。トフェルにつづいて兄ロルフに視線をうつし、同じく腰を折るが、再会してから押し黙ったままの兄は反応しない。

「あの……兄さま？」

声をかけると、騎士人形のごとき均整のとれた肩が我に返ったふうに動いた。いや、と短く答えた秀麗《しゅうれい》な顔にはいつもの仏頂面《ぶっちょうづら》。

想定外の別離からの久しぶりの再会であっても、平素と少しも変わらない。泰然《たいぜん》とした兄の態度にわずかな寂しさと、それを上回る尊敬を覚えたニナだが、伏せられた己と同じ青海《あおうみ》色の目には怒りの感情が揺らめいている気がする。

そんなロルフの姿に意味ありげな苦笑を浮かべたイザークが、不意に表情を曇らせた。立たせたふうな黒い短髪を面倒そうにかく。

「子兎《こうさぎ》しか見えない金髪は、やはりうちの騎士団なら砂時計一反転以内に軍衣を脱がせて退団処分だな。あの〈色男〉ぶりでは無理もない部分もあるが……まあ仕方ない。赤い猛禽ならぬ赤い雄鶏《おんどり》のお追従《ついしょう》は、すでに聞き飽きているが」

その言葉に一行が視線をやったのと、騎馬の一群が城塞前に到着したのはほぼ同時だった。

甲高《かんだか》い馬のいななきが飛び、艶やかな赤い髪をなびかせた男がひらりと下馬する。朽《く》ちかけた城塞にはいかにも不釣り合いな、丈長のブリオーに毛皮で縁取りされた上着をまとったガルム国の王子ガイゼリッヒは、困惑の表情であたりを見まわした。

不意に駆けだしたリーリエ国騎士の姿に、まさかガウェインが発見されたかと急ぎあとを追ってきた。旧ギレンゼン地方に城塞や砦《とりで》が残存するのは耳にしていたが、土煙の気配が残る物々しい空気も、慌ただしく行き来する黒衣の騎士たちも、まるで十五年まえの制裁時を見ているかのごとき感覚だ。

護衛の兵に周囲を守らせつつ、怖々《こわごわ》といった様子で正門から内部に入ってまもなく、ガイゼリッヒは崩壊した小塔付近に集まる人影を見て足を止める。南側の山中で捜索活動をしていたリーリエ国騎士団員と、諸国に冠たるキントハイト国の破石王《はせきおう》イザーク、そして彼らに囲まれて立つ小さな姿は――

「！」

猛禽に似た黄色い目が大きく見ひらかれた。

貴公子然とした容貌が瞬時に強《こわ》ばり、肌から血の気が引いていく。この世にあってはならない存在が――消したかった少女が、ここにいるはずもない相手となぜ。わずかに揺れた細身の身体を、背後にたたずむ陰気な雰囲気《ふんいき》のガルム国騎士団長がさりげなく支えた。

そんなガイゼリッヒに対し、イザークは悠々《ゆうゆう》と立礼する。これはまたさらなる賓客《ひんきゃく》が、とうそぶくと、形式的な挨拶《あいさつ》を述べてから城塞を見わたした。

「雪中訓練をかねて野盗団の定期駆除《くじょ》に来たんだが、猛禽にさらわれた子兎を偶然に保護してな。話はいろいろと聞いたが、なんとも一言では説明できぬ複雑な事態じゃないか。しかも子兎の保護者が駆けつけ、風雪とは無縁の王城で温《ぬく》まっている貴公の登場など、まったく実に〈面白い〉」

薄く笑われ、ガイゼリッヒの視線がせわしなく動いた。

誰がどこまで、なにを知っているのか。油断なく探る卑《いや》しい眼差《まなざ》しは、まさにガルム国章に描かれた双頭の鷲《わし》の片割れだ。

いまにも雪がちらつきそうな極寒にあり、傷一つないその手は嫌な汗をかいている。けれど狡猾《こうかつ》な知恵と流暢《りゅうちょう》な弁舌《べんぜつ》で、父国王も家臣たちをも煙《けむ》に巻いてきた男は、内心の動揺を隠して典雅《てんが》な微笑《ほほえ》みを浮かべた。

自身の武器でこの場を切り抜けるべく、胸に手をあてて一礼する。

「あまりの奇跡をこの目に、しばし言葉を失っておりました。なんと……おおなんとすばらしい果報《かほう》か。勇敢《ゆうかん》なる〈少年騎士〉にはその雄々《おお》しさにふさわしき破石王の助けがもたらされる。無力な己を顧《かえり》みては恥じ、慈悲《じひ》深きマーテルの御心に感謝の念を抱くほかありません」

大仰《おおぎょう》な前説をはじまりに、ガイゼリッヒは朗々《ろうろう》と語りだす。

キントハイト国の迅速《じんそく》な対応と協力に感謝し、ニナの無事を涙ながらに喜んだ。弟に対する国としての管理態勢の不備を心から詫《わ》び、救出の遅れを謝罪しながらも、国家連合の規定や手がかりの乏《とぼ》しい状況下での捜索の困難さに、言葉をつくして理解を求めた。太刀《たち》傷《きず》の生々しいニナの顔を見やると、道中の困苦を思い眉《まゆ》をよせて、弟の非道を口汚く罵《ののし》った。年頃の娘心にまで配慮《はいりょ》し、ガルム国王家専属の医師の診察はむろん、金銭的な補償まで口にした。

ガルム国の暗い思惑は、すでにほとんど明らかになっている。

この状況下でなお滑らかに体裁《ていさい》をととのえるその舌に、非難するまえに気勢をそがれたふうな一同の前で、ガイゼリッヒは片膝を折った。

高雅な上着が石塊《せっかい》と土混じりの大地に流れる。艶《つや》めく赤い髪が汚れるのにもかまわず頭《こうべ》をたれ、身を低くしてニナを見あげた。

「身体の傷はもとよりなれど、わたしは貴女《あなた》の心が案じられてなりません。弟ガウェインは己の罪を顧みず、祖国たるガルム国を憎悪しています。恐怖と絶望に彩られた道中において、あるいは益体《やくたい》もない戯言《ざれごと》を弄《ろう》し、無垢《むく》な貴女を惑わせたのではないかと。この先の健《すこ》やかなる夜のために、すべては獣が紡《つむ》いだ悪夢だと忘れることを、切に願うばかりです」

ニナははっきりと息をのんだ。

声音《こわね》こそ丁寧《ていねい》であくまでもこちらに配慮した内容だが、よくかみ砕《くだ》けば遠回しの恫喝《どうかつ》に聞こえた。ガウェインが語っただろう、ガルム国にとって都合の悪い〈戯言〉を口外すれば、今後のニナに平穏な夜は訪れないのだと。

——この人はきっと、わたしが〈知っている〉と察しています。それでもやっぱりこれからも、国の罪を〈赤い猛禽〉ただ一人の責任にして、取り繕《つくろ》うつもりなのですか。

頭をさげつづける異国の王子に、ニナは小さな手で拳《こぶし》をつくる。

ヘルフォルト城で騎士団を出迎えたのと同様に、一国の王族が村娘に膝を折ることさえ、おそらくは真摯《しんし》を装うための道具だ。自国の保身と将来ゆえに、計略を駆使してニナを犠《ぎ》牲《せい》にしてでも、後ろ暗い秘密を伏せようとした。

それは王女ベアトリスが言った通り、ある意味では〈仕方がない〉ことなのだろう。どんな国も騎士団も、正義のみに在るわけではない。難しい責任や立場とは無縁の、自分程度が口出しする権利はなく、もっともらしい嘘が事実を覆《おお》い隠して、不合理をのみ込む必要があるのも承知していて——だけどそれでは、あの心が。

薄暗い洞窟《どうくつ》のなかでほんのわずかに垣間見《かいまみ》た、人としてのガウェインの欠片《かけら》を思い浮かべ、ニナは迷った末に口をひらいた。

「あの、どうかお立ちくださいガイゼリッヒ王子殿下。ガウェイン王子を古城から逃亡させたのは別の国のものです。ガルム国に責任はありません。幸いに大きな怪我《けが》もなく、みなさまのお蔭《かげ》で助けられました。謝罪も補償も必要ありません。ですが一つだけ、質問をお許し願えますか？」

「質問？　ええ、もちろんです。不甲斐《ふがい》ないわたしをご寛恕《かんじょ》いただけた、勇敢のみならずマーテルのごときお優しい〈少年騎士〉の望みとあれば、なんなりと」

「……ガイゼリッヒ王子殿下、あなたやガルム国の方々は、ガウェイン王子がなぜ〈赤い猛禽〉になったのか……そのことを、ご存じなのでしょうか？」

かなりの間をあけ、ガイゼリッヒは怪訝《けげん》な顔で眉をよせた。

質問と聞いて内心で身がまえたが、あまりに予想外の内容だったのだろう。しかもまったくの意味不明で、答える価値があるとも思えない。

所詮《しょせん》は村育ちの小娘だと内心で笑い、宥《なだ》めるごとくやんわりと目を細めた。

「なったのではありません。奴は生まれついての猛禽です。なにしろ弟は年端《としは》もいかぬ幼少時、母王妃の小鳥をにぎり殺したのですから。生来の残忍な性質が目覚めたか、それからは殊更《ことさら》に女官や小姓《こしょう》を苛《さいな》むようになりました。ああお可哀想《かわいそう》に。お心を乱されるほど怖い思いをされたのですね――」

ニナは唇をきつく結んで下を向いた。

おそらく無理だとは覚悟していたけれど、それでも問わずにいられなかった。血をわけた兄弟として、ほんの少しでも伝わるものはなかったかと。

だけどこの兄王子にとって、ガウェインはやはり〈赤い猛禽〉だったのだ。異相を忌《い》まれて見向きもされず、それゆえに恐怖を手段として、絶対的な強さを利用される道を選んだ彼の心を知らない。

やり方は肯定できないけれど、ある意味では騎士として国を守っていた弟王子を、ただの血に飢《う》えた化物としか見なかった。認められるための手段であった粗暴な行為を、それが目的だと信じて疑わなかった。きっと本人も気づいていなかった、畏怖《いふ》されることで自身の存在意義を確認していた、おぞましくも哀しい〈赤い猛禽〉の心を。

力なく伏せられた青海色の目など一瞥《いちべつ》すらくれず、ガイゼリッヒは立ちあがった。

赤い髪と上着を丁寧にととのえ、イザークに向きなおって微笑みかける。

「それにしても、ここでお会いできたのはまさしく僥倖《ぎようこう》です。キントハイト国王の即位記念式典で歓談したとき、冬期はギレンゼン地方で治安維持活動をおこなうと耳にしてはいましたが、でなければ遙《はる》か西の王都まで馬を走らせねばなりませんでした。貴方さまが忠誠を誓われる利発な王太子殿下の安寧《あんねい》のためにも、獰猛《どうもう》な〈赤い猛禽〉は一刻も早く打ちとる必要がありましょう」

憂《うれ》いをこめて告げ、雪が積もった千谷山の山頂部を仰《あお》ぎ見た。

「ガルム国軍およそ二千名を国境付近に待機させております。許可状を受け取り次第、弟王子ガウェインの討伐《とうばつ》にかかりますので、キントハイト国騎士団の皆さまはどうぞ退避を。

ああ、奴の居所についてはこちらの騎士団長が話を伺《うかが》いましょう。リーリエ国の方々は行方《ゆくえ》不明の団員も発見されたことですし、もはやこの地にいる理由も――」

「……たいそうまわる舌だとむしろ感心さえするが、勝手に話を進められては困るな。貴公の頭のなかのおれは、いったいどこの間抜けな狩人だ。よほど物わかりよく脚色されているが、おれはガルム国に行軍許可状を出すなど一言も告げていない。というか断る」

「ないのではと思い……は？」

「猛禽はこちらで捕まえる。いまは少々機嫌を損《そこ》ねているが、うちの医療班は優秀だ。面白い獲物を拾った希少な猛禽には、生きたままさえずってもらいたい。王家専属の医師でも古今東西の貴重な薬を使っても、必ず歌えるようにしてみせる」

延々とつづく弁舌をさえぎり、イザークはそっけない声で言う。

貴公こそ怪我をするまえに退避されよ、剣帯《けんおび》の飾りでは役に立たんぞ、とたたみかけられ、ガイゼリッヒは明らかに動揺《どうよう》した。

予想外の返答にただ狼狽《ろうばい》する。自国に侵入した他国の罪人を捕縛《ほばく》するのは稀《まれ》にあることだが、相手は〈赤い猛禽〉たるガウェインだ。過去の親善競技で騎士の命を奪われた団員が出たとおり、いかにキントハイト国騎士団が精強でも少なからず被害は出る。動員できる場所にガルム国軍が待機している以上、任せる方が容易だ。蒔《ま》いた種は自国で刈り取るという、国の道理としても筋は立つ。

いやしかし、ああいや、そのような、と首を横にふり、ガイゼリッヒは訴える。

「お言葉なれど、なれどわかりかねます。他国に逃亡した罪人の追捕は、国家連合が行軍許可状の要件に求める正当事由にあたり、貴方さまには承認できる権限がある。拒否される明確な根拠がありません。ましてガウェインは我が国の王子です。他国の手を借りて捕まえるなど、それではガルム国の面目が」

「そちらに王家の面目があるなら、こちらにも騎士団長としての面子《めんつ》がある。西方地域を慈《いつく》しむ麗《うるわ》しきマーテルを抱く破石王《はせきおう》が、懐《ふところ》に飛び込んだ猛禽を、なぜむざむざお喋《しゃべ》りな腐《ふ》肉鳥《にくちょう》にくれてやらねばならん」

イザークはそう言って肩をすくめる。

「それにおれは許可状を出せる〈王族〉といっても、国王陛下の寵姫《ちょうき》となった姉の御子が王太子となり、そのついでで王家の端に名をつらねる成り上がりだ。国権に関わると増長だ図に乗るなと、煩《うるさ》い貴族連中に睨《にら》まれる。どうしても許可状が欲しくば、王都の陛下に直接裁可をもらってくれ。道案内と護衛の騎士くらいはつけてやってもいい」

傍《かたわ》らで成り行きを見守っていたニナは、ぽかんとした顔で王族、とくり返す。

日常的に王子王女と接しているので、ある程度は麻痺《まひ》しているが、それでもやはり目を丸くする類《たぐい》のことだ。庶子《しょし》のリヒト同様、こちらもまた複雑そうな事情だが、甥《おい》が王太子殿下ならば次代の国王の叔父ということで、じゅうぶんに王族なのではないだろうか。

城塞《じょうさい》に向かう馬の上で、騎士団長ではなく〈イザーク〉の名にかけてキントハイト王家に心配はいらないと断言したのは、こういう意味だったのだ。それによく考えたら、団長ゼンメルがイザークに宛《あ》てた手紙は革紐で括《くく》られていたのではなく、銀製の書筒に収められていた。団舎で連絡役貴族が、リーリエ国王からの手紙を届ける際に使用される、特別な貴人専用の書類入れに。

自分の注意力のなさをひそかに実感したニナの目の前で、ガイゼリッヒは蒼白になった。まるで自身が団長ゼンメルに告げたごとき完璧《かんぺき》な拒絶を受け、武器たる舌が動かない。

数十名程度の手勢ならば慣例的に入国そのものは認められるだろう。けれど安全圏である崖《がけ》の対岸からの一方的な弓射ではなく、ガウェインと直接対峙《たいじ》して〈処分〉することは、その程度の寡兵ではとうてい不可能だ。

ガイゼリッヒが形式ではなく脱力感から膝をついたとき、主塔の裏の方から指笛が聞こえた。

ガウェインを発見したとの報せに、ロルフが獲物の気配を察した狼のごとく走り出す。イザークが付近の団員とそれにつづき、トフェルはもたもたと移動をはじめたニナを小脇に抱えてあとを追った。

自分たちが自由を制限された国家連合の規定で、今度はその相手が行動を制約される。身勝手を極めたガルム国の関与を公的に断ち、妨害《ぼうがい》されることなく〈赤い猛禽〉を捕獲できると確信した彼らは、座りこんだ主君をじっと見おろした、ガルム国騎士団長の表情に気づかなかった。


険しい峡谷《きょうこく》の地形を利用してつくられた旧ギレンゼン国の城塞。制裁での陥落《かんらく》時に損壊し、山肌そのものと同化したごとき防衛拠点の、天駆ける飛龍の発着場を思わせる中層階の物見台《ものみだい》。

バルコニー状に谷側に突き出た、弓射用の狭間窓《はざままど》に囲まれた一角に巨大な騎士を追いつめたのは、〈黒い狩人〉の異名を持つ破石王と、気高い被毛《ひもう》に似た黒髪をなびかせた〈隻眼の狼《アイン・ヴォルフ》〉。

ここで確実に拘束《こうそく》するため、副団長ユミルに率《ひき》いられたキントハイト国騎士団員が周囲を警戒する。ニナは物見台に通じる入り口付近にトフェルとともに立ち、不測の事態にそなえて短弓《たんきゅう》を手に待機した。

赤い髪を逆立たせて獣じみた唸《うな》り声をあげるガウェインに対峙し、大剣を抜いたロルフがイザークより一歩前に出る。

まなじりをつり上げて猛禽を睨んだロルフの横顔に、イザークは背後のニナをちらりとうかがった。

仕方ないといった表情で肩をすくめる。

「……今回は譲《ゆず》るか。おまえもそうとう我慢したんだろうしな。奴の得物《えもの》を落とすのは任せる。これで貸し一つ——いいや、〈子兎《こうさぎ》の命の恩人〉を入れたら二つだ。しっかり覚えておけよ？」

口の端をあげたイザークに見向きもせず、ロルフは大剣を上段にかまえる。応じたイザークが身を低くし、二人は示しあわせたように同時に気合いを放つと、地を蹴《け》って猛禽に襲いかかった。

雄叫びをあげたガウェインの赤い髪と、濃紺《のうこん》の軍衣と漆黒《しっこく》の軍衣が谷風にひるがえる。

二対一と有利な状況ではあるが、硬度に不利のある武器と殺さずに捕獲するとの枷《かせ》。また正気を失ったガウェインの五感は研《と》ぎ澄まされ、本能そのものの反射神経は、二人の騎士の俊敏性と遊び心をも凌駕《りょうが》する。

四肢《しし》を地について飛び上がり、ありえない高さから打ちおろされた強撃が、石造りの物見台に放射状の裂け目をはしらせた。猛《たけ》る嵐のごとく突進し、骨をも粉砕《ふんさい》するだろう巨大な拳《こぶし》を振りまわすと、皮膚《ひふ》が痺《しび》れるほどの咆哮《ほうこう》を放って威嚇《いかく》する。丸太のごとき足でロルフの腹を蹴って転がし、イザークの大剣を大剣で押さえると、鉄槌《てっつい》を思わせる頭突きで地に沈めた。

その身を案じるのも失礼ながら、それでもやはり大丈夫だろうか。借り物の短弓をにぎりしめ、ただ帰趨《きすう》を見守るニナの目の前で、しかし次第にガウェインの動きは鈍くなる。

気づけば灰色の物見台は鮮血で赤黒く染まっていた。ニナはようやく兄とイザークが、攻撃を受けながらも腕や足の筋を断ち、薄皮をはぐように機動力を奪っていたのだと知る。

足取りがぎごちなくなったのを確認したイザークは頃合いだと思ったか、屈んだ姿勢でガウェインの懐《ふところ》に飛びこむと、大剣を横にすべらせて両の脚を薙《な》いだ。長靴《ちょうか》が金属音を弾けさせ、ぐらりと身体《からだ》を揺らしたガウェインの右腕を、すでに距離を詰めていたロルフがすり抜けながら打つ。

掌《てのひら》から離れた硬化銀の大剣が回転しながら宙を舞い、目ざとく跳ねたトフェルが長い腕をのばしてつかまえた。

それを合図とし、金属製の網《あみ》を掲《かか》げたキントハイト国騎士団が、副団長ユミルの指示でいっせいにガウェインに駆けよる。

ざっと網が投げられ、猛々《たけだけ》しい巨体がその向こうに消えた。周囲から歓声があがり、ニナはほっと肩の緊張を抜く。ようやくこれで終わるのだと――自分だけではなくガウェインにとっても、なにかが決着するのかも知れないと思った、そのとき。

「！」

追いつめられた獣の最後の悪あがきか、ガウェインが突如として暴れ出す。猛々しい唸り声をあげ、四肢を拘束《こうそく》する枷をもろともせず、両腕を振りまわしその頭を床に打ちつけた。

団員たちが怯《ひる》んだ隙《すき》をついて走り出すと、物見台を囲む柵《さく》に体当たりする。狭間窓のある柵の一部が崩れ、音を立てて谷底へと落ちた。

急行しようとしたロルフの前の床に、深く大きな亀裂が入る。このままでは物見台そのものが崩落する恐れがあると、振りかえったイザークが団員たちを後退させた次の瞬間、緋色《ひいろ》の軍衣が視界の隅を駆け抜けた。

その場にいた全員の視線が、まさかというふうに向けられる。

どこに隠れていたのか――いつのまに近づいていたのか。

突如としてあらわれたガルム国騎士団長は、暴れるガウェインに飛びかかる。もみ合いながら壊れた柵のあいだに迫る姿に、ニナはとっさに背中の矢羽根に手をのばした。

弓弦《ゆんづる》が鳴ったのと二人が空中へ身を躍らせたのは、ほぼ同時。軍衣の裾《すそ》を縫《ぬ》い止められ、一瞬だけ止まったように見えた巨大な影は、しかしすぐに視界から消え去った。

静寂が落ちた物見台に冷たい谷風が吹く。

残されたのは柵に突き刺さった矢が射ぬいたサーコートの一部。血で汚れ無残にすり切れた国章の赤が、ただ虚《むな》しくはためいていた。

◇◇◇

峡谷に雪が舞い落ちる。

ふわりふわり、天から散ってくる羽のごとき白が、赤茶色の山肌を静かに染めていく。優しく、そしてすべてを覆《おお》いつくす雪空を見あげ、ニナは青海《あおうみ》色の目を眩《まぶ》しげに細めた。

城塞から少し離れた谷の前。フードからのぞく黒髪と首元の襟巻《えりま》きを、雪をはらんだ谷風がさらった。

重苦しい雲の向こうで太陽が西の端に迫りつつある夕刻。風音だけが支配する峡谷をぼんやり眺めていると、なにもかもが夢だったような気がした。この十日間のことも、谷底に消えたガウェインのことも。

あれから――。

城塞の物見台から転落したガウェインとガルム国騎士団長を探すべく、キントハイト国は副団長ユミルの指示で、すぐさま崖下に団員を走らせた。

ときを同じくして千谷山の南側で捜索活動をしていた団長ゼンメルらが合流する。ガルム国への妨害工作と余計な疑念を生じさせないため、小部隊に分かれて行動していた彼らは山麓《さんろく》近くまで散開していたらしく、ヴェルナーや王女ベアトリスらはまだ姿を見せていない。

無事の再会を喜ぶまもなく、団長ゼンメルはキントハイト国騎士団長イザーク、ならびにガルム国王子ガイゼリッヒから、城塞の主塔にて事態の説明と報告を受けた。

弟王子とガルム国騎士団長の落下につき、ガイゼリッヒは露骨《ろこつ》に勝ち誇った微笑《ほほえ》みを浮かべていた。知らされた直後は放心し、騒然としたキントハイト国騎士団の姿に事実だと確信するや、慇懃《いんぎん》の仮面が外れるほど口元をつり上げた。黄色い目を輝かせ、おおなんと、なんとこれは、と歓喜に身体を痙攣《けいれん》させる。興奮のあとは一転、女神マーテルの気高い采《さい》配《はい》は無力な我らの人知を越え――と、活力を取り戻した弁舌《べんぜつ》は尽きることがなかった。

忌《い》まわしい悪業の報いだと弟を切り捨て、身を捧げて責務を果たした騎士団長を、人々の安寧《あんねい》に殉《じゅん》じたガルム国の至宝だと賞賛する。当事者として同席したニナは、長広舌《ちょうこうぜつ》にうんざりしたゼンメルの求めに応じ、拉致《らち》されてからの経過を話した。

その過程では行路や暴力はもちろん、ガウェインの言葉として、オルペの街騎士団の一件やガルム国の過去の外交政策、古城からの脱出を手引きした〈連中〉の詳細まですべて語った。控え目ながらもはっきりと自国の罪に言及したニナに、けれどガイゼリッヒは顔色一つ変えなかった。

内容を裏付ける物証などなく、あるのはニナの言葉だけで、発言者であるガウェイン自身も失われている。弟がつまらぬ虚言を弄《ろう》したとあらためて謝罪され、ニナがゼンメルを射たことを引き合いに出し、極限状態で心身に異常をきたし幻聴を耳にしたのではとまで心配された。本当に聞いたのだと主張しても、大丈夫ですよ、お可哀想《かわいそう》に、と取り合わなかった。その態度から察するに、おそらくは都合の悪い証拠の類《たぐい》は完璧《かんぺき》に処分していて、文字通りガウェイン自体が、ガルム国の罪の証《あかし》だったのだろう。

ただ嘘のなかにも真実はあった。ガイゼリッヒは逃亡に関与した〈連中〉にはまったく心当たりがなく、血眼《ちまなこ》になって捜索をしていた経緯を鑑《かんが》みても、それについては疑う余地がなかった。

ガウェインが所持していた硬化銀製の大剣についても、腰の剣帯《けんおび》が装飾でしかないガイゼリッヒにはその重大性が理解できない。そういえば今年の硬化銀の相場は高騰《こうとう》して、と見当外れな答えを返され、ゼンメルは白髭《しらひげ》をなでて溜息をついた。

崖下を捜索していた副団長ユミルが途中経過を報告しにきたのを機に、ゼンメルはニナを下がらせた。益のない場にいるよりは休息した方がいいとの判断で、城塞を出たニナはリヒトが休んでいる天幕を目指したが、なんとなく思いついて谷の方に足を向ける。

崖縁に立ちガウェインが落下した物見台のあたりを見ているうちに雪が降ってきた。そのままぼんやりと、雪交じりの谷風に身を任せていたのだが。

ニナは舞い散る白に手をのばした。

小さな手のひらに落ちた美しい雪は、けれどすぐに溶けて消える。それを眺めていた青海色の目が、力なく伏せられた。

――まるで、わたしがやろうとしたことみたいです。

国を守る国家騎士団として、ガルム国の罪を知り〈連中〉とつながるガウェインを、死なせてはならないと判断した。自分の未熟さは承知ながら、それでも精一杯で行動して、けれど結局ガウェインはなにも語ることなく谷底へ去った。

下を流れる川がようやく見える程度の、あの高所から落下して無事なはずはない。〈赤い猛禽〉は倒れた。ガルム国騎士団長もろとも――おそらくは自国の罪を闇に葬《ほうむ》るために身を捧げた騎士ともども、この世から旅立った。

過去の残虐《ざんぎやく》行為を考えれば、その死自体に同情する気持ちにはなれない。耳にして目にして、現在も後遺症を抱える女騎士の存在も知っている。幾多《いくた》の騎士の未来を無辜《むこ》に奪った〈赤い猛禽〉の、だけどその最期について、ニナの心には悲しみに近い後悔《こうかい》がたしかにあった。

長い旅路の過程で、自分はもっとちがった対応をすべきではなかったのか。もう少し早い段階で彼の心に目を向けていたら。生まれついての獣ではなく、獣になったのだと考えられていたら。互いにとって少しでも望ましい、いまとは別の現実になっていたのではないかと。

結果的にだがガウェインは、ニナが話を求めてからは暴力をふるっていない。怯《おび》えた姿そのもので嗜虐《しぎやく》性が満たされる、心までもが恐ろしい猛禽なのだとあのときは思った。実際の彼はニナの恐怖で、自身の価値を確認していて、それにいま考えたら硬化銀製武器に気づいてたずねたとき、ガウェインは奇妙な反応をしなかったろうか。まるで人として言葉をかけられること自体におどろき、戸惑っていたかのように。

ならば王女ベアトリスへの執拗《しつよう》な求婚も、あるいはそれに起因していたのかもしれない。西方地域杯の前夜祭で女官に無体をはたらいたガウェインを、ベアトリスは王族としての道理を説《と》いて諫《いさ》めたと聞いた。〈金の百合《ゴルト・リーリエ》〉としての美貌《びぼう》が目的ではなく、己をガルム国の王子として当然に扱ったベアトリスを、意識しないままに欲したのだろうか。

存在を認められるために恐怖を求め、結果として〈赤い猛禽〉となり、忌まわしい恫喝《どうかつ》手段として国を支えていた異相の王子。そんなガウェインを罪と共に捨て去り、ガルム国は誰に咎《とが》められることなく在りつづける。

〈連中〉の正体も不明なまま、残された硬化銀製の大剣から出所を探れる保証もない。志《こころざし》だけは高く持ち、騎士として正しい選択だと信じて、結局はなにもなしえなかった。難しい国の施政や国家連合の矛盾《むじゅん》や、圧倒的に敵《かな》わない〈なにか〉のまえに、ニナはやはり翻弄《ほんろう》されるだけの案山子《かかし》だ。対等な存在でありたいと、リーリエ国騎士団の騎士だと胸を張れる自分になりたいのに、実際のニナの手はあまりに小さい。

ニナは外套《がいとう》のポケットから赤い布切れを取り出した。

物見台で自身の矢が射ぬいた、ガウェインの軍衣の破片。持っていても意味はないと承知して、でも捨てられずに手にした。ちっぽけな自分が救えた、たった一つのもの。

鼻の奥がつんと痛くなる。

涙を堪《こら》えるように緋色の端切《はぎ》れを強くにぎったニナに、背後から声がかけられた。

「ここで泣くと涙が凍《こお》るぞ。西方地域でも千谷山から先の気候は、北方地域とそう変わらん。それにギレンゼン地方の風は、〈見える神〉に滅ぼされた亡国の民の悲しい叫びだ。

猛禽から生き延びた強者《つわもの》に胸をかすのは誉《ほま》れだが、残念ながら煩《うるさ》いこぶがついてる」

はっとして振りむくと、すぐ後ろに団長イザークと、兄ロルフの姿がある。

ニナは目尻に溜まったものをぬぐい、軍衣の破片を急いでポケットにしまった。話し合いが終わったのかたずねると、イザークは城塞《じょうさい》の方を一瞥《いちべつ》して肩をすくめる。

崖下《がけした》を調べたキントハイト国騎士団から、転落した二人の姿が断崖《だんがい》に引っかかっている形跡はないとの報告を受け、確実に谷底に落ちたと安心したのだろう。ガイゼリッヒ王子はリーリエ国騎士団の帰国の段取りと、発見されるだろう遺体の搬送方法を相談すると、慇懃な挨拶《あいさつ》を述べてさっさと城塞をあとにしたらしい。天候の悪化から日没を待たずに捜索は打ち切られ、副団長ユミルと団長ゼンメルが、明日からの対応について協議しているとのことだった。

ニナは千谷山を遠く見あげた。

逃げ去った双頭の鷲《わし》の片割れに、これで本当に終わりだと溜息をつく。

イザークに向きなおると、姿勢を正して頭をさげた。重苦しい心のまま、山中で保護してもらってからの対応にあらためて感謝を伝え、過分な協力をいただきながら結局は無駄骨となってしまったことを謝罪した。

悄然《しょうぜん》とした様子のニナを眺め、イザークは口の端をあげてにやりと笑う。

「子兎《こうさぎ》は意外と傲慢《ごうまん》だな。男がすべて自分のために動くと思うなど、金髪によほど甘やかされているのか。おれは別におまえの願いで猛禽の捕獲を決めたのではない。硬化銀製武器の密造は戦闘競技会制度を覆《くつがえ》す危険性をはらんでいる。あくまでも火の島《イグニス・インスラ》の平和と、キントハイト国の安寧《あんねい》のために行動しただけだ」

「え、あ、あの、すみません、わたし……！」

「……あっさり動揺《どうよう》されると気が引けるな。まえの半分は冗談だぞ。個人的に〈面白い奴〉は好きだ。猛禽の餌《えさ》にくれてやるより、おれ自身の手で競技場にねじ伏せたい。必死の抵抗を存分に堪能《たんのう》し、その瞳が絶望に染まるのを見てからな。だいたい謝るならおれと、そこの無愛想な狼の方だろう」

イザークは立てた親指で背後のロルフを指し示す。

うつむく兄をちらりと見やったニナに対し、精悍《せいかん》な顔立ちにふと真剣な表情を浮かべた。琥珀《こはく》の目を真っ直ぐに向け、朗々《ろうろう》と低い声で告げる。

「あのガルム国騎士団長が、あそこまでするとは思わなかった。過去に対戦したが名を覚えるまでもない平凡な腕で、警戒する必要はないと過信していた。どちらの王子に殉じたのかは知らんが、奴もまた国を守る一人の騎士だと、考えなかったおれの責任だ。……すまなかった。おまえの努力に、騎士として報いることができなかった」

イザークは躊躇《ためら》いもせず頭をさげた。

思わぬ謝罪に、ニナは首を横にふる。

正気を失ったガウェインに対抗できたのは、きっとあの場でイザークと兄ロルフの二人だけだ。ガルム国騎士団長の行動については誰も想像していなかったし、追跡も捕獲の段取りも、〈赤い猛禽〉を生きたまま捕らえるという難題を実現するため、イザークが真剣に取り組んでいたのは知っている。

どう答えていいかわからず、落ちつきなく視線をさまよわせたニナの頭に、顔をあげたイザークはぽんと手をのせた。

苦笑をもらし、少し考えてから言う。

「ゼンメル団長ではないが、すべての物事に完璧《かんぺき》はない。失敗も成功もだ。ガルム国の赤い雄鶏……いや、腐肉鳥と呼ぶか。しばらくは良い夢を見させておけ。うちには底意地の悪い副団長がいてな。悪事の露見《ろけん》を免れたと高笑いの腐肉鳥に、もっとも効果的な報復をねちっこく企《たくら》んでいる」

「効果的な報復？」

「なに食わぬ平凡な顔をして、ユミルの嫌がらせ技術は一級品だ。貴族連中の誹謗中傷《ひぼうちゆうしよう》をその場では受け流し、横領だ不倫《ふりん》だのの証拠をつかんで暴露して、あとからしっかりと復《ふく》讐《しゅう》する。猛禽を逃がした〈連中〉については、たしかにその糸は切れた。だが完全には切れていない。なあニナ。おまえは奴らが目をつけたのが、ガウェインだけだという保証があると思うか？」

ニナはじっとイザークを見あげる。

異国の騎士団長は、静かにうなずいた。

「いまだおれにも確証はない。しかしガウェインの現状を調べ上げ、堅牢《けんろう》な古城から脱出させる手間までかけた。硬化銀製武器を密造しているだろう〈連中〉がガルム国、あるいは西方地域だけでなく火の島の別の地域で、第二、第三の猛禽を手なずけようとしているなら、その目的は単純な戦争ではない。〈見える神〉たる国家連合の玉座を根底から覆す、火の島を焦土と化した戦乱の再現だ」

「戦乱の……再現……」

ニナは声をうわずらせてくり返す。

まさかそんなことが、と即座に心が否定したが、西方地域杯で宿舎に見舞いに来てくれたとき、似たようなことを話していたのを思いだした。

足元の大地が不意に覚束《おぼつか》なくなった気がする。地中深くに眠る火山帯の熱がいまにも噴き出しそうな感覚に、不安にごくりと唾《つば》をのんだ。

そんなニナの頭を置いたままの手で軽くなで、イザークは安心させるように笑った。

「仮にそうだとしても、可能性がわかれば対処もできる。だからこそおまえの行動には価値がある。硬化銀製武器に気づかずガウェインに殺され、奴がまんまと〈連中〉のもとへ逃げ去っていたら、誰も知らぬ間に取り返しのつかぬ事態になっていただろう。目に見える成果がなくとも、恥じることはなにもない。おまえはその身に国を守る国家騎士団の騎士としての、たしかな勲章を得ている」

力強く断言し、イザークはふと横を向く。

いるのかいないのか、影のごとく無言で立ちつくす男に呆《あき》れた声をかけた。

「……他人のおれにここまで言わせて、おまえはまだだんまりか。用があるから誘いもしないのに、子兎を見つけたおれについてきたのだろう。我を忘れるほど激高しておいてなお仏頂面《ぶっちょうづら》では、伝わるものも伝わらん。これ以上語らせれば〈貸し〉が三つになるぞ。嫌ならさっさとなんとかしろ」

激高、との言葉に、ニナは意外な気持ちになる。

兄ロルフは常に泰然《たいぜん》とした騎士だ。シュバイン国との裁定競技会でも鬱々《うつうつ》とする団員たちに対し、平素の落ちつきを冷静に保っていた。ニナとの再会についてもトフェルのごとく喜びを見せず、むっつりと押し黙って——そこまで考えてはたと思いつく。

——やっぱり、兄さまは。

小塔の前で謝罪と感謝を述べた自分に対し、兄はそっけない返答だけで、その瞳には怒りの色があった気がする。イザークは過分な評価をしてくれたけれど、今回の件はもとはと言えば、自分の不用意な行動が原因だ。その前提となったシュバイン国との裁定競技会での一矢についても、兄をふくめ団員たちに、まだきちんと対応をしていない。

左目の傷についての認識や感情のすれ違いで、長くぎごちない関係だったことは記憶に新しい。叱責《しっせき》を受けるのも謝るのも早い方がいいと、ニナはイザークに水を向けられても無言の兄に、おずおずと歩みよった。

借り物の襟巻《えりま》きに口元を埋めて見あげると、ロルフは形のいい眉《まゆ》をひそめる。

谷風が雪とともに長い黒髪をさらった。

秀麗《しゅうれい》な容貌に厳しい表情を浮かべ、ロルフは不意に手をのばす。ニナの左目の下。頰《ほお》の横を薙《な》ぐような太刀傷《たちきず》に触れ、低い声でたずねた。

「これは、ガウェインか？」

「あ、えと、はい」

ニナは頼りない声で答える。

千谷山の洞窟《どうくつ》をさまよっていたとき、正気を失ったガウェインに左目を狙われ、くだされた一撃をかろうじて避けて負った傷だ。薄皮一枚を断った傷は、時間が経ち、赤く盛り上がった線状になっている。

自発痛は治まったが、目をつぶったり触られるとやはり痛い。本能的に嫌がったニナに気づき、ロルフは傷から手を離した。顎《あご》や額、いまだ殴《なぐ》られた痕が薄く残る顔を眺めると、筋が浮きでるほど拳《こぶし》をにぎる。

眉間《みけん》のしわを深くし、重々しい声で告げた。

「……見事だ。武器を失いたった一人で、猛禽と渡り合いなおその身を守った。困難な状況でも絶望に逃げず、己の意思を強く持ち、存在のすべてで実現に懸《か》けた。おれは騎士として、おまえの雄々《おお》しい勇気を称《たた》える」

「兄さま……」

「〈最後の皇帝〉に身を捧げた破石王《はせきおう》アルサウは、どれほど危険な目にあっても覚悟を貫いた。平和を希求する皇帝に殉《じゅん》じ、傷つき血を流しながら、相手の命ではなく命石《めいせき》のみを奪ったのだという。信じた役割を果たしたおまえの行動は、まさしくアルサウの子孫にふさわしい。果敢《かかん》にして誇り高い。そんな尊《とうと》きおまえに対し、このおれは――」

ロルフは唐突《とうとつ》に下を向いた。

ニナは困惑する。先ほどから少し様子がおかしい。雰囲気《ふんいき》から怒っていると思ったが、ならばなぜ自分を褒めてくれるのだろう。

身体《からだ》をかたむけて控え目に兄をのぞきこむと、目の前をなにかが零《こぼ》れ落ちた。雪かと思い、けれど表情を隠す黒髪のあいだから見えた光るものに、ニナは息をのんで目を丸くした。

兄が——兄ロルフが、泣いている。

硬質の青に輝く右目と獣傷に潰《つぶ》された左目。両の目から涙を零し、ロルフは声をしぼりだす。

「おれはおまえが奴に拉致《らち》されたと知ってから、ずっと考えていた。おまえは〈妹〉なのか〈騎士〉なのかと。競技場でない以上は妹だが、ガウェインはリーリエ国の敵だ。それに相対したおまえは、国家騎士団の騎士として立ち向かうのではないかと」

「妹ではなく騎士……」

「だがそれはこじつけだ。妹であれば奴の餌として無残に殺されている。騎士ならば生存の希望がある。おれはただおまえの強さに縋《すが》ることで、文字通りの〈狼〉に成り果てんとする己自身をおさえていた」

小刻みにふるえる肩を上下させ、ロルフは大きな息を吐く。

「発見を知らされ弓を射たと聞き、〈騎士〉であったおまえに歓喜した。これならば再会の可能性がある。よしんば殺されても、その遺志を支えに戦うことができると。おれはただおまえを騎士だと信じることで、この身を保ち両の足で立っていたのだ」

表情こそ険しく、しかし顎先からは涙を滴《したた》らせて。ロルフはぎりと奥歯を嚙《か》みしめると、ニナを真っ直ぐに見すえた。

「リーリエ国の一の騎士が、〈隻眼の狼〉が聞いて呆れる。勇敢《ゆうかん》に戦い抜いたおまえに対し、おれはなにもできなかった。兄として妹を守れず、騎士としてガウェインを取り逃がし、気高い意思を無為にした。己の無力に憤《いきどお》り恥じ、そしていまは無様《ぶざま》にも、おまえの無事に涙を流している。こんな不甲斐《ふがい》ないおれを、どうか許してくれ……ニナ」

風にさらわれた雪と涙が頰にかかる。

冷たくて、そしてとても温かい感触が胸を切なくし、ニナはゆっくり首をふった。

兄が無様だなんてことはない。自分が賞賛されるほど雄々しく果敢《かかん》で、アルサウの子孫として常に強かったわけでもない。

だって同じだ。必死に立っていたのはニナとて少しも変わらない。しっかりしなければと、がんばらねばと。自分一人だけなんだ、リーリエ国騎士団の騎士として、大切な人にもういちど会いたいから。でも本当は怖かった。ずっとずっと怖くて、絶望して諦めたときもあって。

ニナはくしゃりと顔をゆがませる。ぼろぼろと涙を流し、子供のように嗚咽《おえつ》をもらした。

小さな手が自然と兄へとのびる。怒られないだろうか。嫌がられないだろうか。細い指先がためらいに止まるまえに、ロルフの腕がニナのその身を抱きしめる。

胸のなかに深く抱えこみ、わななく頭に濡れた頰をおしつけた。兄さま、兄さま、としゃくりあげる妹に、かける言葉とてなく、ただ絡めた腕に力をこめる。

イザークは琥珀の目を楽しげに細め、抱擁《ほうよう》し合う兄妹を眺めている。

胸焼けしそうな甘い酒の肴《さかな》の次は、麗《うるわ》しい兄妹愛か、と苦笑したとき、舞い散る雪の向こうに金髪が輝いた。

天幕で目覚めてすぐに探しにきたのだろう。外套《がいとう》も忘れて走ってくるリヒトは、ニナを見つけて破顔《はがん》する。ニナ、ああいた、本当にいた、夢じゃなかった——笑顔を弾けさせたその後ろには、あわてて追いかけてきたふうの王女ベアトリスとオドの姿があった。

ベアトリスはニナを抱きしめるロルフに気づくと、どこかしみじみとした顔をする。傍《かたわ》らを見あげると、リヒトの冬用外套を手にしたオドはうなずき、いつも通りの優しい微笑《ほほえ》みを浮かべた。

帰国したガルム国の王子ガイゼリッヒは、峡谷《きょうこく》へ消えた弟王子ガウェインと同国騎士団長につき、諸外国への体面を重んじる対応をした。それぞれ病死と野盗討伐《とうばつ》での殉職《じゅんしょく》ということで、リーリエ国とキントハイト国と話をつけた。

あとは二人が発見されるのを待つだけだったが、騎士団長の遺体が一週間後に谷底の川から引き上げられたのに対し、ガウェインは半月たっても一カ月たっても見つからない。

再三にわたりキントハイト国に連絡役を送るものの、捜索を担当する副団長ユミルは、申しわけありませんすみませんこちらの力不足で、いえでも懸命にやってるんですがねえこの冬空の最中、の一点張り。

やむなく死体不在のまま病死の報を出しかけた矢先、ギレンゼン地方に不気味な噂《うわさ》が流れる。赤い髪を振り乱した巨大な騎士が出没し、村や隊商を襲うというのだ。

噂を聞きつけたガイゼリッヒは蒼白となる。まさかという思いと、あの化物ならばとの恐怖。ガウェインはガルム国の罪の生きた証拠だ。もし公《おおやけ》の場で不都合な事実を明かされたら、国も自身も取り返しのつかぬ窮地《きゅうち》に追いこまれる。

秘密の暴露に怯《おび》えたガイゼリッヒは、ただちに人をやって捜索したが、野天に羽ばたく猛禽の行方《ゆくえ》はようとしてわからない。そんな彼を嘲笑《あざわら》うかのごとく、赤い髪の巨大な騎士の目撃情報は西方地域はもとより、火の島のあらゆる地方でささやかれるようになった。

狡猾《こうかつ》な知恵と弁舌《べんぜつ》で他人は欺《あざむ》けても、自分自身の記憶からは逃れられない。

いつどこで誰の耳に。ガイゼリッヒは罪の露見に神経をとがらせ、柱の陰に己を糾弾《きゅうだん》する人々の幻影を見るようになり、その後の彼の夜に健《すこ》やかな眠りが訪れることはなかったらしい。

しかし実際ガウェインの遺体は、ガルム国騎士団長と同時に発見されていた。

流言を放ち似た風体《ふうてい》の偽物を各地に送りこみ、策を弄《ろう》して生存を装う。それらはすべて公的に裁かれることのないガルム国への、副団長ユミル発案によるささやかな報復だった。

ガウェインは罪も秘密もなにもかもを、その冷たい身体に抱き、祖国を見わたせる千谷山の頂上に埋葬されたのだという。

終章

枝の先にぶらさがる赤い果実。

距離はおよそ十歩ほど。命石《めいせき》に近い大きさの、今年初めてのプラムの小枝に矢尻を合わせ、ニナはつかんでいた矢羽根を離す。

弓弦《ゆんづる》が軽快に鳴った。ほぼ同時、果樹の下方でどさりと音がする。

弓をかまえた姿勢から耳に馴染《なじ》んだ風切音まで。しっかりと確認したリヒトは地面に落ちたプラムを拾った。季節は三月。早春らしく瑞々《みずみず》しい青さが残る果実には傷一つない。

リヒトはにこりと笑顔を浮かべた。

「うん。さっすがって言うか、すんごくいい感じ。無理な前傾姿勢でもないし肩も開けてるし、動きも滑らかだと思う。この型でも普通に大丈夫じゃないかな?」

盾である役目を完璧《かんぺき》にこなすには、弓の性能を日々の変化もふくめて承知する必要がある。団舎《だんしゃ》の誰よりも弓術の具合に注意を払い、間近で見てきたリヒトの率直《そっちょく》な感想に、ニナは安堵《あんど》の息を吐いた。

今日は午後の訓練として〈迷いの森〉に出て、早春の果物を採りがてら新しい弓矢の試し打ちをしている。

ガルム国での一連の事件で、ニナの矢はガウェインに拉致されてすぐに折られ、短弓《たんきゅう》は千谷山《せんたにやま》の洞窟《どうくつ》で襲われたときに踏み潰された。同型の予備は西方地域杯《せいほうちいきはい》のときに用意してもらっていたのだが、団長ゼンメルの判断で、今後は少しだけ大きめのものを使うよう指示された。

十歳程度の華奢《きゃしゃ》な体格のニナではあるが、それでも騎士団員としての生活の影響か、微々たる量でも筋肉がつき体重も増えた。

成長に合わせての変更かとたずねると、ゼンメルはそれもあるが、と苦笑する。

——〈赤い猛禽《ブルート・フォゲル》〉の件はすべてまとめて、わしの質問に対するおまえの回答だと了解した。答えには丸付けが必要だ。弓がおまえの心なら、装備品の調整は武器屋の倅《せがれ》たる、わしの気持ちということだな。

謎かけに近い言葉だが、ゼンメルからの質問と言えば、シュバイン国との裁定競技会《さいていきょうぎかい》での訓戒《くんかい》が思い浮かぶ。

迷いから矢を外したニナに対し、国家騎士団の役目を考えろと教え諭《さと》した。そのことに対する回答がニナの今回の行動で、ゼンメルの評価が大きくなった短弓と矢。弓丈がのび弓張力が強い短弓と、それに合わせた長さの矢なら、いままでより遠くの的《まと》が射ぬけるだろう。

ゼンメルはつまり正解として、自分の姿勢を認めてくれたのだろうか。再会したときも軽く肩を叩かれただけで、特別に賞賛されたわけではない。でもニナには団長の意思たる新しい武器が、なによりも嬉しかった。

ガルム国から帰国しておよそ一カ月。そんなわけでリヒトと〈迷いの森〉に出ているニナだが、自由な行動が許可されたのは、実はつい最近のことである。

ガウェインに拉致《らち》され何度となく暴力を受けたニナは、すぐに壊しては楽しめないと手加減された経緯もあり、騎士の命を奪う重篤《じゅうとく》な大怪我《おおけが》は幸いなかった。しかし治療にあたったキントハイト国騎士団の医療班から報告書を受けとった副団長クリストフは、王都の医師宅での療養をニナに勧めた。

頭部の強打は慎重に経過観察する必要があり、医術に明るい程度の自分ではなく専門家の診察を受けるべきとの判断で、以前より怪我の程度によっては団長とも懇意《こんい》の医師に任せていたらしい。したがって〈迷いの森〉が雪に覆《おお》われた先月の大半、ニナは王都の医師宅に滞在したのだが、蓄積した疲労からか冬眠する小動物のごとく、そのほとんどを寝て過ごす結果となった。

　今回の件で後方支援に徹した副団長は、ヘルフォルト城にてニナを見るなり深い息を吐き、西方地域の女神マーテルに司祭としての祈りを捧げた。あとから聞いたが副団長は王都ペルレや国家連合《リントヴルム》への連絡はむろん、ガウェインが北東や南へ逃れた場合も考慮《こうりょ》し、マルモア国やシュバイン国にも支援を求める使者を遺漏《いろう》なく送っていたのだという。

　いつもながら丁寧《ていねい》な対応に終始した副団長は、今回の件の報告役として国家連合本部に戻る審判部に同行し、団舎に帰ってからは年度末の事務処理と新年度に向けた準備のため、自分自身に薬湯をいれるほど多忙な日々を送っている。

　忙しいといえば団長ゼンメルは、武具庫に籠《こ》もりキントハイト国より託された、ガウェインが残した大剣の鑑定に没頭した。

　武器に含まれる硬化銀《ウルリル》の比率や形状、柄の装飾から職人特有の外観の仕上げの雰囲気《ふんいき》に至るまで。以前より預かっている硬化銀製大剣とまちがいなく同一であろうとの結論に、老団長の顔には〈出所〉への糸口が集まった喜びではなく、厳しい表情がただ浮かんだ。思いを馳《は》せるのはリーリエ国の将来か火の島《イグニス・インスラ》の行く末か。それ以来、居館二階の執務室は夜遅くまで灯がつく日が多くなった。

　一方で中年組はいままでの陰鬱《いんうつ》な気分や捜索の苦労を晴らすように、時を告げる鐘などお構いなしで食堂に居座っては酒食に溺《おぼ》れた。陽気に歌い踊り騒ぎ、長机の料理を蝗《いなご》のごとく片端から食べつくしては、床に転がってそのまま眠る。

迷惑をかけたお詫《わ》びもかね、ニナは老僕たちにまじり料理の配膳《はいぜん》と介抱に追われたが、空《から》の酒樽《さかだる》に頭を突っこんで鼾《いびき》をかくヴェルナーの姿を見ていると、さすがに身体《からだ》が心配になる。しかし料理婦ハンナは、飲める立場のうちに飲んでおきたいんだろ、と気にするふうもなく、首をかしげたニナに特大カツレツの大皿を押しつけた。

王女ベアトリスは一連の出来事をふまえて、リーリエ国とガルム国との今後の外交関係を協議するため、〈銀花の城《ラルジャン・フルル》〉を主体に行動している。王女の責務が大変なのか、あるいは捜索の過程での兄ロルフとの口論が原因なのか。白百合《しらゆり》の美貌《びぼう》と明朗《めいろう》さは変わらないながら、なんとなく考えこんでいることが増えた。

その口論の際に一年半ぶりに喋《しゃべ》ったというオドはいつも通りだ。雄牛《おうし》のごとき巨体でのんびりと、けれど雪が降れば薪束《まきたば》を各部屋に配り、屋外通路の雪かきを率先してするなど、仕事を見つけては働いている。

トフェルにはなぜか唐突《とうとつ》に、悪戯《いたずら》の回数を半分にすると宣言された。

想定外の困難に直面した自分への気づかいかと嬉しくなったニナだが、聞けば金髪の悪戯妖精《ニュンフェ》が夜中に訪問する件についての、お詫びの気持ちだという。神出鬼没の行動は悪戯妖精そのものだと以前より思っていたが、まさか本物と意思疎通《そつう》ができるのか。

　怖くなったニナは兄ロルフに相談した。険しい顔で剣帯《けんおび》に手をかけ、瞬時に走り出した兄がどこに向かったのかは知らないが、なにか手段を講じてくれたのだろう。金髪の悪戯妖精はいまのところ、ニナの部屋にあらわれていない。

　そんな頼りになる兄は黙々と日々の訓練に専念していたが、キントハイト国からの手紙が来たことで、日課の内容に若干《じゃっかん》の変化が生じた。どうやら〈貸し〉に関する連絡らしく、不本意さを露《あら》わにした仏頂面《ぶっちょうづら》ながら、それ以来、中年組を相手に一対一をすることが多くなった。


　日に日に輝きを増す陽光に、森の残雪が次第に溶けゆく早春。

　リーリエ国騎士団は芽吹《めぶ》きをまえにした植物のように、わずかな変化の兆《きざ》しを迎えている。楽しみでいて落ちつかない。不思議な感覚のなか、それでも一日一日、ようやく帰ることができた平穏な日常を嚙《か》みしめているニナだが──

　リヒトは果樹の根元に横たわる矢を拾うと、ニナの背中の矢筒《やづつ》に入れた。

　ありがとうございます、との言葉に、いえいえ、と笑顔を見せながら、新緑色の瞳はニナの顔に──左目の近くに刻まれた、ガウェインの太刀傷《たちきず》にそそがれている。

　ニナはわずかに眉《まゆ》をひそめた。

――思いちがいとかじゃありません。やっぱり見てます。リーリエ国に帰国するまでも、医師宅で療養中にお見舞いに来てくれたときも、団舎に戻ってからもずっと。リヒトさんはそんなに、この傷が気になるのでしょうか。

洞窟で襲われたときは無我夢中だった。助かりたい一心だったし、頰《ほお》に痛みがはしったとき、むしろ〈弓〉として不可欠な目でなかったことに安堵《あんど》した。道中での暴力を考えても、この程度ですんで幸運だと思ったが、あの兄王子ガイゼリッヒが補償まで口にした通り、よくよく考えれば〈顔の傷〉だ。

残るか消えるかは五分五分だと、手当てしてくれたキントハイト国の医療班には言われた。兄ロルフや中年組の何人かもそうだが、太刀傷や刺突痕《しとつこん》など、顔面や身体に傷があるのは騎士団員として珍しくない。優秀な騎士の輩出を目指す故郷のツヴェルフ村でも、老《ろう》若男女《にゃくなんにょ》を問わず、日々の訓練や競技会で負傷するものは当然にいた。

だけどリヒトはニナの恋人だ。騎士としては当たり前だと思えても、恋愛の対象として考えた場合、やはり無視できない要素なのだろうか。小柄な体格で長く嘲笑《ちょうしょう》の対象になっていた経緯もあり、自分の外見についてはもともと自信がなく、少しの心配でも胸が重くなってしまう。

リヒトはニナに宣言した通り、リーリエ国の王子としての〈ラントフリート〉の名前を捨てるため、団舎に帰還後すぐに行動をはじめた。足を向けたことのなかった書庫に通い詰め、類似《るいじ》の事例がないか、他地域の王家の記録まで念入りに調べる。いつの間にか交代していた連絡役貴族を介して、敬遠していた王城とのやりとりを開始した姿を見ると、ニナを嫌っているふうではなさそうだけれど。

ニナは手にしていた短弓を背中の矢筒にかける。迷ったすえ、思い切ってたずねてみた。

「あ、あの、リヒトさんはやっぱり、嫌でしょうか。その、わたしの顔の横の傷。綺麗《きれい》なものではないし、だいぶ薄くなりましたけど、でもまだ正面から見てもわかるし」

太刀傷に視線をそそいだままだったリヒトは、ああうん、という顔で答える。

「そりゃあね。はっきり言えばものすごく嫌だよね悪いけど。やったのがおれなら全然いいし、むしろ一生残る方法ないかなとか企《たくら》んでたけど。だって〈赤い猛禽〉たって雄《おす》っていうか男でしょ分類上はさ。ほかの男の傷なんて最悪に不愉快。所有印っていうか、匂《にお》いつけみたいだしさ」

「ほかの男の傷……？」

「匂いっていえばそうだよキントハイト国の団長。人の恋人に自分の襟巻《えりま》き無断でつけといて、寒いからそのまま帰れとか、返すのを口実に会ってお持ち帰りでもする気だったんだろうけど、もうすぐ中年組は手口まで古典的だよね。匂いが移るっておれが突っ返したら、わざとらしく襟巻きに鼻を埋めて、なるほど子兎《こうさぎ》の匂いがするな、だって。ばっかじゃないの！　てかマジで危険。あの団長は危険。要注意どころじゃない。恋人としての警戒警報が最大限で発令されてるから！」

「あの、えっと、リヒトさ――」

「ああごめんごめん。思いだしたらつい殺意がよみがえって。そうそう顔の傷だよね。どうしよっかな。おれが上から同じ場所を斬《き》り直して……でも小さい的を狙うの苦手なんだよね。あ、そうだ。南方地域では身体に模様をつける風習の国があるんだって。もし消えなかったらその国に行って、上からおれの名前を刻印して隠すとかどう？」

ニナはぽかんと目をまたたいた。

呆気《あっけ》にとられた姿に、興奮気味にまくし立てていたリヒトははっと表情を変える。ごほんと咳払《せきばら》いし、嫌だな、冗談だよ、と誤魔化《ごまか》すふうな笑顔を見せられ、ニナも合わせて小さく笑った。

洞《うろ》での発見に始まり傷の治療や食事に衣服に至るまで、今回の件でキントハイト国騎士団長イザークからは、過分なほどの配慮を受けた。帰国前にも傷病に効果のあるギレンゼン地方の温泉に誘ってくれるなど、破石王《はせきおう》たる勇名にそぐわぬ気さくな人柄だが、リヒトはなぜか気に入らないらしい。

それにしても上から斬り直すとか自分の名前を刻印するとか、軽口の類《たぐい》だとは思うけれど、リヒトはたまにどきりとすることを言う。

気まずそうに頭をかいていたリヒトが、ふと視線をあげた。

森に聞こえる軽やかな羽音。淡褐色《たんかっしょく》の翼は春を告げるツグミの一種だろうか。枝から枝を自由に飛びまわる小鳥を眺め、リヒトがぽつりと言った。

「……いろいろ心配になってるのかな。いま考えてもおれ、ニナが連れ去られてから散々だったから。記憶もうろ覚えだけど、混乱して動揺《どうよう》して、ただ悪い夢のなかで泣き叫んで暴れてた。同じときにニナはきっとすごく頑張って、あの猛禽からちゃんと生きて帰ってきた。比べたらおれ本当に格好悪いなあって。〈盾〉なのに、守ることも助けることもできなかった」

「リヒトさん……」

「ニナの翼はどんどん大きくなるのに、おれは変わらず地べたを走ってる。ニナを見つけたのはおれだけど、でもいつか、おさまりきらなくて巣立っていくのかなとか。おれはそれを、笑顔で見送らなきゃいけないのかなとか。だからいまのうちに、所有権とか約束とか、手を替え品を替えで縛っちゃおうって、ずる賢く？」

リヒトは自嘲《じちょう》気味に眉尻をさげる。

口調は軽く顔には微笑《ほほえ》み。けれどその新緑色の瞳は、願いながらもどこか諦めている、切ない感情を秘めている。

ニナはきつく唇を結んだ。

自分がいないあいだのリヒトの様子は、お目付役だったトフェルも曖昧《あいまい》に濁《にご》すだけで、詳しくは知らない。けれど再会したときの憔悴《しょうすい》ぶりから、きっと想像以上に心配し、昏倒《こんとう》するほど必死に探してくれたのだと思う。

〈盾〉としての役目が果たせなかったと恥じて、でも悪路を走り抜きゼンメルの書筒を届け、イザークがニナを発見する機会をつくったのはリヒトだ。ガウェインと直接対峙《たいじ》したわけではないけれど、リヒトの行動はたしかにニナを助けてくれた。

そう考えるとニナがここに立てるのは、自分一人だけの力ではないとあらためて感じる。団長ゼンメルをはじめとしたリーリエ国騎士団や、連絡役となった砦兵《とりでへい》やイザークらキントハイト国騎士団。知らない場所で見えないところで。それぞれの行動や思いがかさなって、自分はいま生きているのだ。

繁栄《はんえい》を求める王家の事情や、〈見える神〉の厳しい顔を持つ国家連合や、抗《あらが》いがたい大きななにかのまえに、小さなニナの手ができることは本当に少ない。国を守る姿勢一つとっても、不合理を押し通して戦闘競技会《せんとうきょうぎかい》を利用し、あるいはそれをのみ込んで国家騎士団の役目を果たし、利用される己を承知して自ら獣になって、弁舌《べんぜつ》をつくして益のない真実より発展の嘘を選ぶなど、さまざまな形がある。

そんな火の島で国家騎士団の騎士として生きる自分は、なにが正しくてまちがっているのか、自信をもって断言することはまだできない。悩む場合も迷う日も、これからも普通にあって、だけどそのとき自分はきっと、あの峡谷《きょうこく》での一矢を胸に描くと思う。

国家騎士団の騎士としての役目を考え抜いて、無茶でも不可能でも、最善だと信じた意思に懸《か》けた自分を。心の欠片《かけら》のごとき軍衣の端《はぎ》切れを残し、猛禽のまま峡谷に消えた赤い髪の王子を。イザークが認めてくれた騎士としての誇り高い勲章として、ただ思い浮かべる気がする。

知恵と勇気が騎士をつくって、願いの強さは意思になる。

出来そこないの案山子《かかし》でも変われた。弱くてちっぽけな自分でも精一杯に戦えた。確実なものはなくて理解できないものは多くて。

だけど一つだけ。これだけはと胸を張って言えること——

ニナはリヒトに向きなおる。

なんと表現したら伝わるだろう。言葉を探すように視線をめぐらせ、少し恥ずかしそうに口を開いた。

「リヒトさんは頑張ったと言ってくれましたが、でもわたしにも、無理なときがありました。たくさん殴《なぐ》られて、一人で、怖くて。自分は終わりだって、なにをやっても無駄だなんだって、ただふるえて泣いていた夜が」

「ニナ……」

「もう駄目だと諦めたとき、リヒトさんとの約束が心をよぎりました。破ってしまうことが悲しくて切なくて……だけど思ったんです。約束したのにじゃない、約束したから、最後まで諦めたらいけないって。意思が騎士を導くのなら、わたしを助けてくれたのはリヒトさんです。もういちど会いたい。約束を果たしたい。その思いが、生きて戦う勇気をくれました。だからリヒトさんは〈盾〉です。そばでずっと守ってくれた、大切でたった一つの、わたしの〈盾〉だと思います」

幸福に彩られた、心の底からの気持ちを言葉に。

リヒトは呆《ほう》けた顔でニナを眺める。

春風が気まぐれな金髪を優しく躍らせた。

やがてうつむいたリヒトは片手で胸をおさえる。喜びと衝撃が入り交じった複雑な表情で、力ないうめき声をもらした。

「……駄目だ。わりと慣れてきてると思ってたし、予想もじゅうぶんしてたけど、もうこれは本当に駄目。ていうかなに。なんでこんなに綺麗で真っ直ぐなの。おれの心臓止める気なのってすでに何回停止したか把握《はあく》不能なんだけど。おれぜったいに勝てない。たぶん一生、死ぬまでこれと戦うのに。だけど負けても最高に幸せとか、情けないけど完全になにかが終わってる気がする真剣に、うん」

自分とリヒトがなにを争い、なにが勝ってなにが負けたのだろう。

首をかしげたニナに、リヒトははは、と口の端をあげて笑う。気恥ずかしそうに頭をかき、なんとなくあたりを見まわした。

団舎を囲む〈迷いの森〉。午後の日差しが麗《うら》らかな樹林帯に、聞こえるのはそよ風と鳥のさえずりだけ。短弓《たんきゅう》の試し打ちに同行して、できたらそうなれればと願っていたこと。

本人が自覚するより強い翼を持っている彼女に、走って追いつくのは無理かもしれない。それでもいままで逃げていたさまざまな問題に、これからは向き合おうと決めていて、その覚悟の証《あかし》にするつもりだった。思わぬ発言に狼狽《ろうばい》し、雰囲気《ふんいき》は少しばかり格好がつかないけれど。

リヒトはやがて、ためらいがちに切りだす。

「……情けないついでに、その、やりなおしを提案したいんだけど……いい、かな？」

「やりなおし？　なんのですか？」

「いや、なんていうか〈あのとき〉は、ニナに会えたのが嬉しくてわーってなって、無我夢中でほとんど意識が飛んでて。いろいろ我慢しすぎた結果の典型的な暴走例っていうかさ。いちおう今日はニナの知識の範囲内だと思うし、髭《ひげ》もそったし、その、見苦しくない程度に綺麗だとは、思うけど」

あのとき、とくり返したニナの顔に、リヒトは手をのばす。なにかを伝えるように、小さな唇を指先で軽くなでた。

触れた感覚と覚えのある甘い気配。

ようやく意味を察したニナは、びくりと肩を跳ねさせた。それは自分とリヒトがこれからつまり。確認の意味で見あげると、恋人はすでにほんのりと頰《ほお》を染めている。

青海色《あおうみ》の目がおろおろと逡巡《しゅんじゅん》に揺れる。正直なところいままで、〈あのとき〉について深く考えていなかった。その手の類に属する行為として、自分が考えていた内容とはかけ離れていたし、現実的な事情としても王都の医師宅に滞在したりで、リヒトとゆっくり過ごせるようになったのはつい最近だ。

なにをどう答えていいかわからず、混乱の極まったニナはふと、短弓をかまえている自分を想像した。すぐ先の木の枝には二つのプラム。赤い実に描かれるのは〈はい〉と〈いいえ〉の真逆の答え。

一つを射ぬけと言われたら、己の短弓はどちらを打つのだろう。心のなかで矢を放ち、〈はい〉のプラムがたしかに落ちるのを見たニナは、落ちたプラムよりもその顔を赤くする。

自分自身よりも如実《にょじつ》に心をあらわす弓筋に背中を押され、とうとうニナはぎごちなくうなずいた。

リヒトはほっと安堵《あんど》の微笑みを浮かべる。

長身をかるく屈め、のばされた手がニナの顎《あご》にかかった。近づいてくる体温に、ニナはきつく目をつぶる。

それは風がそっと触れるように——

優しい静寂が満ちた早春の森に、ツグミのさえずりが遠く聞こえる。

やがてゆっくりと唇を離したリヒトは、ふーっと長い息を吐いた。呼吸をととのえながら、頼りない表情で告げる。

「……どうしよう。あんな先走っておいていまさらごめんだけど、なんかおれ、すごい緊張した」

「わ、わたしも、です……」

声をふるわせ、ニナは真顔で答える。

二人は視線を交わした。

どちらからともなく笑い声がもれる。リヒトはニナの額に口づけを落とした。新緑色の目を細めて、もういちど嬉しそうに笑った。

甘やかに流れる恋人たちの時間に、けれどそのとき。

――ばきり。

唐突《とうとつ》に弾けた不穏な物音。

ニナとリヒトは顔を見あわせる。なにごとかと視線をやると、木立の裏手から兄ロルフがあらわれた。

とろける笑顔を一転、露骨《ろこつ》に顔をしかめたリヒトに目もくれず、ロルフはむっつりとした仏頂面《ぶっちょうづら》をニナに向ける。前触れも挨拶《あいさつ》もない。極めて事務的に、固い声で言い放った。

「マルモア国との親善競技が決まった。それにともないゼンメル団長から、重要な発表があるらしい。団員はただちに食堂に集合とのことだ」

突然の指示を受け、ニナの背筋が騎士としてぴんとのびる。

はい、と立礼《りつれい》で返し、ただちに試し打ちで落としたプラムを集めはじめた。一瞬で霧散した至福のときに、リヒトは馬がいたら蹴《け》ってもらいたいという顔をする。渋々ながらニナにつづいて赤い実を拾い、大樹の裏に回りこんだところで、へし折られた生木が横たわっているのを見つけた。

新緑色の目が丸くなる。そういえば先ほど、禍々《まがまが》しい音が聞こえなかっただろうか。

ねえこれって、まさかあんたが。問うような視線を投げると、ロルフはふんと横を向いた。

「……………おれはなにも知らない。おおかた、森の狼の仕業《しわざ》だろう」

苦々しげに言い放ったとき、木立のなかから一羽の鳥が飛び立つ。

淡褐色《たんかっしょく》の翼は春を呼ぶ小鳥。太陽の光を受け、その羽根を赤く輝かせた鳥は、遙《はる》か北の空へと消えていった。

※この作品はフィクションです。実在の人物・団体・事件などにはいっさい関係ありません。

集英社オレンジ文庫をお買い上げいただき、ありがとうございます。
ご意見・ご感想をお待ちしております。

●あて先
〒101-8050　東京都千代田区一ツ橋2-5-10
集英社オレンジ文庫編集部 気付
瑚池ことり先生

リーリエ国騎士団とシンデレラの弓音
—鳥が遺した勲章—

集英社
オレンジ文庫

2020年4月22日　第1刷発行

著　者　瑚池ことり
発行者　北畠輝幸
発行所　株式会社集英社
〒101-8050東京都千代田区一ツ橋2-5-10
電話【編集部】03-3230-6352
【読者係】03-3230-6080
【販売部】03-3230-6393（書店専用）
印刷所　大日本印刷株式会社

※定価はカバーに表示してあります

ISBN 978-4-08-680315-1 C0193